Miiko

Artdigiland Ltd
23, Griffith Downs - The Crescent
Drumcondra
Dublin D9
Rep. of Ireland
www.artdigiland.com
info@artdigiland.com

Massimo Donato e Michela Tranquilli
MIIKO

copertina e illustrazioni interne di Michela Tranquilli

Ringraziamenti

Ci sarebbe da fare una lista immensa di nomi, perché questo libro è venuto fuori grazie a tutte le persone alle quali voglio bene.
Grazie a Roberto Sforza per i continui insegnamenti e la dedica affettuosa e puntuale con cui li affronta. Grazie a Luca Spogli per l'amorevolezza con cui si approccia e gli immensi doni che offre con ogni sua presenza. Grazie a Dario Capocci per l'esempio che dimostra con la sua continua crescita.
Grazie agli amici, che rendono il mio esistere speciale.
Un ringraziamento particolare va a Eugenio Saguatti per l'attenzione ai dettagli e la professionalità, senza il quale gli errori si sarebbero sprecati! Grazie ad Alessandro Borri per le preziose considerazioni.
Grazie a Paola Perugini per la pazienza, la cura ai particolari e i consigli d'oro.
Grazie a Silvia Tarquini per la disponibilità.
Grazie a Jun Ichikawa per le splendide opere calligrafiche create proprio per noi.
Grazie a Giuseppina Perugini perché non mi ha mai fatto mancare il suo appoggio e per un'infinità di altre cose. Grazie ad Alessandra Tranquilli perché su di lei posso contare, sempre.
Grazie a Valerio Proietti perché... beh, perché lui è Lui.
Grazie Elena perché la vita ha tutto un altro stupendo sapore.
Grazie anche a Massimo Donato, senza il quale non avrei mai iniziato questa avventura!

Michela

Siamo giunti alla fine di una lunga navigazione, a tratti impervia e impegativa, spesso rilassante e divertente. È il momento dei ringraziamenti.

Voglio iniziare con tutte quelle persone che mi hanno ispirato; sinceramente perdo di vista il numero, perché sono davvero tante.

Quindi, in loro rappresentanza, nominerò solo un pugno di persone, fondamentali per portare ad iniziare e poi a concludere questo bellissimo viaggio.

Veronica Minutillo che da anni mi supporta, mi invoglia e mi consiglia a continuare anche per il futuro.

Cecilia De Paolis che per prima ha letto bozze e pensieri sparsi, aiutandomi a leggere in me stesso.

Noemi Servizio che ha letto l'intera stesura, dandomi preziosi consigli per evitare errori concettuali e ripetizioni.

Barbara Antonacci che mi ha indirizzato, attraverso l'attenta analisi delle sfaccettature di Miiko, alle giuste considerazioni per addentrarmi nel comprendere il mondo editoriale, fondato dai pensieri e dalle idee fatte materia.

Uno speciale grazie ai miei familiari, che hanno infuso in me la saggezza e la curiosità e che hanno contribuito fortemente a portarmi ad essere l'individuo che sono ora: mio fratello Salvatore, mia madre Clara e mia zia Adele.

Infine la mia compagna di viaggio Michela Tranquilli, parte pulsante del nostro progetto e *seconda penna al cinquanta per cento*, come amo dire di lei, senza la quale questa immensa architettura non sarebbe stata altro che un sogno da riporre nel cassetto e chiuso a doppia mandata.

Massimo

A tutti voi

Sommario

UNA NOTTE
SULLA TORRE DI GUARDIA
("Ge ye")

Alla fine dell'anno yin e yang
accorciano i giorni.
Ai confini della terra, neve e gelo.
Il cielo è limpido e freddo.
Vivaci tamburi e melanconici corni
annunciano l'ultimo turno di guardia.
Il Fiume delle Stelle si riflette
tremolante sulle Tre Gole.
Nell'accampamento dei barbari,
selvagge urla di dolore
si levano da migliaia di bocche.
La battaglia è stata terribile.
Ma alcuni cantano, uno si alza
per andare a pescare,
altri vanno a far legna.
Drago Accucciato,
Cavallo Scalciante non ci sono più,
sono ormai diventati arida polvere.
Tumulto delle vicende umane.
Un libro mi basta, quieto e solitario.

(Du Fu. 712-770)

11

O

Un respiro profondo e rumoroso. Piante che si flettono a lato formando una scia, per poi tornare subito nella posizione originaria. Due uomini, robusti ma piuttosto goffi, correvano nella fitta boscaglia ormai stanchi e fiacchi. Almeno cento passi avanti, una figura scattante e rapida sembrava gareggiare con loro, senza farsi intralciare dagli arbusti e dalle radici nodose.

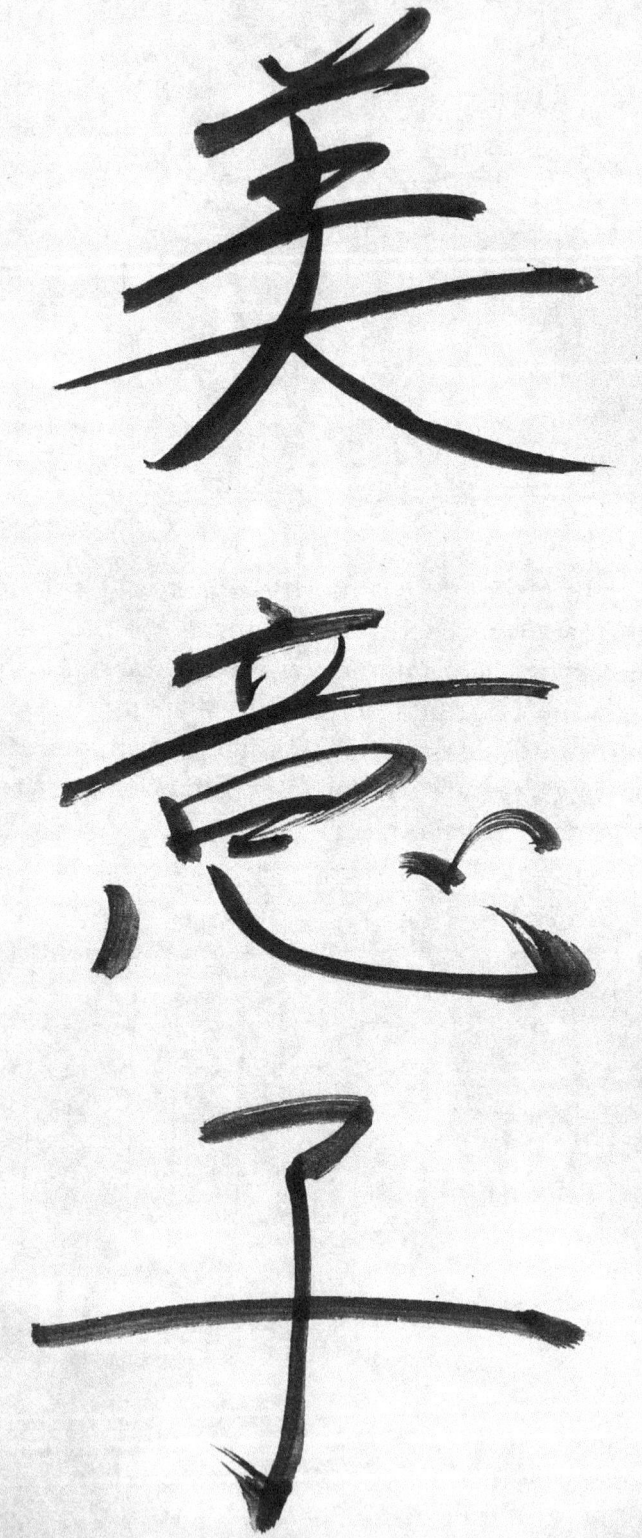

1

L'istinto ti guiderà

Gli uomini avevano percorso almeno diecimila passi dall'inizio della caccia e si trovarono senza accorgersene con il fiato spezzato, ansimanti, in un'ampia radura. Davanti a loro non c'era più nessuno; niente tracce sulla terra, i rami e le foglie intatte tutto intorno. Fecero alcuni passi per perlustrare con più attenzione la zona, ma nulla. Nemmeno su una parte del suolo fangoso riuscirono a scorgere un'impronta. Al che iniziarono a discutere e di lì a poco a litigare: spinte, strattoni, si addossavano l'un l'altro la responsabilità di tale, evidente, disfatta. Fino a quando qualcosa li interruppe: un sibilo sempre più assordante, che si azzittì di colpo con il tonfo di uno dei due. Una freccia lo aveva trafitto alla gola. Un urlo soffocato, pochi e disordinati movimenti e si arrestò. Le membra irrigidite, gli occhi vitrei e lo sguardo perso verso il fogliame. L'altro iniziò a respirare con affanno, si guardò sospettoso tutto intorno, si accucciò sulle ginocchia, fece qualche passo verso gli alberi; era così tanto il terrore che non sentì nulla della freccia che lo raggiunse e lo trafisse alla schiena. D'istinto si girò, come si torce una serpe avvinghiata alla preda, ma il colpo gli aveva squarciato il cuo-

Miiko, opera calligrafica di Jun Ichikawa

re. Cadendo all'indietro portò la freccia a conficcarsi ancor più profondamente; così esalò l'ultimo respiro, nel tempo che impiega una farfalla a compiere un solo battito d'ali.

Non rimase null'altro che il silenzio.

Le tante cicatrici presenti sui quei corpi erano testimonianza di una vita turbolenta. Armati di spada, avevano faticosamente corso per miglia nei boschi della provincia del Fujian, a sud-est della Cina, senza riuscire a raggiungere l'obiettivo. I loro resti avrebbero fatto da pasto a qualche belva affamata.

Una mano però iniziò a coprirli con terra, sabbia, ciottoli, pietre di diversa grandezza, come a voler ultimare un rito magico. Ne distribuì molte, con un'accuratezza e un ordine maniacale. Fu così disposto l'ultimo commiato da mani ferite che appartenevano ad una giovane donna: Miiko.

Da quegli uomini senza scrupoli era stata considerata una facile preda, ma si rivelò invece loro cacciatrice. Aveva lunghi capelli neri, occhi scuri e abilità non comuni in una donna della seconda metà del 1600, in piena dinastia Qing.

2

Il villaggio dei papaveri rossi

Miiko, appena sedicenne, aveva lasciato la casa della madre per iniziare una vita in solitaria, alla ricerca di nuove tecniche di spada. Passati ormai poco più di tre anni, nel suo peregrinare giunse un giorno in un piccolo e semplice insediamento, dove incontrò l'amico d'infanzia Weii. Scoprì che era affetto da uno strano male; la notte veniva sorpreso da lancinanti dolori alla testa, la vista gli calava come se una fitta nebbia gli coprisse di colpo le pupille. Stava peggiorando di mese in mese, fino quasi a perdere coscienza.

La piccola guerriera era famosa per le sue conoscenze nell'arte del combattimento, infatti, nei villaggi limitrofi, dove la criminalità era molto accentuata e le bande di predoni rendevano la vita dei contadini, pescatori e artigiani tutti sempre più pericolosa, era spesso ingaggiata per la difesa da attacchi di varia natura. Il potere governativo centrale era sfaldato e inconsistente e non garantiva la sicurezza nei villaggi dell'Impero, pensava solo a tassare e imporre gabelle, spesso senza giustificato motivo. Le venne quindi assegnata una missione di primaria importanza: portare nel villaggio, da oltre le grandi montagne, un medico che potesse guarire Weii. Proprio durante questa ricerca era stata interrotta dai due inseguitori. Dopo averli sepolti proseguì per la sua strada, imperturbabile. Passò diverso tempo di lesto e incessante cammino e alla fine giunse lì dove avrebbe trovato Jim Leor, un uomo alto e magro e dall'aspetto rassicurante. Coreano d'origine, Jim era grande esperto della medicina tradizionale del suo paese, ma lo sguardo assorto tradiva vaste e profonde conoscenze che andavano al di là delle cure terapeutiche. Miiko non dovette convincerlo più del dovuto; una volta raccontato il motivo di tanta strada percorsa, era pronto ad incamminarsi con lei.

Rimase sorpreso da quell'aspetto trasandato, tanto lontano da quello di una comune donna orientale: indossava una tunica che, facendo intuire il bianco cotone d'origine, era ormai più vicina al grigio, con le maniche consunte e tenuta legata con una larga fascia di stoffa grezza, di color giallo spento.

"Vorresti prima riposare... lavarti?" Le chiese puntando gli occhi verso le gambe graffiate dai rovi e sporche di fango, come del resto le braccia e parte del viso. Per tutta risposta ricevette una specie di grugnito, seguito da uno sguardo di sfida, chiaro segno di diffidenza. Lui comunque le sorrise per cortesia. Miiko, innervosita dai modi gentili del medico, gli fece un cenno con la testa, come a dire: *"Seguimi... e fa presto! Non c'è tempo da perdere!"* E lo precedette.

Dopo due giorni di cammino per l'ultimo tratto presero una strettoia in salita che li avrebbe condotti alla vallata antistante il villaggio. Una sola notte di distanza li separava da Weii; nonostante tanto tragitto, Miiko era certa, in cuor suo, che lo avrebbero raggiunto in tempo e che grazie all'aiuto di Jim Leor sarebbe guarito.

Nel corso della camminata, di tanto in tanto, Miiko tirava su con il naso e asciugava il volto sudato con il lembo della manica, oramai nera per il sudiciume, sotto lo sguardo esterrefatto dell'uomo che non riusciva a spiegarsi come riuscisse a essere così ferina e allo stesso tempo avere una fiera postura e un passo sicuro e fermo. Era capace di cambiare espressione ogni dieci passi percorsi, emetteva degli strani grugniti, come a voler comunicare con ogni singolo abitante della boscaglia; ma, anche se era più difficile a scorgersi, esprimeva la capacità di gesti nobili ed eleganti, di cui lui faticava a comprenderne l'origine.

"Shhhh." Disse in un sibilo Miiko e si bloccò per sentire meglio. Jim era già immobile e in ascolto. Le indicò un cespuglio con tutte le foglie in movimento. Un feroce verso animalesco e da lì sbucò un grosso cinghiale, nero come la notte e dagli occhi rossi come le fiamme dell'inferno. Spaventato li caricò a testa bassa.

Miiko reagì come un fulmine: spinse Jim di lato e si appoggiò al dorso dell'animale, lo scavalcò con un balzo e sfruttando il contraccolpo dato dal suo peso, lo spinse pesantemente a terra, il tutto con estrema naturalezza. La grossa bestia scivolò sul terreno, confusa ma non doma, ritornò alla carica come una furia. Jim ruzzolò ma tornò in piedi in un batter d'occhio e con grande eleganza. Miiko si mise tra il cinghiale e il dottore, cacciò un urlo potente verso la fiera che si bloccò e si trovò muso a muso con la donna; subì uno sguardo che avrebbe pietrificato persino una tigre, indietreggiò e poi fuggì da dove era sbucata. Il medico con aria divertita disse: "Devi aver mangiato pesante per scacciare quel grosso cinghiale con un sol fiato!" Riprese a camminare e trattenne a stento le risa, poi continuò ad infierire: "Così tanto da rispedirlo lontano per chissà quante miglia!" Miiko, infastidita, borbottò frasi incomprensibili. Non vista, soffiò forte sulla mano e l'annusò, per nulla disgustata sorrise con un solo angolo della bocca e soddisfatta lo superò.

Dopo un po' si trovarono ai piedi di una collina e si accorsero di una fitta nube nera e di un fortissimo odore di legna bruciata. Miiko si separò dall'uomo correndo sulla salita. Una volta raggiunta la cima vide uno spettacolo terribile: capanne oramai ridotte a cumoli di legno bruciato, sterpaglie fumanti e corpi inanimati ammucchiati ovunque si posasse lo sguardo.

Il villaggio era completamente distrutto.

Mentre scendeva, una nebbia spessa e un forte odore acre di morte l'accolsero e le riempirono i polmoni. Si avvicinò ai rifugi, cataste di legno annerite come il carbone; riconobbe a stento alcune persone, fece, barcollando, qualche altro passo verso il centro del villaggio, un insieme di rovine senza senso; non vi erano che morte e distruzione. In fondo ad uno spiazzo vide una sorta di fossa dove erano ammucchiati molti di quei poveri resti, quando sentì un lieve gemito. Riuscì a capire da quale corpo provenisse e si avvicinò. Dapprima non riuscì a riconoscerlo, ma vide una cicatrice che aveva sul fianco destro e capì sgomenta che si trattava di Weii. Scherzavano sempre sulla forma che quello sfregio aveva assunto nel tempo e sull'interpretazione che gli avevano dato: quella dell'ideogramma *Lealtà*.

Le braccia erano ricoperte quasi totalmente da ferite da taglio. Il sangue lo vestiva, come se avesse indossato una delle tipiche maschere *Nuo* della tradizione teatrale cinese; rossa e bianca con lembi di stoffa colorata che pendevano dalle braccia e dalle gambe degli attori, che con i loro movimenti ispiravano allegria e propiziavano l'abbondanza dei raccolti. Purtroppo non era una maschera, quei movimenti erano spasmi, i sussulti propiziavano la morte imminente e i lembi non erano di tessuto ma di carne viva. Le nocche delle mani erano gonfie e segnate, nel tentativo di difesa della sua vita e di quella dei compagni aveva combattuto ad armi impari come un leone, prima di essere immobilizzato con delle corde robuste. Miiko gli si avvicinò per ascoltare le sue ultime parole e lo liberò da quei legacci. Ripercorse voci, colori e immagini, ormai sepolte nei suoi ricordi, e questo non le piaceva. Si sentiva a disagio nel provare ancora certe sensazioni che venivano percepite come segni ineluttabili di debolezza. Aveva impiegato anni a forgiare il corpo nonché lo spirito. Doveva resistere e cancellare i sentimenti, pericolosi, letali in una contesa. Poteva permetterseli solo quando la presenza del pericolo era scongiurata. Ma lei voleva andare oltre quelli che erano stati gli insegnamenti del padre. Voleva tormentarsi ancora di più, nella speranza di diventare sempre più temibile. La stanchezza era da molti anni cancellata, provare pena o commiserazione dovevano essere estirpati come una pianta velenosa da un raccolto. Il padre, Takeshi Tokugara, di origini nipponiche, sin dall'età di otto anni l'aveva iniziata al *Bu Do*, Via marziale. Quando raggiunse l'età di 12 anni, l'attese la nobile arte del maneggiare la katana, ma a quell'età le era impossibile anche solo sperare di impugnare l'arma, così lui gliene aveva costruita una in legno.

"Sono soldati... Sono soldati..."

Weii, con voce appena avvertibile, in preda al delirio, lo continuava a ripetere e pronunciava frasi senza un senso comprensibile riguardanti un'arma misteriosa.

"Devi... devi andare da Yaeko." Disse poi e con grande sforzo: "Dille che la amo."

Miiko annuì silenziosa.

"Giura." Continuò lui tra respiri corti e profondi: "Va da lei... giura."

"Lo giuro."

E guardandola dolcemente si spense.

Rimase immobile con l'amico fra le braccia.

Era difficile essere lucidi.

Miiko non aveva mai pianto, neanche da bambina da che ne aveva memoria, un'unica volta accadde: versò una lacrima, una sola, che condensava tutta la rabbia, le paure e l'immensa tristezza che sentiva.

Scosse la testa come per liberarsi dal ronzio di un insetto molesto, pensò che anche questa perdita le avrebbe fatto versare una sola lacrima. Quello solo poteva permettersi, ed era persino troppo per lei. Scese lenta, ricolma del dolore che sentiva. Ancora una volta, come allora, si ripromise di non piangere più. Con un rapido gesto della mano tolse quel segno di debolezza, mentre si ripeteva: "Sei una guerriera!"

Fra l'innaturale silenzio che echeggiava intorno a lei, iniziò a sfruttare ciò che negli anni aveva imparato: osservare e analizzare il campo di battaglia. Il modo migliore quello per concentrare l'attenzione altrove e trovare un rifugio dalla sofferenza.

In tutta quella desolazione notò da subito che una casetta di legno poco distante dal centro del villaggio era ancora chiusa; l'aprì e vide che le cataste dei raccolti dei mesi precedenti erano ancora lì. Gli animali da traino non erano stati portati via, la stalla era intatta. Poi vide dei segni sul terreno che prima non aveva notato: chiare impronte di zoccoli di cavallo di notevole profondità. Ne dedusse che erano carichi di pesanti armature.

"È troppo per un semplice villaggio di contadini, c'è qualcosa che non torna." Disse fra sé e sé. Osservò i colpi precisi sui corpi degli sventurati, per capire il tipo di lama che i soldati avevano usato. Pochi e confusi segni di lotta, molti dei contadini erano stati sorpresi durante il sonno.

"Alcune baracche stanno ancora bruciando, devono aver attaccato all'alba."

Donne e bambini trucidati, neanche loro erano stati risparmiati da quella furia.

Poi notò segni di tortura sul più anziano e dotto del villaggio, che riverso di schiena su alcune balle di fieno, appariva come uno spaventapasseri appena riempito di sterpaglie e rami. Gli aggressori erano stati spietati, l'obiettivo non era casuale. Tornò con lo sguardo al terreno e si accucciò sulle impronte. Infine sbottò ad alta voce: "Cercavano qualcosa... ma cosa? E perché in questo villaggio?"

Jim Leor provò ad avvicinarsi per confortarla e aiutarla, ma lei era assente. In un turbinio di ricordi tra frasi sentite in passato su armi leggendarie, storie mitiche legate a racconti antichi da fondere nella mente per creare delle ipotesi, ma non le veniva niente di logico che potesse giustificare tutto quell'accanimento. Poi lo sguardo le ricadde sull'amico, solo un pensiero era chiaro: chiunque fosse responsabile di quella mattanza, doveva pagare. Ad un tratto notò qualcosa che spuntava dal pugno serrato di Weii. Gli aprì la mano delicatamente, come per non disturbare il suo sonno e vide un piccolo tassello di legno laccato di nero. Era uno dei tipici oggetti ornamentali delle armature pesanti delle nobili famiglie di guerrieri. Sopra vi era impresso, in un rosso acceso, un simbolo: l'ideogramma *Guĭ*. "*Morte*." Bisbigliò. "La famiglia Shen." Pronunciò quel nome con disprezzo. Finalmente aveva un indizio. Ma gli elementi raccolti non erano sufficienti per azzardare un'ipotesi; ancora non era giunto il momento di improntare una strategia. Prima doveva avvertire la donna di Weii come promesso. La fattoria dove si trovava Yaeko era distante almeno quattro giorni di cammino da lì, doveva partire subito, d'altronde non c'era più nulla che la legasse a quel luogo, solo i ricordi. Prese il tassello in legno che da quel momento divenne il simbolo della sua vendetta.

"Resterò qui questa notte. Partirò di buon mattino." Disse a Jim Leor.

"Bene. Riposa. Io farò la guardia."

"Non serve, grazie. La tua promessa non ha più vincoli, sei libero. Torna a casa." Gli chiese solo di aiutarla a soffocare gli ultimi fuochi presenti su alcune baracche e liberare gli animali chiusi nella stalla; infine, ad accatastare delle fascine di legno per preparare una grande pira funeraria, così da rendere omaggio ai caduti, spargendo nel vento le ceneri.

Poi Miiko preparò, con del fieno, un giaciglio dove riposare, ma prima di sdraiarsi vide dei papaveri rossi che si stavano chiudendo. Ripensò ai racconti della madre sulle varie e importanti proprietà che la Natura ha e ci offre in dono. Ginkgo Wang era esperta in arti mistiche e taumaturghe, abile nell'arte della pittura e appartenente all'Accademia Hanlin o *Accademia dei pennelli*. Nata e cresciuta in un villaggio a pochi conosciuto, situato a oriente della città rurale di Fuzhou. Non interferì più del dovuto nell'educazione della figlia mezzana come si confaceva alla cultura della Cina Imperiale della prima età moderna. Provò a trasmetterle gli insegnamenti sul portamento, l'eleganza e le doti che ogni donna doveva conoscere prima del matrimonio, senza troppo successo.

Tra i ricordi di Miiko c'era l'aneddoto che riguardava l'utilizzo dei semi di papavero come sedativo per la tosse o come potente antidolorifico. Oltretutto quel fiore rappresentava l'oblio dei sensi e del cuore, ma anche la vita e l'orgoglio. Allora si diresse verso una casupola che conteneva varie scorte e derrate alimentari. La porta in legno era ormai distrutta dal fuoco, come anche gran parte delle pareti. I raggi flebili del sole quasi del tutto tramontato facevano da lume, con delicatezza, come a non voler infastidire tutte le anime che riposavano in quel deserto. Si mise a cercare qualcosa; accatastò diversi sacchi di ortaggi secchi non più utilizzabili e balle di fieno annerite e si avvicinò ad un grosso vaso di terracotta quasi del tutto intatto, all'interno del quale raccolse una grande quantità di semi di papavero. Era certa che ve ne fossero accuratamente conservati da qualche parte. Uscì e iniziò a spargerli con decisione, a raggiera, per onorare il ricordo dei morti caduti in quella carneficina.

"Da questo momento questo luogo si chiamerà il *Villaggio dei Papaveri Rossi* e per molti anni a venire rimarrà memoria di tutte le persone che qui hanno perso la vita." Questo pensiero in parte la rasserenò, ma pochi attimi dopo tornò seria. Strinse con rabbia il tassello di legno, poi cercò dello spago e un pezzo di ferro appuntito, fece un foro nella parte alta e ci passò il filo, poi se lo legò al collo per portarlo sempre con sé.

Tra le nubi sparse ora vedeva la luna che le fece da guida verso il giaciglio preparato poco prima e stanca e pensierosa si distese.

3

Urla nella nebbia

Miiko era calata in un sonno profondo ma per nulla sereno. Un turbine di immagini iniziò a balenarle nella mente: volti di amici e nemici, tutti i guerrieri che aveva affrontato e sconfitto, la sorella e la madre lasciate nel villaggio natale, il severo addestramento del padre, gli anni spesi per padroneggiare l'arco lungo e la formidabile katana... Lentamente quel caotico sovrapporsi di immagini prese una forma ben distinta. La figura sempre più nitida di Weii si impose sul caos: le diceva qualcosa, ma non gli usciva alcun suono dalla bocca. Anche lui sparì e un'altra scena ebbe campo libero. C'era lei ancora bambina. Si trovava con i genitori in aperta campagna a poca distanza da casa.

"Chieko! Meigan! Sono qui! Tanto non mi prendeteeee!" Urlava alle sorelle e rideva. Nel cielo nuvole azzurrine, dalle forme più strane e divertenti, percorrevano lunghi tratti con velocità sorprendente.

"Moku! Moku dove sei finito?" Nell'inseguire il cagnolino Miiko si allontanò dai genitori senza rispondere ai richiami della madre.

"Lasciala andare." Disse sorridendo Takeshi.

Gli occhi fissi su Moku, corse fino a perdere la cognizione del tempo. D'un tratto qualcuno le si parò di fronte: un bambino più o meno della sua età, dagli abiti laceri ma lindi e con indosso una maschera di cartone raffigurante un demone. La fissava senza parlare. Miiko gli si avvicinò e allungò una mano verso la maschera. Il bambino si scansò, fece un verso stizzito, si girò e iniziò a correre. Lei lo inseguì.

"*Quanto corre quello spiritello!*" Pensò.

"Ehi! Invece di far finta di volare potresti rallentare un po'?" Mentre lui sbatteva ancora le braccia finirono in una radura in fondo alla quale c'era una piccola abitazione. Il bambino entrò dalla porta semi aperta e Miiko lo seguì. Nella casa dominava il disordine: ovunque fogli di carta con schizzi di paesaggi o volti non definiti di donne e bambini, oltre a pezzi di carboncino e lame di grafite buttati su tavoli e panche. Però profumava di crisantemi e ortensie. Il piccolo demone la prese per mano ma al lieve contatto delle sue dita lei si ritrasse rabbrividendo: erano gelide, di un freddo irreale. Miiko si lasciò comunque condurre per le scale fino a una piccola mansarda. Sul pavimento c'erano un futon e diversi giochi di legno intarsiati. Su un comodino un foglio di carta ingiallita era circondato da incensi profumati. Era il ritratto di una donna dal sorriso ampio.

Il bambino tolse la maschera, la faccia era annerita dal carbone. Con voce seria le disse: "Il mio nome è Weii e tu come ti chiami?"

Miiko scoppiò a ridere: "Che nome buffo, perché ti hanno chiamato così?"

"Mio padre mi ha chiamato così! Il perché non lo so."

"E dov'è tuo padre?"

"È al lavoro nei campi. Esce la mattina presto e torna la sera. Tanto sono grande posso stare da solo!"

Lei gli porse la mano: "Il mio nome è Miiko, vuoi che diventiamo amici?" Weii le sorrise. Scesero a cercare Moku, che gironzolava davanti alla casa e giocarono con lui.

Poi iniziò a sentire un rumore di ferro che colpiva all'unisono pietra e metallo, suono continuo e ritmato che la fece cadere in un sonno ancora più profondo. All'improvviso le apparve una figura di spalle, di fronte a un'enorme fiamma, che batteva con un martello. Miiko riusciva a percepire il calore e lo sfrigolio del metallo immerso nell'acqua. Lentamente l'uomo alzò il braccio grondante di sudore: la sua mano avvolta in uno stretto straccio serrava delle lunghe pinze che tenevano la lama di una spada. Era una *nodachi*, una versione lunga quasi il doppio della tradizionale katana giapponese. Il rumore metallico della lama appena forgiata rieccheggiò nella fucina, crescendo fino a divenire insostenibile, così acuto che era come un urlo di fiere ferite.

Miiko si svegliò. Respirava con affanno e per calmarsi si portò una mano al petto, premendo su di sé il tassello che aveva al collo.

La nebbia rendeva difficile la visione, ma dato il chiarore diffuso l'alba doveva essere passata. Il rumore metallico ancora le batteva in testa e insieme distingueva un altro suono: un pianto di bimbo.

"Sto ancora dormendo?" Si chiese, ma afferrò le armi e seguì quel richiamo. Lo sentiva arrivare da oltre una lunga fila di alberi, dovette percorrere almeno duecento passi. Dietro una siepe si apriva un vecchio pozzo cieco in disuso, il pianto sembrava provenire proprio da lì. Uno spicchio di sole, fendendo la nebbia, illuminava l'imbocco. Spostò alcuni rami che intralciavano l'entrata e si rese conto che parte di quella luce non proveniva dall'esterno: un bagliore intenso ma discontinuo irradiava il pozzo dal fondo. Miiko posò con cura le armi e saltò oltre l'apertura.

Appoggiò la schiena a un'estremità, spinse gambe e piedi dall'altra e scese.

Appena giunta sul fondo il pianto cessò. Nessun bambino. Si guardò bene intorno ma vi era solo un fagotto di stracci ben avvolti, come se fosse stato confezionato per un dono a chissà quale importante personalità. Ne srotolò una parte facendone un laccio da legare alla vita e risalì. Una volta fuori dal pozzo lo sbendò velocemente, ansiosa di scoprirne il contenuto.

"Non è possibile!" Esclamò.

Tra le mani teneva la lama del sogno. Non aveva l'impugnatura né il filo, ma non faticò a riconoscerne la fattura giapponese. Un principiante in fatto d'armi l'avrebbe presa per un pezzo di metallo di nessun valore, ma non chi per anni ne aveva maneggiate di ogni forma e provenienza.

"Ma che sta succedendo? Mia madre mi ha sempre detto che con la pratica assidua del Qi Gong avrei acquisito delle doti particolari, ma, a parte che non ci ho mai creduto, sono anni che non faccio nulla! Ci vuole calma e pazienza, non fa per me. No, deve essere il trauma che mi fa credere di vedere cose..."

Miiko guardò la lama e provò una strana attrazione. Nervosamente la ricompose in quel cumulo di stracci. Aveva già la katana e l'arco lungo, non poteva portarsela dietro perché le sarebbe stato impossibile essere agile così carica. Invece era quello di cui aveva bisogno per percorrere tutta quella strada per incontrare Yaeko. Decise di riporre l'arco e la lama in fondo al pozzo, li legò a una corda e ne fissò un'estremità a un grosso masso, poi coprì il tutto con delle foglie. Armata solo dell'inseparabile katana si incamminò verso la fattoria. In quel mentre il pianto di bambino riprese ancora più forte. Adesso sentiva anche delle urla. Si mise a correre, attraversò un fiumiciattolo, superò una folta schiera di cespugli e rovi pungenti e sbucò in un prato brullo. Nel mezzo una ragazzina di non più di otto o nove anni stringeva a sé, tremante, una donna immobile. Erano annerite dal fumo e con le vesti lacere. Di fronte a loro un lupo molto grande ma smunto, le costole si intravedevano attraverso la pelliccia. Ringhiava, pronto a balzare sulle prede, la bocca enorme mostrava due file di denti aguzzi. Miiko iniziò a gridare forte per attirarne l'attenzione. Quando gli fu a pochi passi di distanza prese a girargli attorno come fosse lei la belva assetata di sangue, digrignava i denti ed emetteva versi ferini. La piccola aveva smesso di piangere. Miiko brandì l'arma senza sguainarla, iniziò a passarla da una mano all'altra, così da confondere il lupo, che osservava il movimento col solo occhio destro, mentre il sinistro aveva la pupilla bianca e fissa nel vuoto. Miiko si chinò lentamente, prese un pugno di terra e la lanciò. Prima che il lupo potesse scuotere la testa per scacciare il bruciore, gli saltò sopra. Lo tenne fermo con le ginocchia e con il braccio sinistro afferrò il collo, mentre col destro armato lo percosse. L'animale con uno strattone si liberò e fuggì lasciando dietro di sé una scia di sangue e guaiti.

La bambina era svenuta.

La donna, morta.

"Il volto è deturpato dalle fiamme, i vestiti sono bruciacchiati. Provengono sicuramente dal villaggio. Probabilmente è rimasta nascosta in una delle capanne proteggendo la piccola. Ha percorso molta strada prima di cadere stremata."

Scavò con le mani nel terreno sabbioso una profonda buca. Una volta finito il lavoro girò su un fianco il corpo, si accorse che aveva entrambe le mani sul ventre. La donna era incinta di forse quattro o cinque mesi. Con una smorfia di dolore depose il corpo.

Ora doveva occuparsi della bambina. La portò al fiumiciattolo, la adagiò sul terreno, le bagnò il viso e le labbra. Era Yīng Xuě, la più grande tra i bambini del villaggio. La lasciò riposare mentre le accarezzava di tanto in tanto il volto. Poi anche lei si addormentò.

La piccola fu la prima a svegliarsi e a scuotere il braccio di Miiko, che aprì gli occhi trafelata. Poi le sorrise: "Piccola mia, sono Miiko mi riconosci?" La bambina le fece cenno di sì con la testa.

"Cosa è successo al villaggio? Ci sono altri superstiti?" Yīng Xuě non rispose.

"Puoi descrivermi i soldati che lo hanno incendiato?" La ragazzina continuava ad accarezzarsi quel poco che rimaneva dei fluenti capelli. Miiko comprese che non era il caso di continuare con le domande. Si avviò verso il fiume e raccolse una pietra acuminata sulla riva, l'affilò con attenzione contro una roccia e la usò per tagliare via le parti bruciate dei capelli di Yīng Xuě, che fissava il terreno con uno sguardo perso. Miiko la rassicurò: "Li ho dovuti tagliare, ma presto ricresceranno più lunghi e forti di prima." La bambina si animò, toccò incuriosita i capelli e andò a specchiarsi nel ruscello. D'un tratto si illuminò, iniziò a saltellare tanto le piaceva la nuova acconciatura. Poi, come a voler ringraziare la nuova amica, tirò fuori da una tasca cucita all'altezza del ventre un'ocarina in legno intagliato, a forma di uovo. Iniziò a soffiare, le dita rapide chiudevano e aprivano con sorprendente attenzione i fori sulla superficie, ne emerse un suono leggero e soave. Poi Miiko prese dal sacco della carne affumicata, la tagliò sottile e la diede alla piccola. Quindi si avviarono. Quell'incontro inaspettato necessitava di una deviazione, che era ben felice di fare. Camminarono per un po' e arrivarono al suo villaggio natio. La madre era intenta a preparare una tisana di decotti d'erbe, equiseto e gramigna, il profumo si sentiva da lontano. Quando Miiko entrò Ginkgo era di spalle, indaffarata a spegnere il fuoco.

"Figlia, bentornata! Bevete questo decotto, ha proprietà calmanti e antinfiammatorie, poi parleremo."

Sin dalla tenera età di cinque anni, la donna dimostrò d'avere spiccate qualità sensoriali, riusciva attraverso stati di stasi a vedere il futuro prossimo: piccole cose come tazze che si sarebbero rotte di lì a poco, annuvolamenti non previsti o brevi piogge improvvise.

Crescendo aumentò questa dote attraverso intensi esercizi di Qi Gong, con lungimiranza intuiva avvenimenti di maggiore importanza come quello dell'incontro con il futuro marito. Si impose, come proposito personale, di non interferire mai con i flussi del destino. Non rivelò questa dote a nessuno. Era una responsabilità troppo grande. Si limitò a dire di percepire alcuni fatti poco rilevanti e che sarebbero avvenuti a breve. Per questo quando la madre indicò le tazze di porcellana pronte sul tavolino, Miiko non fece commenti. Sedette insieme alla piccola e bevve il decotto. Poi cercando una calma che non riusciva a trovare, raccontò tutto. Dopo un lungo momento di silenzio la madre serafica disse: "Nuovamente il destino si è compiuto, tutto ha un'origine ed una conseguenza, così è scritto e lo sarà per sempre. Devi comprendere che tutto quello che accade, per quanto sulle prime sembri senza senso, ha sempre un perché. Non farti turbare dagli avvenimenti, percepisci l'equilibrio nella confusione. Lascia tempo alle cose in divenire."

Miiko quasi gridò: "Non capisci madre! Weii era come un fratello per me! Chi lo ha ucciso pagherà con la vita, nulla dovrà intralciare il mio cammino!"

"La morte è nell'ordine naturale delle cose, chi deve morire morirà, chi deve vivere ha la possibilità di compiere il suo corso, così è scritto."

"Tu non faresti mai nulla per andare contro le dinamiche naturali degli eventi, mentre io... oh ma basta, non sono qui per filosofeggiare. Dimmi piuttosto dove si trova Meigan, vorrei salutarla."

"È lontana, l'ho mandata a prendere alcune rare erbe. Sarà di ritorno domani in mattinata."

"Ma là fuori è pieno di banditi e predoni, come fai a mandarla da sola? Potrebbe essere in pericolo!" Esclamò Miiko balzando dalla sedia, subito fermata da un cenno della madre.

"Sta tranquilla, non le accadrà nulla. Porta con te la bambina, ti è molto affezionata, non è necessario rimanga qui con me. Neanche a lei capiterà nulla nel vostro viaggio verso la fattoria." Detto questo uscì sorridendo per ritirare dei panni stesi ad asciugare al sole.

Miiko avrebbe voluto stringerla forte prima di andare, non sapeva quando avrebbe potuto rivederla, ma rimase ferma a guardarla da lontano.

4

Le grida che diradano l'anima

Yaeko era slanciata e imponente, ed esperta nel maneggiare la lancia. Questo però non impedì al compagno per la vita di farla assistere da Cang Hao e Gu Li, tra i pochi del villaggio a conoscere l'uso dell'arco e della spada. Nel viaggio verso la fattoria la seguirono da lontano senza farsi scorgere. La strada era lunga e irta di pericoli, ma lei non avrebbe certo voluto quegli spiriti custodi. Figlia unica di un militare, il Generale Guozhi Wutzu, che, desideroso di un successore, la crebbe con tutti i dettami da destinarsi ad un maschio che affronta la carriera militare. Fu obbligata ad addestrarsi come combattente e studiò per anni nella scuola militare di Song Pei. L'allenamento, il sudore e la fatica, non le avevano però tolto lo sguardo dolce, controbilanciato spesso da un fare riottoso e fermo. La pesante lancia di legno e acciaio non le impediva di maneggiarla con grazia e durante i duri allenamenti l'espressione del volto rimaneva serena, come se a compiere lo sforzo fosse qualcun altro.

Yaeko aveva appena lasciato il piccolo viottolo che si staccava dalla via principale e si trovò di fronte alla grande fattoria dello zio. Il suo pensiero, mentre incedeva con la lancia sulla spalla, si faceva sempre più tranquillo e non appena valicato il porticciolo della proprietà avrebbe silenziosamente contato i giorni che doveva soggiornare nell'attesa che lo zio si ristabilisse. Yaeko sapeva che una volta ritornata al villaggio sarebbero iniziati i lunghi preparativi per sposare l'amato Weii. Aveva abbandonato tutto per lui, la famiglia, gli amici, i privilegi, ma anche i doveri. Prima ancora di raggiungere l'età di sedici anni, fu promessa ad un maturo Maggiore della Cavalleria Imperiale. Uomo arrogante e ambizioso che Yaeko rifiutò. Non amava nessuno, era libera e voleva rimanere tale, anche se il pensiero di doversi assoggettare ancora alle disposizioni del padre era insopportabile. Lui per riportarla alla ragione provò qualsiasi strada, dalla più bieca alla più allettante, ma lei non accettò mai alcun compromesso. Un giorno conobbe Weii, un giovane preso come servitore dalla sua famiglia. Lo frequentò all'insaputa dei genitori per alcuni mesi, vivendo clandestinamente il primo vero amore. Una volta scoperti il padre, furioso, decise che lei non avrebbe più fatto parte della grande famiglia di combattenti Wutzu.

"Che vergogna! Dopo tutto quello che ho fatto per te, congiungersi ad un'umile servitore è impensabile!" Avrebbe preferito vederli morti che insieme. I giovani amanti riuscirono a fuggire. Fu proprio lo zio, ora malato, ad aiutarli ad allontanarsi per poter vivere la vita insieme. Venuto a conoscenza delle angherie che la nipote stava subendo, gli diede temporaneo rifugio e gli suggerì alcuni insediamenti dove avrebbero potuto andare per non farsi trovare finché la furia del padre non si fosse calmata. Dopo molto peregrinare giunsero nel remoto villaggio di contadini dove trovarono una casa e calore umano.

Yaeko appena giunta alla proprietà Wutzu, si fece abbracciare dalla vecchia badante ed entrò nel maniero; salì al piano superiore dove c'era la camera dello zio che riposava. Mentre aspettava che si svegliasse constatò con i suoi occhi quello che giorni prima gli venne comunicato da un messo: tre dei sei contadini che lavoravano nella fattoria, i più giovani e robusti, erano stati costretti a seguire uno dei signori feudali della regione per partecipare a quelle guerre senza ritorno.

"È incredibile che si debba sottostare a tutto questo!" Disse fra sé e sé appoggiata al muro accanto alla finestra. Poi guardò verso il bosco e vide due figure osservare la casa. Scese le scale di corsa e prima di uscire fuori impugnò la lancia. Si appostò dietro la stalla che si trovava tra la casa e il cancello d'ingresso della proprietà. Le ombre confabulavano ma non avanzavano; non facevano altro che starsene lì a guardare. Dopo alcuni attimi spazientita disse: "Ora basta! Forse per muoversi aspettano l'oscurità." Così si decise e uscì dall'ombra. Dopo aver superato l'abbeveratoio avanzò al centro dello spiazzo a pochi passi dall'ingresso.

"Chi siete e cosa volete? Uscite dal vostro rifugio, non siate timidi, sù!" Brandì minacciosamente la lancia e proseguì: "Non avrete paura di una povera donna indifesa?" I due vennero allo scoperto.

"Ah siete voi! Vi ha mandato per assistermi? Non cambia mai..." Disse con un sorriso dolce che le illuminò il volto.

"Scusa, ma sai quant'è premuroso Weii." Le rispose Cang Hao un po' imbarazzato, passando una mano tra i capelli a spazzola.

"Ma non dovevate farvi convincere, non era necessario!"

"Certo. Ma avremmo dovuto solo guardarti le spalle, non avresti dovuto accorgerti di noi!" Disse Gu Li. Arrossì ma mascherò il disagio con un sorriso incorniciato da una barbetta appena accennata.

"Venite avanti, rifocillatevi e riposatevi e visto che ormai siete qui domani di buon mattino inizieremo, di lavoro ce n'è tanto! Torneremo a casa appena mio zio sarà guarito e in grado di riprendere l'organizzazione della fattoria. Non vorrete starvene con le mani in mano tutto il tempo?" Annuirono, Yaeko sorrise e li fece accomodare in casa.

A pochi giorni di distanza il cammino di Miiko diventava mano mano più faticoso con la piccola Yīng Xuě sulle spalle che ad ogni passo sembrava farsi più pesante. Era necessario fare una pausa. Si fermò e la fece scendere, le disse di non allontanarsi troppo e cominciò meccanicamente ad analizzare il prezioso tassello di legno: la fattura, il taglio, l'odore della vernice lucida utilizzata per rivestirlo, tutto aveva un'origine e un perché. Soprattutto contemplò il simbolo che ne identificava la provenienza, l'esercito comandato dal Signore della Guerra, il Generale della stirpe degli Shen.

"Che interesse può avere a spingersi fin oltre le montagne, attaccando e distruggendo un villaggio di inermi contadini? Non è stato preso d'assalto nessun altro villaggio qui intorno. L'armata è stata vista muoversi in linea diretta verso l'insediamento. Il Generale sta cercando qualcosa che vuole al punto di torturare e uccidere chiunque si rifiuti di aiutarlo a trovarla. Ha tra le sue fila ogni più bieco depravato che al suo servizio compie i delitti più innominabili. Ma perché cercarla proprio lì? Al villaggio non avevano nulla di valore... e poi tutta quella violenza non sarebbe comunque giustificata..." E lasciò il pensiero scorrere senza ancora trovare risposte.

Poco dopo si rimisero in marcia. I giorni trascorsero a camminare, riposarsi e cibarsi di radici e carne di manzo affumicata, quel poco che Miiko aveva portato con sé.

Pensava alla sofferenza che avrebbe provocato annunciando il tragico evento a Yaeko. Tutto il suo essere era costruito per combattere, difendersi, sopravvivere; non aveva mai provato cosa fosse l'amore, se non quello per i suoi adorati genitori e le sorelle e il grande affetto per Weii, null'altro si era concessa. Perché così era giusto. Imporsi quella via era l'unico modo per essere invincibile. O almeno questo era quello che lei aveva interpretato dalle indicazioni del padre. Stanca, giunse finalmente alla fattoria dove trovò Yaeko intenta a portare delle fascine di foraggio per il bestiame. Yaeko non aveva mai voluto conoscere bene Miiko, non si fidava di lei, era convinta che le volesse portare via l'amato; sapeva che lo conosceva dall'infanzia, erano cresciuti assieme fino all'adolescenza, poi avevano preso strade diverse. Ma l'arrivo al villaggio di Miiko e l'accoglienza che le aveva riservato Weii, avevano fatto irrigidire Yaeko, che non le aveva mai dato confidenza.

Scesa dalle colline e raggiunta la donna, la giovane guerriera iniziò a raccontare dell'attacco al villaggio e di tutto quello che ne seguì, non tralasciò alcun particolare. Yaeko si ritrasse appena sentita la parte che riguardava Weii; allargò le braccia allontanando Cang Hao e Gu Li, che erano appena giunti e avevano sentito il discorso solo in parte.

Miiko capì immediatamente quali fossero gli intenti della donna e fece allontanare Yīng Xuě. Yaeko fece qualche passo indietro, raccolse la lancia e con un urlo che scosse le montagne, attaccò a testa bassa Miiko, che, sempre pronta, balzò di lato, evitando la sua furia. La piccola combattente era in apparente svantaggio, per controbattere la forza della lancia usava la katana senza sguainarla, per non rischiare di ferire Yaeko. Ma nonostante questo riusciva ad avere la meglio nello scontro, grazie alla velocità e soprattutto alla maggiore esperienza nel combattimento e alla consapevolezza che l'avversaria, in fondo, aveva la concentrazione lontana. Miiko si limitava pressoché a difendersi senza attaccare, ripeteva che quello che le aveva detto purtroppo era la triste realtà. Nessuno era sopravvissuto al massacro.

Dopo il succedersi rabbioso di colpi e schivate, poco a poco Yaeko iniziò a rallentare e a colpire con minor veemenza. Il volto si rigò di lacrime; come un sacco oramai vuoto si lasciò cadere a terra in un pianto straziante. Cang Hao e Gu Li, una volta compreso il motivo di tanto dolore, senza forza vitale, come due marionette alle quali avevano tagliato i fili, si accasciarono attoniti e muti.

Calò un silenzio irreale, ognuno era racchiuso nella propria sofferenza, inconsapevoli dello scorrere del tempo. Mentre avanzavano le lunghe ombre nere che portava la notte, si sentivano disperate grida che di tanto in tanto qualcuno non riusciva a trattenere. Miiko pensava che ognuno avrebbe affrontato quel lutto così orribile con metodi e capacità differenti, ma che sarebbe dovuto passare molto, troppo tempo, prima che il male si potesse affievolire al ricordo di quella tragedia.

5

Cuore

L'alba giunse rapidamente, ma i quattro guerrieri non dormirono affatto, ancora sconvolti decisero di tornare al villaggio per dare l'ultimo saluto. Yīng Xuě sarebbe rimasta alla fattoria e avrebbe fatto compagnia al vecchio che si stava riprendendo. Sarebbe stato troppo pericoloso e traumatico per lei accompagnarli in quell'avventura. Del resto non avrebbero finito lì la loro corsa, il vero intento era un altro: la strada tortuosa e cieca della vendetta. Miiko con dolci parole e con non poche difficoltà convinse la ragazzina ad allontanarsi da lei.

I quattro, con il fuoco nel cuore e la mente svuotata da qualsiasi pensiero, trascorsero tre giorni e tre notti di cammino incessante, interrotto solo da qualche momento di sonno. All'arrivo poterono constatare la tragedia.

Erano esterrefatti.

Cang Hao, malgrado fosse considerato il più freddo e marziale, per le varie battaglie alle quali aveva partecipato, era così sconvolto da sentirsi male.

Persino Miiko nel rivedere quelle capanne bruciate, quei resti e quella triste desolazione, stentava ancora a credere all'incredibile brutalità espressa.

Invocarono gli Dei del cielo e della terra affinché potessero accogliere quei poveri spiriti. Una litania risuonò nella valle. Miiko si allontanò dai compagni rimasti composti in silenzio, per recuperare le armi in fondo al pozzo lì vicino. Il comune obiettivo era quello di vendicare gli amici assassinati, avrebbero dovuto intraprendere un lungo viaggio verso la città più a nord del Fujian, quasi a confine con la provincia del Zhe Jiang, dov'era la fortezza inespugnabile del Generale Hua Zhe Lei.

"Abbiamo necessariamente bisogno di cavalli forti e resistenti per riuscire ad attraversare un territorio così aspro e sconnesso, ci vogliono almeno dieci giorni di cammino." Disse Gu Li. Miiko tornò mentre Yaeko stava suggerendo di rivolgersi ad un giovane proprietario terriero che abitava poco distante da quell'ormai villaggio fantasma: Chang Dsu Yao. Nella sua enorme proprietà vi era anche un maneggio, dove poter trovare destrieri di razza.

"Sì, ma come faremo ad ottenerli? Il prezzo sarà altissimo!" Intervenne Cang Hao. Con un sorriso beffardo Miiko fece intendere che il problema non sussisteva: "Lo conosco. È pericoloso e crudele ma anche vezzoso e desideroso di sfide da vincere."

Chang Dsu Yao era grande esperto nell'uso della spada dritta a doppia affilatura: la Jiàn. Diverse volte aveva affrontato potenti signori, che aveva puntualmente ucciso senza alcuna pietà.

"Lo sfiderò a duello, la mia vita in cambio di quattro veloci e robusti cavalli." Dichiarò sorridendo a mezza bocca.

"Presuntuosa affermazione." Disse Yaeko mentre la fissava cupa. Ma era l'unica cosa che potevano tentare.

Arrivati di fronte alla proprietà Dsu Yao si fecero annunciare da un servitore. Dovettero attendere diverse ore, ma finalmente videro un servo, che, azionando un rumoroso mec-

canismo, aprì il pesante cancello. Chang Dsu Yao era stato donato dagli dei di un'eleganza e di uno stile che non avevano pari. Abbigliato con pregiate stoffe e sete ricamate, tanto preziose che confrontato con i quattro dava l'idea d'essere appena sceso dal cielo al cospetto dei suoi adoratori. Quasi un essere soprannaturale. Era famoso per essere spietato e senza cuore; una sfida all'arma bianca persa con lui avrebbe significato morte certa. Miiko si staccò dal gruppo e avvicinandovisi fece per parlare, ma lui la interruppe e le fece segno di indietreggiare di alcuni passi: poteva stare al suo cospetto, ma non così vicino. La guerriera acconsentì nervosa, ma non si fece prendere dall'ira, doveva stare al gioco e quindi, sorprendendo i suoi compagni, esclamò con un grande inchino: "Mio signore, vengo umilmente al vostro cospetto per pregarvi di concederci in prestito quattro dei vostri migliori destrieri. In pegno lasceremo questa preziosissima nodachi giapponese, forgiata dai migliori maestri della scuola Soshu." Sciolse i legacci e scoprì parte della lama, inventò l'origine della spada per meglio presentarla. Chang Dsu Yao, come aveva fatto prima, la fermò con un cenno della mano e iniziò a ridere: "...Hahaha sciocca! Quello è un semplice pezzo di ferro senza filo né elsa e anche fosse come affermi, le armi giapponesi sono forgiate da cani rabbiosi per altri cani rabbiosi. Non possono competere con le armi cinesi, tu dovresti saperlo mezzosangue!" Tuonò con non poca boria.
Miiko, senza ancora gettare la maschera da umile serva, continuò: "Sì mio padrone, avete ragione, non volevo ingannarvi, ma siamo disperati. Dobbiamo raggiungere nel più breve tempo possibile una lontana città verso nord..."
"Non è un mio problema! Andate via ora e non fatemi perdere più altri istanti se non volete essere passati dalle armi dei miei soldati!"

Miiko le aveva provate tutte, era arrivata al limite della sopportazione, il teatro si era concluso nel momento stesso in cui Chang le aveva voltato le spalle. Dall'inchino ossequioso veloce si mise in guardia, serrando una pietra con sorprendente mira la scagliò e lo colpì alla testa. Chang gridò come una cornacchia ferita, sanguinante ordinò alle truppe armate di ucciderli all'istante. I quattro si misero in cerchio spalla a spalla, pronti a morire, ma a lottare fino alla fine. Vennero accerchiati da non meno di venti uomini, armati di tutto punto. Miiko però non aveva ancora scoccato l'ultima preziosa freccia. Si rivolse spavalda all'uomo e affermò di volersi misurare con lui in una sfida all'ultimo sangue, in caso di vittoria avrebbero portato via i quattro cavalli.

"In caso contrario le nostre vite saranno tue."

Chang con rabbia urlò: "LE VOSTRE VITE SONO GIÀ DI MIA PROPRIETÀ! Solo un mio capriccio deciderà come e quando strapparvele!" Dopo poco il volto furente iniziò ad assumere un ghigno degno del più terribile demone e con uno sguardo fisso annuì. Miiko aveva fatto leva sulla voglia di misurarsi, unico elemento degno d'essere vissuto per lui. Chang fece strada, camminava tronfio avanti alla piccola guerriera, mentre si tamponava la ferita con un pregiato fazzoletto di seta ricamato che, stizzito, si era fatto consegnare da uno dei servi. I due contendenti si appropriarono dello spazio più ampio, un grande slargo libero da intralci. Uno di fronte all'altra, si mantennero a strategica distanza prima di iniziare il confronto.

Miiko tenne solo l'arma prediletta e fece un breve inchino verso l'avversario che strinse la mano destra in un pugno, unendola alla sinistra semi aperta, senza alcun inchino.

Lo scontro ebbe inizio.

Si guardarono fissi negli occhi. Fecero cerchi concentrici studiandosi, poi Miiko si sganciò da quell'ipnotica sequenza di passi e attaccò con un colpo di katana al ventre. Senza fatica Chang ruotò rapido su se stesso, lo evitò e contrattaccò con un fendente di spada dritta al volto. La giovane lo parò con sforzo. Quell'esile creatura sembrava avesse più forza di tre uomini. Le spade si incrociarono susseguendosi in un continuo scintillio di metallo scalfito, parata su colpo, all'infinito. I movimenti della guerriera divennero sempre più azzardati e goffi, mentre l'avversario, composto e sereno, senza neanche una goccia di sudore, era quasi divertito. Attorno a loro, come a creare un'enorme gabbia per fiere fameliche, le guardie erano silenti ed estasiate. Cang Hao e Gu Li partecipavano alla lotta seguendo ogni movimento, sembrava sentissero la fatica e l'impegno di Miiko, mentre Yaeko non mostrava alcuna emozione. Era come osservare una danza senza sosta; così fino al calare del sole. Nessuno riusciva a prendere il sopravvento.

Miiko, esausta, non si accorse di alcune pietre, mise il piede in fallo e scivolò. Riuscì comunque a girarsi e cadere di schiena, alzò il braccio che impugnava la spada e mantenne la guardia. L'uomo non perse occasione per approfittare del vantaggio, si avvicinò e le sferrò un fendente alla gola. Miiko schivò il colpo, che le tranciò di netto una ciocca di capelli e riuscì a colpirlo con la punta della katana. Gli ferì la gamba, lui perse l'equilibrio e finì giù accanto a lei. Rimasero fermi fianco a fianco, nessuno riuscì ad alzarsi per finire l'altro. Chang iniziò a reprimere quella che sembrava una convulsione, poi esplose in una fragorosa risata. Era come impazzito. Lentamente, infine, iniziò a soffocare le risa e a comporsi e affermò soddisfatto: "In tutta la mia vita nessuno degli avversari che ho affrontato è stato più durevole e divertente di te. Ho risentito il battito del cuore! Mi hai fatto sentire davvero vivo." Non disse altro, si alzò, fece qualche passo zoppicando e si scosse la polvere di dosso, senza dare conto all'avversaria ancora sdraiata. Diede disposizioni ai servitori di portare destrieri veloci e robusti. Si ritirò nelle sue stanze e non lo videro più. A quel punto Yaeko si scagliò contro Miiko: "La tua arroganza ha superato ogni limite!" Le urlò a brutto muso di non fare più scommesse con il fato e di non giocare più con le loro vite. "Adesso abbiamo un compito, quello di vendicare il mio amato! Poi potrai fare ciò che vuoi, certo non mi interessa il tuo destino! Ma ora abbiamo una missione da compire." Miiko annuì silenziosa.

Poco dopo, il quartetto seguì i servi di Chang.

Yaeko affermò con un mezzo sorriso: "Finalmente con questi cavalli potremo raggiungere in pochi giorni la fortezza e uccidere il malefico Generale!" Miiko la interruppe: "Cosa pensi che potremo ottenere? Saremo spazzati via come una piuma in una tormenta prima ancora di poter sperare di vedere da lontano le mura di cinta."

"Allora non sei la combattente che ti vanti di essere! Hai solo paura! Sei una vigliacca senza onore! I tuoi amici sono stati massacrati, quello che consideravi come un fratello è morto torturato... mi rivolta lo stomaco sentirti piagnucolare come una mocciosa! Stai tradendo la sua memoria!"

Miiko non riuscì a trattenere la rabbia, si avvicinò fin quasi a sfiorarla: "Ripeti ancora quello che hai detto e il fatto che sei la donna che Weii amava non ti impedirà di morire qui e ora! Pensi di farmi paura? Sarai anche il doppio di me, ma non sei nulla! Ho affrontato avversari più grossi e migliori nella tecnica di lancia! Sì la tecnica e non solo, manchi di qualcosa che difficilmente raggiungerai con l'allenamento, sei deficitaria di intelletto!"

"È una fortuna che da qui su riesca a malapena a percepire le tue parole..."

"Tu, grosso bisonte, non sai con chi hai a che fare! Ti to-

glierò quell'aria boriosa sgonfiandoti con la mia katana!"
Stavano per saltarsi addosso.

"ORA BASTA!" Gu Li esclamò: "Il nemico si trova là fuori e non tra di noi!" Poi Cang Hao finì la ramanzina: "Smettetela di punzecchiarvi come due bambinette viziate! Miiko ha ragione, non abbiamo speranze. Possiamo semplicemente avvicinarci alla Fortezza e studiarne la struttura, i punti deboli, i turni di giorno e di notte delle vedette, il numero dei soldati impiegati e tutti gli accessi, anche quelli meno sorvegliati. Ci rifugeremo in uno dei vicini villaggi alle pendici del monte e ci occuperemo di studiare i loro movimenti. Con il tempo possiamo sperare di trovare un punto debole per poi agire, se gli spiriti del cielo ci guideranno e assisteranno. Non possiamo fare altro."

"E voi sareste dei militari?! Ma non capite! Dobbiamo vendicarci ora!" Disse brusca Yaeko, poi fece una pausa, rise e aggiunse: "Non posso perdere altro tempo con voi. Andrò da sola! Siete solo delle amebe senza spina dorsale! E voi sareste uomini? Lo sono più io nel mio braccio sinistro che voi due messi assieme, mi fate ridere!" Gu Li la fermò: "È inutile continuare con queste provocazioni vuote e insensate. Cosa credi di instillare, un sussulto d'orgoglio? Anch'io desidero uccidere chi mi ha portato via per sempre mia moglie. Hanno massacrato tutti, hanno incendiato quello che era il nostro rifugio, pensi che non lo sappia?" Con voce spezzata continuò: "Ma non ci sono possibilità, morirai come una bestia. Non credo che Weii volesse la tua morte. Perché di questo si tratta, suicidarsi in suo nome. Non sono un martire e non ho intenzione di morire inutilmente, almeno finché avrò il controllo sulle emozioni. Più guerrieri porterò con me all'inferno e meglio si sentiranno i nostri cari, ma così non arriviamo da nessuna parte! Se vuoi batterti da sola e a modo tuo non te lo impediremo.

Vai dunque, cosa aspetti? Vai a farti ammazzare!" La donna non rispose, ma i suoi occhi erano rossi, come se avesse imprigionato le fiamme e il calore della profondità della terra. Si girò e andò verso un vicino ruscello; si accovacciò ai bordi della riva e rimase lì tremante dal nervoso.

Erano trascorsi tre giorni, senza quasi riposare; ma grazie ai purosangue di Chang, erano riusciti a percorrere molta strada. Fecero una sosta per far abbeverare i cavalli. Erano tutti scesi tranne Miiko; quasi assorta fissava il vuoto. Il suo sguardo sembrava andare oltre l'orizzonte. I compagni si domandarono se stesse dormendo ad occhi aperti o se avesse visto uno spirito dei boschi aleggiare lì intorno. Miiko, quasi urlò: "È lui non lo vedete?" Rabbrividì nel vedere nuovamente l'immagine di Weii. Questa volta le sorrise ma, com'era già successo, sparì in un attimo e nello stesso momento le apparve la figura di un cavaliere che sfrecciava su un destriero. Sospirò forte e continuò come fosse sotto uno strano incantesimo: "Con la sua splendida armatura lucida e nera è qui per ucciderci tutti..." Fece cenno di aspettarla lì e galoppò via verso un vicino sentiero. Gli altri non avevano visto nulla e nessuno.

"La piccola guerriera è impazzita dunque." Affermò Yaeko. Nella corsa non era distratta neanche dal sole che emanava i raggi proprio contro di lei e si rifletteva sul piccolo tassello laccato, che si muoveva agitato dal galoppo furente. Miiko era in uno stato di veglia apparente, continuava a seguire senza alcuna regola ombre e luci fra gli alberi. Tirò a sé le briglie per frenare il bianco alleato e scese accucciandosi dietro a dei rovi. Poco distante c'era un cavaliere in armatura, non appartenete a guarnigioni cinesi. La corazza era uguale a quelle che il padre le aveva fatto vedere in vecchie stampe. Era un'importante graduato dell'esercito giapponese.

"Cosa ci fa in Cina e per di più da solo nel bosco?" Pensò. L'uomo era di media statura ma teneva una postura retta e nobile che lo rendeva imponente. Tolse la maschera e il sole filtrato dalle foglie gli illuminò il viso. Miiko rimase come estasiata, mai aveva visto uomo più bello. Aveva gli occhi neri dal taglio sottile e un'espressione fiera. Non era solita ammirare certe forme di bellezza, per lei bello era un affondo di spada, un'abile strategia o l'ergersi poderosi su un destriero durate il galoppo.

Il cavaliere si guardò attorno e iniziò a togliersi l'armatura, strati di metallo, cuoio e stoffe abbellite da ricami e ghirigori d'oro. La katana e la più piccola wakizashie le nascose in un grosso sacco di stoffa dalla trama spessa. Miiko arrossì e distolse lo sguardo. Quello strano calore, che dal collo le saliva su per le gote, era misterioso quanto quella visione. Tornò a guardare, il cuore iniziò a batterle forte fino a farle pulsare le tempie. L'uomo prese dal sacco degli abiti composti da stoffe grossolane di diverso colore, cucite assieme alla buona. Dopo qualche istante di indecisione, Miiko ritornò in sé, ricordando quali fossero i suoi doveri. Impugnò la fedele katana e avanzò accorta. Puntò l'arma contro l'uomo a torso nudo, che rimase immobile ad osservarla. Lei gli chiese in giapponese: "Chi sei e cosa fai qui? Perché hai nascosto l'armatura e ti sei cambiato con questi stracci?" Il cavaliere, con sguardo freddo come il ghiaccio ma con voce calma, la tranquillizzò. Le disse che non era lì per farle del male, ma che aveva una missione diplomatica. La giovane guerriera seppur imbarazzata dall'interlocutore e dalla sua sicurezza rise: "Nessuno, umano o demone può sperare di farmi del male!" Lui le chiese come conoscesse la sua lingua, poi capì dai tratti che ne tradivano le origini: "Sei giapponese?" Le domandò mentre guadagnava sempre più terreno. La guerriera non rispose, l'uomo le si avvicinò passo passo sempre di più. Miiko aveva totalmente dimenticato le basilari regole dell'ingaggio, non sapeva cosa le stesse accadendo, era in totale soggezione. Negli anni nessun avversario le era stato così vicino senza che se ne rendesse conto. Lui con un'abile tecnica la disarmò e la avvinghiò a terra, in una morsa che aveva ben poche soluzioni di fuga. Miiko non oppose quasi resistenza. I due rotolarono tra le foglie. Dopo pochi attimi che a Miiko sembrarono interminabili, furono interrotti da un forte calpestio di zoccoli. L'uomo la liberò dalla presa, afferrò il sacco con le armi, montò sul cavallo e fuggì oltre le fronde, lanciandole un ultimo sguardo indagatore. Cang Hao l'aveva raggiunta, disobbedì all'ordine di attenderla e arrivò lì senza riuscire a vedere nessuno. Era trascorso molto da quando Miiko si era allontanata. Il tempo era volato così in fretta senza che se ne accorgesse. Con i dubbi che le giravano in testa, tornò indietro, scortata da Cang Hao: "Ma per quale misterioso motivo sei corsa via? Ho dovuto percorrere molte miglia prima di ritrovarti. Sei scappata come se gli spiriti del Feng Du fossero apparsi per rapirti!"

"Non so spiegartelo, perché neanche io capisco fino a dove la mia mente mi porta. Sono due le questioni: o sto impazzendo, o riesco a vedere cose che poi pare si verifichino..." Il guerriero la fissò senza aggiungere altro alle parole di Miiko. Da bambina dopo particolari esercizi di Qi Gong era assalita da strane sensazioni, momenti scanditi dall'illusione di vedere, ad esempio, i genitori parlare in casa mentre lei era nel bosco, come se riuscisse realmente a guardare con i suoi occhi scene nitide molto lontane nel tempo o nello spazio. Con il passare degli anni, non più praticando, queste percezioni rimasero dei lontani ricordi senza alcuna importanza.

Cinque giorni erano trascorsi dalla partenza dal podere di Chang e mancava poco al tramonto. Nel frattempo avevano preparato una strategia per osservare i nemici ed eventualmente prepararsi alla fuga, grazie anche all'aiuto di manufatti esplosivi creati da Cang Hao.

Miiko, assorta, pensava ancora al cavaliere giapponese e a ciò che le aveva detto. *"Missione diplomatica... strano! Visti i rapporti tra i due Paesi... e poi da solo nel bosco e perché mai cambiarsi d'abito così?"* E in quel momento si accorse, con la coda dell'occhio, di alcune ombre veloci che saettavano tra le alte cime degli alberi. Saltellavano da un ramo all'altro quasi a formare delle strane scie rosse, come quelle dei fulmini crepitanti. Con uno sguardo complice Yaeko le fece intendere che aveva notato anche lei che erano seguiti da qualcuno agile fino all'inverosimile.

Non riuscirono neanche ad ipotizzare un piano che vennero raggiunti da uno sciame di frecce, tanto fitto da oscurare il cielo. Per loro fortuna finirono qualche passo avanti. All'inizio non riuscirono a percepirne l'esatta provenienza, poi nascosti dietro gli alberi videro da lontano molti cavalieri che si scagliavano al galoppo. Si trattava del primo degli avamposti a difesa della Fortezza del Generale Hua Zhe Lei. Chiare erano le effigi sugli stendardi. Urlanti e feroci e dal numero soverchiante. Miiko con fredda determinazione, sganciò l'arco lungo dalla sella e prese tre frecce dalla faretra dietro le spalle.

Respiro profondo, calma interiore.

Un fiume in piena pochi istanti prima, poi totale raccoglimento; tutte le energie del suo essere concentrate al centro del basso ventre, secondo rigide regole. Tirò l'arco, puntò verso il groviglio confuso degli attaccanti, cadenzò il respiro e scagliò le frecce all'unisono. Viaggiarono come saette e colpirono tre bersagli, fermati come se avessero scontrato un muro. Chi trafitto al volto, chi al petto e chi al fianco, tutti caddero e intralciarono il galoppo dei compagni dietro. In molti si ritrovarono nella polvere. Miiko e gli altri ebbero il tempo di scendere dai cavalli in attesa che la battaglia avesse vero inizio. Gli avversari erano a poche decine di passi, Gu Li riuscì a lanciare un esplosivo; una fitta cortina che li obbligò a scendere da cavallo. Poi si susseguì una moltitudine di colpi. Il tempo sembrava non scorrere affatto. Un arciere ben appostato, prese di mira Miiko, forse perché la migliore. Da sola aveva eliminato più avversari degli altri messi insieme. La freccia scoccò senza che ne fosse udito il sibilo. L'obiettivo non fu colpito però; non per la pessima mira, ma perché Yaeko velocemente intercettò la corsa della freccia che le si conficcò in pieno petto. Le due si guardarono negli occhi, Miiko la strinse a sé, crollando con lei a terra urlò forte il suo nome. Ma Yaeko sorrise, senza avvertire nessuna delle grida della piccola guerriera. Pensava solo all'idea di rivedere Weii, poteva finalmente coronare il sogno di sposarlo almeno nell'aldilà. Cang Hao e Gu Li, nonostante le ferite, con i corpi fecero da scudo alle donne.

Nell'oscurità della notte ormai giunta, gli avversari rimasti assaporavano già la vittoria. Ma uno ad uno iniziarono a cadere eliminati da quelli che nella penombra sembravano essere spiriti dei boschi, veloci come saette e silenziosi come nuvole. Quelle starne e misteriose creature, vestiti dei colori del fuoco, poi si avvicinarono verso di loro lanciando delle sfere esplosive. Fuoriuscì una nube bianca che lentamente gli fece perdere i sensi. Erano alla mercé di quegli spiriti che incombevano minacciosi.

6

Il Monastero dei Cento Stili

"Cosa è successo?" Miiko riuscì a fatica ad aprire gli occhi. Era in una piccola e spoglia stanza in muratura. Dalla finestra tagliata nella pietra proveniva una tenue lama di luce; in fondo c'era una porticina semichiusa. Era sdraiata in un letto basso di legno con una sottile coperta imbottita fino all'inverosimile di paglia. Poi percepì voci ritmate e cadenzate fuori dalla porta; parole martellanti che finivano prepotentemente nella testa a far compagnia ai suoi pensieri. Stordita e ancora debole provò ad alzarsi, a fare qualche passo, ma sentì una forte fitta al fianco. Si accorse di essere coperta di candide e strette bende e di vesti pulite e profumate. Non vide altro e svenne. Una figura poco nitida e non messa del tutto a fuoco si fece avanti, si definì una sagoma dai contorni familiari: Weii. Muoveva le labbra ma non usciva alcun suono. Il suo sguardo, dapprima sereno, si fece sempre più serio, fino a divenire disperato e sconsolato per poi sparire del tutto in una nebbia fitta.

Quando rinvenne al suo cospetto trovò quattro monaci.

"Dove mi trovo? E dove sono i miei amici?" Chiese allarmata.

"Questo è il *Monastero dei Cento Stili*. I tuoi amici sono nelle loro stanze a riposare."

"Allora voi ci avete salvati! Conosco le leggende legate a questo Monastero, narrano di gesti nobili e salvataggi estremi, ma credevo che appartenessero al mito."

"I due uomini stanno bene." Continuò il monaco senza prestare attenzione alle sue parole. "Ma la ragazza ha bisogno di più cure e riposo. La freccia le si è conficcata nel petto a poca distanza dal cuore, qualche spirito benevolo ha voluto aiutarla." Era sempre lo stesso a parlare. Gli altri tre, fra cui due donne, erano fermi vicino alla porta.

La presenza di donne monaco era inusuale per un Monastero buddista; inoltre avevano anche la libertà di scegliere di portare o meno i capelli lunghi a quanto pareva, cosa ancora più strana constatò.

"Quando potrò vederli?" Chiese Miiko.

Era libera di andarli a trovare quando voleva ma le consigliarono di riposarsi ancora. Dopo di che uscirono.

Nei giorni a seguire Miiko si informò su di loro da chiunque incontrasse. Erano i quattro gurrieri più abili e forti del Monastero e tutti ne parlavano con rispetto e ammirazione. I nomi cinesi avevano ceduto il passo a quelli iniziatici tibetani: Baatar (*eroe*), Batsaikhan (*forte e bello*), Badma (*fiore di loto*) e Narantuya (*raggio di sole*). Erano esperti nella lotta a mani nude, possessori del segreto di vari stili, appresi imitando il movimento di molti animali. Le dissero che erano in grado di entrare nella mente dell'animale, che ne studiassero le peculiarità per apprendere nuovi modi di muovere il corpo e la mente, per tornare poi ad allenarsi con un archetipo in più fra le loro conoscenze. Si destreggiavano nell'uso di innumerevoli armi: sciabola, lancia, alabarda, spada a doppia lama, coltelli, bastone lungo e bastoni corti, ma anche altre dalle forme più strane e dagli usi particolari. Praticamente potevano usare qualsiasi oggetto come infallibile e temibile arma.

Erano gli unici a conoscere tutti gli stili, espressi con il numero simbolico di cento. Erano i depositari della tradizione del Monastero. Scoprì che a loro era affidato il compito di scovare chi, fra i tanti che si allenavano al Tempio, potesse proseguire le orme dei loro Maestri e dei Maestri dei Maestri, e indietro così, fino alla notte dei tempi. "Devono essere in grado di individuare le capacità di una persona di imparare vari modi di esprimere le differenti qualità di ogni cosa insegnata, giusto?" Chiese Miiko ad un giovane monaco intento nella pulizia della stanza.

"Non solo. Devono capire chi ha in sé il seme creativo che rende viva una tradizione."

Nonostante fossero così eclettici, ognuno di loro aveva degli stili che prediligeva. Si riconoscevano delle caratteristiche che potevano essere rappresentate da un animale, come era d'uso nell'antica Cina nel raccontare i miti che nascevano dalle gesta di alcuni Maestri. Baatar, il primo dei quattro per esperienza e saggezza, aveva spiccate le doti che vengono rappresentate dal *Serpente*.

"Sa controllare diversi stati di coscienza e gestisce le energie in modo eccelso, tanto da renderle ad un livello così basso da sparire agli occhi dell'avversario che non riesce più a percepirlo; o talmente alte da inibire la stessa voglia di attaccare prima ancora di iniziare a muoversi." Aveva la capacità di rendere concreta ogni conoscenza e la vastità del suo sapere era impressionante. La precisione nei colpi era incredibile, in un modo o nell'altro arrivava sempre dove aveva deciso. Sapeva avvolgere con prese insostenibili per chi lo sfidava, non solo il corpo, ma anche la mente del malcapitato, perché ne studiava il ritmo e sapeva esattamente dove e quando entrare per colpire. Prima c'era la scelta, il collassare delle possibilità in un atto definitivo e a seconda del primo impatto decideva poi i passi successivi.

Il tutto celermente e con risoluzione.

"Devi vederlo usare la spada lunga a due mani e la catena! Uno spettacolo di leggerezza ed efficacia."

Batsaikhan era il più giovane, ma grazie al talento innato era riuscito in breve ad arrivare alle più alte vette di insegnamento e pratica. L'animale che più lo caratterizzava era il *Leopardo*. Aveva un fisico muscoloso, che usava con molta elasticità, con la capacità di colpire l'avversario a distanze insospettabili.

"È incredibile, muove le gambe come fossero braccia, con la stessa velocità con cui tira pugni, colpisce con i calci." Chi combatteva con lui si ritrovava sotto una miriade di colpi che arrivavano da tutte le direzioni. Una delle doti peculiari era saper trovare la via d'uscita in qualsiasi situazione, per quanto complicata potesse essere. In questo lo aiutava l'entusiasmo che sempre lo accompagnava in tutto quello che faceva. Arrivava agli obiettivi che si prefiggeva pianificando, ma non stabiliva mai le cose a priori, decideva le azioni da compiere in base al progetto, al bersaglio, con molta sensibilità. Amava osservare ed imitare ogni maestro che incontrava, qualsiasi stile praticasse e riusciva ad amalgamare con la sua personalità unica quello che apprendeva. Le armi con cui si divertiva di più erano il bastone a tre sezioni (chiamato così perché composto da tre parti in legno legate fra loro da delle catene) e i falcetti. Il primo era prediletto per l'estrema difficoltà di controllo; ogni volta che utilizzava quell'arma, per lui, era come mettersi in gioco e sviluppare nuove tecniche e doti sia fisiche che mentali. Dei falcetti, invece, amava la velocità e la praticità; li faceva volteggiare creando figure armoniose, come una danza ritmata.

"Ma non lasciarti ingannare, finire sotto la sua morsa vuol dire morte certa."

In Badma invece si concentravano le caratteristiche di due differenti animali, che nell'ago della sua bilancia pesavano in egual modo: la *Tigre* e la *Gru*.

"Hanno capacità quasi opposte, per certi versi, e le donano un equilibrio speciale." Sapeva quando era il momento di partecipare con vigore alle questioni e quando prendere distanza e viveva tranquillamente il distacco senza il minimo coinvolgimento. Aveva una leggerezza mista a una potenza che le permettevano di confondere il nemico sulle decisioni da prendere nell'attaccare, giusto il tempo per bloccarlo e atterrarlo, sfruttando i punti di pressione presenti nel corpo umano (punti che sollecitati in diversi modi fanno reagire il corpo), dei quali era grande conoscitrice. Non amava molto combattere, al contrario di Batsaikhan che andava di continuo alla ricerca di nuovi avversari da sfidare, lei cercava di evitare di arrivare allo scontro, spesso usando il dono della parola, che sapeva ben sfruttare. Quando, però, si ritrovava a dover affrontare qualcuno, niente la distoglieva, manteneva il sangue freddo.

"Non parte mai per prima, aspetta la mossa dell'avversario, ma poi riesce sempre ad anticiparlo!" Non disperdeva le energie in cose per lei futili, ma sapeva avvolgerti in calorosi abbracci ricolmi di tutta la meraviglia del suo mondo interiore. Prediletti erano per lei i doppi coltelli a farfalla (dei grandi pugnali a una lama) e il bastone lungo, che esprimevano nelle loro differenze le due caratteristiche più spiccate in lei. I coltelli a farfalla, posandosi sugli avambracci sviluppano l'uso degli arti superiori nel combattimento a corta distanza, mentre il bastone permette di colpire da molto lontano senza dare la possibilità al nemico di avvicinarsi e rispondere ai colpi.

Infine, ma non per ultima, Narantuya. Lei incarnava il concetto di mutamento, che da tempo immemore in Cina viene rappresentato dal *Drago*.

"Riesce a intuire le debolezze di chi le sta di fronte e sa cambiare atteggiamento anche all'ultimo momento, lo allinea con quello dell'altro e lo domina." Tant'è che i nemici si sentivano colpiti in più dimensioni, non solo quella fisica; sentivano sofferenze interne che li facevano reagire emotivamente rendendo il loro attacco sconclusionato e inefficiente. Aveva movenze eleganti e armoniose e la grande capacità di colpire a tutte le altezze, anche contemporaneamente. Roteava intorno all'avversario cambiando sempre posizione, in modo da non fargli capire dove si trovasse; per poi attaccare diretta e celere, faceva sentire il nemico come travolto da un'onda prorompente del mare. Questa capacità emotiva, quando era ancora una novizia, spesso la faceva entrare in confusione, perché non sapeva più distinguere l'altro da sé. Provava anche lei quello che percepiva l'avversario e reagiva in maniera abnorme rispetto allo stimolo ricevuto, usava perciò molte più energie del necessario per uscire dalle difficoltà. Ma negli anni, grazie al coraggio e alla voglia di sfidare se stessa e grazie ai suoi maestri e compagni di pratica, che ascoltava con spiccato interesse e mai banalmente, era riuscita a dominare questa debolezza trasformandola in uno dei suoi maggiori punti di forza. Anche da cose piccole e insignificanti riusciva a costruire qualcosa di prezioso e utile. Le armi che maggiormente le facevano raffigurare le sue capacità erano il ventaglio, assolutamente da non sottovalutare nelle sue taglienti lame nascoste, e la katana cinese, una spada con la lama curva, rarissima; lei era una delle pochissime ad usarla, in tutta la Cina.

Tutto questo Miiko lo venne a sapere in diversi giorni passati a curiosare ogni antro di quella splendida struttura che sorgeva nell'entroterra del Fujian. Seppe anche che avevano affrontato diverse battaglie insieme e aiutato spesso chi si trovava in difficoltà, il più delle volte contrastando le truppe del Generale Hua Ze Lei. Ne erano usciti sempre vittoriosi, tanto che in tutto il territorio si erano sparse diverse leggende da renderli quasi esseri mitici e soprannaturali. Ormai Yaeko si era ristabilita e, come anche agli altri, le sarebbe piaciuto rimanere al Tempio per apprendere tutto il possibile; si erano resi conto che qualcosa di speciale e unico aleggiava in quel luogo sacro. Ma il loro desiderio doveva essere vagliato dai più anziani e maggiori detentori delle sacre conoscenze guerriere: Merghen (*infallibile*) e Gansukh, (*ascia d'acciaio*). Totalmente diversi uno dall'altro.

Il primo aveva un viso dall'espressione serena; nonostante l'aspetto rassicurante, i suoi colpi in rapida successione erano tanto potenti da scuotere le grandi mura di Wan Li Chang Cheng (la grande Muraglia). Di età indefinita, poteva avere cinquanta come mille anni, aveva una personalità difficile da definire, tanto ampie erano le sue conoscenze e variopinti i modi di esprimerle.

Gansukh aveva un'agilità e una tempra non comuni, veloce e forte come un giaguaro. I due sembrava fossero nati assieme all'antico Tempio, con le belle e fiere statue raffiguranti Buddha e l'alta torre a pagode col tetto a falde spioventi e gli spigoli inferiori curvati verso l'alto. Assieme proseguivano la tradizione, mantenevano tutto quello che di prezioso andava mantenuto e protetto e modificavano e ampliavano tutto ciò che ritenevano opportuno, facendo così crescere il loro sapere e quello degli altri. Insieme avevano addestrato i quattro monaci superiori e, sempre insieme, prendevano le decisioni più importanti che riguardavano il Tempio. Ma della guida del Monastero si occupava solo Merghen.

"Gestisce i Maestri e segue gli allievi, dando i giusti consigli quando più se ne ha bisogno. Conosce profondamente uno ad uno tutti gli occupanti di questo luogo sacro e si dedica a noi, il più delle volte senza che neanche ce ne accorgiamo." Gansukh era più solitario e viaggiava molto. Non insegnava mai a nessuno, ad esclusione dei monaci superiori, che comunque seguiva saltuariamente. Non gli mancavano certo le doti o le conoscenze, ma quel ruolo gli stava un po' stretto, preferiva lasciare quel compito al fedele compagno, che riteneva più abile nel far apprendere le cose, mentre lui si occupava di studi e ricerche, che poi sviluppava e ampliava nelle lunghe notti che passava a parlare con Merghen. Era spesso assente, ma non si sa per quale strana magia, quando la sua presenza era richiesta era lì, pronto.

E anche questa volta non mancò; quando Miiko, Yaeko, Cang Hao e Gu Li vennero accolti nel giardino principale per esser ricevuti, era accanto a Merghen.

Una volta ascoltate le ragioni dei quattro guerrieri si consultarono e acconsentirono a ospitarli per un tempo definito, passato il quale avrebbero nuovamente vagliato la decisione.

"Il Tempio è aperto a chiunque ha buone intenzioni e rispetta le regole, ma dovrete vivere come foste monaci, seguendo i nostri ritmi." Si sarebbero allenati dal mattino fino a molto dopo il tramonto. Ogni avvenimento, del giorno e della notte, sarebbe stato scandito dalle sacre istruzioni guerriere.

7

L'equilibrio dei contrari

La prima lezione si sarebbe svolta alle prime luci dell'alba al centro dello slargo principale del Monastero. Del Maestro che avrebbero incontrato sapevano solo che era originario di Abashiri a nord-est dell'isola di Hokkaido. Si trasferì in Cina molto giovane, alla ricerca di una tranquillità che le guerre in Giappone non gli concedevano. Il nome iniziatico era Enkhjargal (*pace e serenità*); era piccolo di statura, agile come uno scoiattolo e forte come un lupo.

"Ma è a testa in giù!" Esclamò Miiko sgranando gli occhi alla vista del Maestro che li attendeva. Era perfettamente perpendicolare al suolo, tutto il peso era sulle braccia e sulle mani.

"È come una lancia piantata nel terreno." Sussurrò Yaeko mentre si avvicinavano. Immobile quasi fosse nato in quella posizione e svolgesse ogni attività del giorno così, vedendo il mondo al contrario. Li invitò a farlo cadere.

"Uno alla volta o tutti insieme, come preferite." Disse serio. Miiko, Yaeko, Cang Hao e Gu Li, si guardarono un po' divertiti. Timidamente Yaeko quasi a voler far finire presto quella farsa, con tutta la forza lo spinse via. Non solo Enkhjargal non si spostò di un passo, ma portò il peso su un braccio solo, si piegò e calciò potentemente la donna, che venne colta di sorpresa e cadde.

"Accidenti! In questo spiazzo il mondo funziona al contrario!" Disse ammirato e incredulo Gu Li. Ferita nell'orgoglio Yeako si rialzò e invitò i compagni, come fosse una sfida corale, a spingere lontano l'uomo, che senza alcuna fatica li guardava sorridente. Allora presero una breve rincorsa e ci riprovarono.

Nulla, non accadde nulla al Maestro, loro invece vennero sorpresi da altri colpi e si ritrovarono tutti sul terriccio. Rimasero seduti mentre Enkhjargal ritornò in posizione retta e disse: "Ogni essere della terra necessita di un equilibrio, la vita stessa che pulsa in noi deve trovarlo in sincronia con l'universo. *Attitudine acrobatica*, così viene chiamata quest'arte. Dovrete allenarvi per diverso tempo al giorno. Le sconfitte saranno molte, ma ogni piccola vittoria, raggiunta con fatica e sudore, vi porterà al primo traguardo, quello dell'equilibrio tra mente e corpo."

8

Fermare il tempo

Capitava spesso di incontrare Medgui (*non so*) tra i giardini del Monastero. Riservato e timido, era magro e piuttosto alto. Aveva una barba non troppo lunga e portava occhiali tondi legati alle orecchie con dei laccioli. Erano molto curiosi di capire a che tipo di lezione avrebbero assistito. Era un uomo particolare e somigliava poco all'idea che avevano di maestro; era capace di salutarti anche diverse volte durante l'arco della giornata, sorridendoti gentilmente come fosse la prima volta che ti vedeva e poi era tra i pochi monaci ad essere dispensato dai duri allenamenti.

Lo aspettarono a lungo, tanto che Yaeko iniziava a spazientirsi. Poi lo videro avvicinarsi con tutta calma con una tela sottobraccio e dei colori. Fece un inchino ad ognuno di loro e prese a parlare dell'architettura del posto in modo dettagliato. Gli spiegò perchè la pagoda era stata costruita così e non diversamente, mentre sistemava gli strumenti. Poi iniziò a dipingere. Uno sguardo fugace ad un monaco che passava da lì e lo riportò fedelmente sulla tela con tutto ciò che lo circondava.

"Oh!" Esclamò Cang Hao. "Sembra quasi voler prender vita."

"Sì, bellissimo." Disse a bassa voce Yaeko. "Ma a che ci serve tutto questo?" Medgui alzò lo sguardo verso di lei, mentre Yaeko lo abbassò.

"Le sorti di una guerra devono avvenire molto prima nella mente che nel corpo." Disse. "Vi farò allenare la memoria, attraverso tecniche di respirazione e rilassamento muscolare e mentale. Imparerete a 'congelare' e analizzare un campo di battaglia, a saper riconoscere con uno sguardo quali sono i punti strategici favorevoli e quelli contrari, da quale punto far partire un attacco o arroccarsi a difesa in una posizione, capire quando ritirarsi o accerchiare il nemico. È importante memorizzare i movimenti di un avversario in un combattimento corpo a corpo, osservare le smorfie e i movimenti del viso e gli atteggiamenti che tradiscono paura, disagio o confusione. Ogni impercettibile movimento può rivelarsi determinante." Imparando ad osservare e studiare gli ambienti, teatro di battaglia, e il nemico, avrebbero conquistato la vittoria prima ancora che la disputa potesse avere inizio.

9

Il pescatore di perle

Prefettura di Kagoshima, Giappone – 1664 – (15 anni prima)

Ishibaschi Kenzo entrò nel locale pensieroso mentre un uomo dal fisico imponente stava gridando: "Dammene un altro!"

"Io credo che siano sufficienti." Provò a dire il locandiere.

"Sakè." Fu la secca risposta.

Aveva un aspetto terribile, era sporco, trasandato.

"Qualcuno da tenere a distanza." Pensò Ishibaschi. Eppure aveva un'espressione così sofferente che non poté evitare di sederglisi accanto.

"Portane due." Disse al locandiere che a quel punto non protestò più.

"Honjo Miisashy." Si presentò l'uomo cercando di fare un inchino. Dopo le dovute formalità Ishibaschi provò a farlo parlare, pensava che sfogarsi gli avrebbe fatto bene. Scoprì che era un artigiano forgiatore di katana, ultimo allievo della scuola di Masamune Okazaki.

"Ho scoperto un metodo per creare una spada invincibile!" Disse Honjo con gli occhi che brillavano. "Sono anni che studio il modo di formare una lega di acciaio e un segre-

tissimo elemento e sono arrivato a capire!" Poi si incupì "...
anni che non penso ad altro, così concentrato che..." Lasciò
la frase in sospeso e tracannò il sakè tutto d'un fiato.

Parlarono per un po' ed Ishibaschi alla fine capì il motivo
del dolore di quell'uomo: l'amata moglie Misaki, dopo una
lunga malattia, era morta pochi giorni prima. Lui, troppo
concentrato nella ricerca della fantomatica lega, non le era
stato accanto nel momento di maggior bisogno. L'esistenza
della formula poi aveva fatto il giro dei maggiori Shogun,
gli ufficiali di più alto grado nell'esercito del Giappone, e
sembrava volessero dargli la caccia.

"Non mi resta che fuggire lontano." Disse Honjo con ancora il bicchiere tra le mani. "Ma che prospettiva di vita posso
dare così a Takuumi?"

Sembrava davvero disperato. Ishibaschi, ascoltò quel turbinio di parole, si intenerì e gli offrì il suo aiuto.

"Sono un Ama, pescatore di perle dei profondi mari del
Sud!" Decantò. "Quando ero giovane sono riuscito a sfiorare in apnea le profondità più inesplorate per raggiungere
le ostriche. Ma queste imprese appartengono al passato.
Oltretutto questo nobile mestiere sta passando nelle capaci
mani delle donne; più veloci, resistenti e scaltre!" Non aveva né moglie né figli e già da un po' pensava di trasferirsi.
Disse al fabbro che lo avrebbe aiutato a fuggire dal Giappone e a cercare di crearsi una nuova vita. Sarebbero andati
nella provincia del Fujian nel sud-est cinese.

Poi rise e gli disse che con un po' di insegnamenti ed esperienza lo avrebbe aiutato a creare nuove e più invincibili
armi. Honjo si fece convincere e si lasciò ospitare a casa del
pescatore, nell'attesa di trovare il momento più propizio
per partire. Se era vero che degli uomini potenti erano sulle sue tracce, dovevano prestare molta attenzione.

Trascorsero alcuni giorni da quell'incontro e Honjo Mii-sashy iniziava ad avere delle perplessità.

In fondo quando mi sono fatto convincere ero ubriaco. Perché dovrei fidarmi di lui?" Stava per cambiare idea quando si nascose per ascoltare Ishibaschi che stava discorrendo con la sorella Midory e il marito. Le parlò con grande rispetto del suo ospite e di come lo avrebbe aiutato anche nell'accudire il figlio, Takuumi.

"Mi sono mosso a compassione anche perché ha la stessa età che avrebbe avuto Takuro." Disse l'uomo. La sorella non riuscì a trattenere le lacrime al ricordo del figlio, morto a causa di una bronchite. L'artigiano, ascoltate quelle parole, capì ciò che doveva fare.

"È la cosa migliore." Si ripeté, come a volersi convincere.

Presosi di coraggio, con passo deciso andò da loro parlandogli concitato e senza sosta di quella decisione appena presa, come se avesse timore di ripensarci se avesse fatto delle pause. Avrebbero accudito come proprio il piccolo Takuumi, per raccontargli quali fossero le sue origini giunto all'età della ragione.

"Che vita avrebbe con me? Voi potete essere quella famiglia che non sarò mai in grado di dargli. Nelle vostre mani potrà crescere con i giusti valori e ideali, come voleva Misaki."

Notò lo stupore dei coniugi e cercò di spiegargli quanto tutto ciò sarebbe stato importante per il bambino. Lui non era un buon padre e nella situazione in cui si trovava non era in grado di crescerlo come avrebbe voluto e come si meritava. Midory e Makishi guardarono quegli occhi lucidi e capirono che era sinceramente convinto, nonostante il gran male che quel pensiero gli provocava. Si girarono verso il bambino che poco distante dormiva sereno e ignaro di tutto quello che stava accandendo. La tenerezza prese il sopravvento e acconsentirono. Promisero di fare tutto il possibile per dargli un futuro migliore. Insieme pensarono che per fare in modo che nessuno potesse ricattare Honjo rapendo o facendo del male al figlio, sarebbe stato meglio nascondere la sua vera identità. Da quel momento avrebbe preso il nome di Takuro.

Dopo qualche giorno, risolte tutte le questioni che nel corso della vita avevano lasciate incomplete, trovarono il momento giusto per partire. Prepararono accuratamente l'imbarcazione, la caricarono di tutto il necessario per il viaggio: abiti, qualche alimento, bussole e carte per stabilire la giusta rotta. L'artigiano aveva anche molte monete e portò, inoltre, alcune preziose materie prime da utilizzare per quando avrebbe forgiato l'arma. Abbracciò forte il piccolo Takuumi e lo affidò alla dolce Midory, si raccomandò di badare a lui e di crescerlo amorevolmente e le lasciò una cospicua quantità di oro.

Così partirono, pensierosi, ma certi di fare la cosa giusta. La luna piena li avrebbe guidati nella traversata in mare verso la straniera terra cinese.

10

Ascoltare il sommerso

Dovettero percorrere molte miglia di navigazione prima di giungere sulle splendide coste del Fujian, nutrendosi di pesce essiccato al sole e riso. Tutto era stato calcolato con precisione assoluta, per non aggiungere carico inutile alla già ingombrante quantità di materiali portati da Honjo. Quattro giorni intensi e finalmente intravidero le bianche coste della Cina. Una volta raggiunto l'antico porto della città di Bozhou e legata l'imbarcazione al molo, poterono scaricare parte del prezioso bagaglio, facendo attenzione a non essere scorti da nessuno. Il cammino sarebbe stato complicato, i giapponesi non venivano visti di buon occhio; i rapporti tra i due popoli erano in conflitto da che se ne aveva memoria. Le forti pressioni espansionistiche dell'Impero di Edo minacciavano le già disagevoli condizioni commerciali cinesi. Vigeva poi la politica del Kaikin "restrizione marittima": i giapponesi non potevano uscire dal paese senza un permesso scritto e agli stranieri era vietato l'ingresso. Per i trasgressori era prevista la pena di morte. Il governo giapponese era in rivolta contro le sempre più presenti colonie olandesi, ma anche spagnole e cinesi. Inoltre, l'espansione della religione cristiana veniva vista come un pericolo che poteva destabilizzare la costituzione piramidale del potere politico e militare, tanto da spingere alcuni potenti Daimyo a ricorrere a torture e ad esecuzioni di massa verso chi seguiva quel culto e verso gli stessi credenti giapponesi convertiti, tra i quali anche molti samurai. Per tutti questi motivi non potevano farsi riconoscere; avrebbero dovuto raggiungere un luogo isolato dove poter iniziare un'attività e conquistare mano a mano la benevolenza degli abitanti lavorando onestamente.

A creare ulteriori difficoltà nel passare inosservati tra le popolazioni autoctone, c'era il fisico di Honjo, alto com'era dava nell'occhio.

"Perché non provi a camminare più basso? Non sò, piegati un po'!" Gli consigliò Ishibaschi fra le risa mentre lui ci provava.

I due amici girovagarono mesi prima di trovare il giusto luogo dove iniziare l'attività. Scelsero la città di Fuzhou, vicina alle colonie olandesi, per di più anche la non lontana Taiwan avrebbe favorito le vendite del prodotto ittico che Ishibaschi Kenzo avrebbe pescato. Avrebbe assunto lavoratori cinesi e creato un fiorente mercato. Honjo Miisashy, invece, doveva pensare all'impresa di costruire una fucina, così da poter riprendere la creazione di nuove spade, con l'obiettivo primario di fare l'arma invincibile. Iniziò a progettare la prima delle sue più grandi opere: una Tatara (fornace giapponese dove forgiare l'acciaio). Ma da lì a poco le lunghe mani della burocrazia cinese avrebbero potuto infrangere i loro sogni, dovevano muoversi con assoluta circospezione.

Honjo venne a sapere che c'era un giovane guerriero giapponese in uno dei villaggi limitrofi. Lo andò a trovare per chiedergli aiuto nel progetto. Dopo tanto cammino gli venne indicata una casa e conobbe Takeshi Tokugara. Gli mancava un occhio ma questo non toglieva fierezza allo sguardo. Accanto aveva la moglie Ginkgo e tre splendide bambine. Honjo venne accolto con tutti gli onori e fatto accomodare. Dopo diversi incontri in cui parlavano sorbendo una bevanda cinese chiamata vino di riso, versione molto simile al sakè, Honjo decise che poteva fidarsi e gli parlò dei suoi progetti. Takeshi era incuriosito ed arrivarono ad un accordo. Avrebbero collaborato alla costruzione della fucina e alla creazione di una spada potentissima. Decisero di riunirsi clandestinamente, nessuno doveva venire a conoscenza dei piani. Per costruire la fucina, dove sarebbe stato fuso il metallo, scelsero un posto coperto dalla boscaglia e poco frequentato, a metà strada tra il villaggio di Takeshi e un nuovo insediamento di contadini, che ancora non aveva raggiunto un numero di persone sufficiente da essere considerato un pericolo. Portarono tutto quello che serviva: tanto legname, sacchi di carbone e la grande Tatara con annessi i due mantici, da manovrare manualmente, necessari per smuovere l'aria e attizzare il fuoco. Poi fascine di paglia di riso e cotone per preparare giacigli e pesanti coperte per affrontare le notti. Inoltre lì vicino era presente un vecchio pozzo, ancora funzionante ma abbandonato; sarebbe servito per le continue procedure di raffreddamento del metallo ricavato dalla fusione e dalla battitura. Tutto era stato pensato fin nei più piccoli particolari, il lavoro poteva avere inizio.

Una sera d'inverno Ishibaschi Kenzo non riusciva a prendere sonno e si diresse verso il vicino fiume per rilassarsi un po'. Intravide il profilo di una figura intenta ad osservare il panorama. Era Takeshi, seduto con le gambe incrociate in *zazen* (posizione per la meditazione Zen), probabilmente alla ricerca della stessa pace. Cercò di tornare indietro per non disturbarlo; ma con il piede schiacciò un fascio di rami, fece rumore e attirò l'attenzione del meditante.

"Amico vieni! Non te ne andare, dividi con me un po' del tuo tempo, io dividerò una bottiglia di vino cinese. Non è il nostro sakè, lo so... ma per trascorrere qualche momento in compagnia va più che bene!" L'uomo sorrise e gli si sedette a fianco. Ishibaschi iniziò a bere e chiese come avesse perso l'occhio destro.

"Takeshi Tokugawa, questo sarebbe stato il mio vero nome da samurai, ma sono figlio illegittimo e non ho potuto usare il nome della sacra famiglia. Mia madre storpiò quel casato senza stravolgerlo per *infondermi la consapevolezza delle immortali origini*, così diceva. Il mio destino è stato quello di girovagare in lungo e in largo le province di Kyoto. Dopo aver appreso l'arte dei samurai, mi trovai ad affrontare una battaglia dopo l'altra, con sempre maggior vigore e fierezza." Di tanto in tanto sorseggiava un po' della bevanda come per rimettere in sesto la memoria.

"In seguito divenni un *Ronin* (samurai senza padrone), mio malgrado. Per invidia della mia conoscenza nell'arte della spada fui coinvolto in un vile tradimento ordito a mia insaputa. Quando mi ribellai venni attirato in una trappola. Riuscii a sfuggire, ma pagai un debito di sangue; persi l'occhio a causa di un fendente. Così venni perseguitato sia dai vecchi compagni che dai padroni e dovetti fuggire qui in Cina per evitare d'essere ucciso. Sarei voluto tornare una volta raccolte le prove della mia innocenza e ristabilire l'onore, ma la vita aveva altri progetti per me."

"Amico hai avuto una vita piena di insidie, ma ora hai una bellissima donna e tre bambine favolose, sei un uomo fortunato!" E continuò: "Io ho entrambi gli occhi sì! Ma sono stato cieco." Takeshi appoggiò la bottiglia sulle rocce e gli fece cenno di continuare.

"Non ho mai avuto il coraggio di iniziare un nuovo corso della mia vita, ho atteso quarant'anni prima d'abbandonare il lavoro di pescatore di perle. Ora sono più stanco e vecchio, non ho una famiglia che mi aiuterà nelle difficoltà, né piccoli bambini cha al ritorno a casa mi aspettano. Ho raggiunto il successo e il denaro, ma per farmene cosa se non potrò destinarlo ai miei figli?" Takeshi aveva gli occhi lucidi, aveva capito l'intento di consolarlo. L'indomani li avrebbe attesi un'altra dura notte di lavoro, decisero di alzarsi e lasciare alle spalle il fiume che ad ogni passo che facevano verso casa sembrava calmarsi sempre più.

11

Statico e dinamico

- 1671 -

Il lavoro continuò incessante per anni; i giorni trascorrevano con una velocità indicibile. Continuavano a fare gli stessi rituali senza avere alcun tentennamento o indecisione. Dovevano compiere l'impresa. Prove su prove, fallimenti su fallimenti, delusioni e piccole vittorie. Tutte le notti lavoravano per ore.

In una di quelle sere, quando Ishibaschi e Takeshi riposavano a pochi passi dalla fucina, Honjo stava continuando imperterrito a forgiare l'ennesimo pezzo della nuova lega di metallo. I momenti si susseguirono, rovente era l'aria che aleggiava lì attorno; batté colpo su colpo, raffreddò quella che assumeva la primitiva forma di lama, colpo su colpo, colpo su colpo, ormai in uno stato di veglia forzata, colpo su colpo, colpo su colpo, instancabile a qualsiasi fatica, colpo su colpo, come posseduto da uno spirito. Colpo su colpo.

Fino a giungere alla perfezione che aveva un sapore divino. Gli occhi del fabbro non reggevano l'emozione, aveva lo sguardo sbarrato e vivido. Era giunto al compimento di una vita. Il colpo di maglio sull'incudine non aveva ancora esaurito il suo effetto ma l'arma invincibile era lì, vibrante e rumorosa. "SÌ!" Gridò. "Ho fatto quel passo che mi porterà all'immortalità avvicinandomi alle Kami!" Le urla di gioia e le forti risa incontrollate svegliarono gli amici, che uscirono dalla capanna e lo videro totalmente fuori di sé, annerito come la pece, a torso nudo e lucido di sudore, con le lunghe pinze che serravano una lunga e argentea lama di una *nodachi*, temibile arma nata per sbaragliare le fanterie a cavallo. Era impazzito, diceva frasi sconnesse, vantava d'essere divenuto un Dio. "Nessun'altro prima di me ha compiuto un tale prodigio!" A stento riuscirono a bloccarlo, la presa di Honjo si allentò, fece cadere la spada appena forgiata su una grossa e durissima roccia ignea di origine vulcanica che si spaccò di netto. "È davvero incredibile!" Esclamò Takeshi. Anche senza filo era riuscita a dividere in due una roccia dura come il ferro. E non solo. Era come se emanasse qualcosa che si impadroniva di chi la impugnava, Honjo purtroppo non era più in sé. "Dobbiamo nasconderla." Affermò. La avvolsero in numerosi stracci. Il genere umano non era pronto per un oggetto così temibile. Nelle mani sbagliate avrebbe creato stragi inenarrabili. Prosciugarono il pozzo, vi deposero l'arma e lo coprirono. "Nessuno dovrà saperne nulla." Distrussero tutti gli appunti e la maledetta fucina.

Nei giorni a seguire però Honjo non riusciva a controllarsi, parlava con tutti e in continuazione della sua opera; allora decisero che non avrebbero più potuto incontrarsi. Non dovevano attirare l'attenzione.

Takeshi ritornò a casa senza proferire parola con i familiari, mentre Ishibaschi in pochi giorni svendette tutto e partì per l'isola di Taiwan, con la speranza di poter ricominciare da capo. Portò con sé Honjo per accudirlo negli anni a venire. Avrebbe raccontato a chi gliel'avesse chiesto, che quello era il fratello minore che aveva perduto il senno.

12

Spada di carta

"Sei in pericolo, da molti giorni sei solo e senza un'arma, solo l'ingegno e lo spirito di osservazione possono fare la differenza. Sei braccato da militari ben armati e organizzati. Sei stanco, affamato, febbricitante e denutrito. Il freddo e l'umidità dell'inverno hanno scalfito ogni stilla di resistenza umana o il caldo dell'estate ti ha sfiancato e tolto ogni energia. Sei riuscito a nasconderti bene, ma ormai le truppe di spietati soldati sono sulle tue tracce. È imminente la fine della tua corsa disperata, sarai catturato e imprigionato, o nella peggiore delle ipotesi, torturato. O altrimenti ancora, giustiziato sul posto. Cosa fai? ...che cosa fai? Ti accorgi che in una tasca della casacca hai un foglio di carta molto spessa. È la tua fortuna!"

"..."

"Non stupitevi, è esattamente così. Siete salvi! Non ve ne rendete conto? Ma sapete come fare? Come utilizzare a vostro vantaggio tale preziosa risorsa?"

Il monaco Uranchimeg (*decorazione*), dall'aspetto dimesso, piccolo di statura e con lo sguardo vuoto e deconcentrato li stava interrogando. Dopo aver letto nei volti di Miiko, Yaeko, Cang Hao e Gu Li dubbi e perplessità, fu più chiaro:

"Non esiste qualcosa che non possiate costruire ed usare, il più insignificante oggetto che trovate sul vostro cammino, se utilizzato nella maniera giusta, può divenire una formidabile arma al vostro servizio. Perché non esiste forma di combattimento in cui si possa eccellere che possa intimidirvi a tal punto da farvi rinunciare. Dalla prima missione compiuta si ha la consapevole certezza di trovarsi in bilico sulla sottile soglia tra la vita e la morte. Ogni elemento può risultare determinante per far pendere la situazione in un verso o nell'altro."

Poi invitò i giovani aspiranti ad impugnare l'arma preferita estraendola dalla rastrelliera vicina. Una volta pronti avrebbero dovuto attaccarlo senza indugio e mirare ai punti vitali.

La prima fu Miiko che impugnò una spada dritta a doppia affilatura. I contendenti si posizionarono in un luogo più adatto al combattimento, lontano dalle mura di cinta del Monastero. Prima di iniziare Uranchimeg piegò innumerevoli volte la carta che aveva come unica difesa. Con rapidi e precisi movimenti delle dita e l'aiuto della gamba destra che gli faceva da piano d'appoggio, creò una sottile lamina di carta.

"Sembra fatta d'acciaio!" Commentò Cang Hao.

La impugnò e si posizionò come a voler sferrare un fendente alla gola della sfidante che gli stava a qualche passo di distanza. Il tempo trascorreva e Miiko, quasi intimorita dalla sicurezza che l'avversario paventava, se ne stava in posizione di difesa senza accennare un attacco.

"*In fondo il maestro ha un foglio di carta piegato, come può sperare di poter competere? Basta!*" Pensò e decise di mirare al fianco destro, ma si trattava di una finta, il vero obbiettivo era il quadricipite, lo avrebbe ferito lievemente. Ma il "maestro di carta", così chiamato dopo quella contesa, la eluse, sollevò la gamba all'ultimo istante, prima che la punta della spada potesse solo sfiorarlo e ignorò il colpo esca al fianco. Mentre la guerriera lo superava la colpì al volto all'altezza degli occhi e la fece cadere.

"*Un colpo terribile, come una legnata! È incredibile, non pensavo che della carta potesse essere tanto letale.*" Pensò Miiko e si alzò subito, con un colpo di reni fu in guardia di nuovo, ma barcollante. Il maestro la fermò: "Avanti un altro, la tua occasione l'hai avuta e l'hai sprecata, fatti da parte."

Ci provò Yaeko, scelse due bastoni corti. Iniziò a farli volteggiare mentre girava intorno al maestro. Stavolta evitò di buttarsi di forza sull'avversario e lo studiò con attenzione. Osservò il corpo minuto e lo fissò negli occhi, sperava di intravedere cenni di paura o di incertezza. Alla fine lanciò uno dei bastoni in una pozza di fango per accecarlo. La melma gli arrivò vicino al viso ma lui la schivò, si sporcò giusto la manica dell'abito di lino e seta. Poi corse di lato e con un salto la colpì al plesso solare con la lama di carta; la lasciò senza respiro piegata sulle ginocchia. Uranchimeg si rivolse agli ultimi due avversari: "Voi attaccatemi all'unisono, è trascorso troppo tempo devo insegnarvi!" Aveva notato che il cielo si sarebbe presto annuvolato, la pioggia avrebbe reso inutilizzabile l'arma di carta. Gu Li scelse dalla rastrelliera un falcetto e Cang Hao un bastone *della scimmia*. Attaccarono insieme con colpi ripetuti, non intralciandosi mai tra di loro, come cadenzati da una mano invisibile. Uranchimeg schivava gli assalti con passo ora veloce ora lento; si piegava, ritornava dritto, saltava e rotolava senza perdere fiato. I due invece dopo molti affondi e sferzate erano a corto di ossigeno. Fu a quel punto che il monaco attaccò, saltò su uno e colpì l'altro con una nervata alla tempia, tanto forte da tramortirlo all'istante, il sangue spruzzò dal sopracciglio. L'amico, senza farsi prendere dal panico, ripeté gli assalti con il bastone e cercò di andare a colpire le gambe. Uranchimeg bloccò al suolo con il piede destro il bastone e lo percorse in velocità per tutta la lunghezza fino ad arrivare al corpo di Cang Hao che ne sopportò fino ad allora il peso senza avere il tempo di mollare l'arma divenuta insostenibile. Mentre la lasciava venne colpito da una rasoiata che lo tagliò. Cadde all'indietro in una pozza di fango. Il maestro, invece, cadde in piedi come un gatto. Un forte scroscio d'acqua iniziò a cadere dal cielo e inzuppò tutti i partecipanti alla lezione, sparsi un po' ovunque su quel campo di battaglia. Uranchimeg sollevò il braccio armato, la carta si piegò, zuppa come era. Con voce imperiosa disse: "In ogni tempo, luogo o situazione, decidete l'arma con giudizio e lungimiranza, perché le condizioni attorno a voi non sono statiche ma mutevoli. Quello che può essere un vantaggio può trasformarsi dopo pochi istanti. Ma subito la vostra astuzia può rimettervi in posizione prominente rispetto alla battaglia." Non finì di pronunciare la frase che accartocciò la spada di carta e ne fece una palla; mirò la rastrelliera, molto distante, e lanciò così forte che la prese in pieno e la fece rovesciare, sotto lo sguardo degli allievi rimasti immobili e attoniti nel vedere quell'immensa sttuttura andare giù come fosse fatta di paglia.

"Risistemate le armi!" Guardò soddisfatto uno a uno i giovani e fece un sorriso lieve.

Era ora di pranzo, i ragazzi ubbidirono al comando e poi si andarono ad asciugare, l'appetito era tanto e non vedevano l'ora di mangiare.

13

Urlo silente

Un grido potente come il boato di un tuono cadde sui quattro che si svegliarono di soprassalto, convinti che il Monastero stesse crollando sotto i colpi di un enorme drago.

Si precipitarono fuori dalle celle.

La sera prima, stanchi e affaticati, erano andati a dormire certi che la mattina seguente avrebbero riposato, erano stati dispensati dal frequentare le lezioni essendosi allenati fino a notte inoltrata.

"Che si siano dimenticati?" Pensarono. Ma non gli fu mai rivelato.

Ad attenderli, impaziente, vi era Avgan (*buon parlatore*). Era alto e magrissimo e li fissava severo dallo spazio al centro del Monastero.

"Il grido l'ha fatto lui?" Chiese incredulo Gu Li.

"Così sembra." Rispose non proprio convinta Yaeko.

Si presentarono già esausti prima di iniziare.

"La lezione consiste nell'imparare a portare disequilibrio nell'avversario e arrivare al disarmo fisico e mentale." Spiegò subito Avgan senza dilungarsi in saluti e formalità.

"Un urlo forte e deciso durante un combattimento può avere un effetto demolente sulla psiche dell'avversario, gli si può confondere lo spirito fino a trovare la via della vittoria." Disse.

Di questo Miiko ne era già a conoscenza. Nelle arti marziali giapponesi, il Kiai (il grido durante il combattimento) nasceva per questo motivo e per altri scopi più complessi. Kiai è una parola che comprende l'energia universale e quella armoniosa; collega le fasce muscolari basse con quelle alte, liberando una potente vibrazione.

"Nei mesi seguenti..." Continuò lui. "...da me imparerete l'esplosione energetica che diversi tipi di urlo possono scatenare durante una lotta. Un insieme di tecniche di respirazione e concentrazione mentale ed energetica, vi faranno emettere un vero e prorio fascio di energia concussiva, che può riuscire a smuovere fisicamente l'avversario." Grido udibile o meno a seconda dell'energia espressa e veicolata; spesso sarebbe stato un urlo muto di pura forza spirituale.

Ci sarebbero voluti anni di pratica e rigore, ma loro non avevano tutto quel tempo a disposizione; non restava che allenarsi anche in questa nuova disciplina con dedizione e coraggio.

14

Neve e fiamma

"Controlla il numero e la sequenza dei battiti, ascoltali e scandiscili nella mente. Percepisci e regola il respiro. Il volto è di pietra. Lo sguardo fermo e attento. Nessuna emozione deve apparire durante lo scontro e neanche prima e dopo. Nulla ti deve far perdere il controllo di te e della contesa. Osserva il terreno di battaglia e muoviti con parsimonia senza sprecare energie vitali non necessarie. Quando devi correre, corri come un ghepardo, quando non è necessario, fissati a terra come una montagna, neanche le sacre e alte cascate Huangguoshu devono scuoterti. Non sentirai il caldo né il freddo degli inverni più rigorosi e spietati. La rabbia non deve destabilizzarti. La mente deve essere limpida e rapida come un fulmine. La gioia non deve persuaderti a deconcentrarti se la contesa sta volgendo a tuo favore. Guarda tutto quello che ti circonda ma non ti soffermare su nulla; fa sì che tutti i suoni attorno ti pervadano ma non concentrarti su nessuno in particolare; senti tutti i profumi che puoi percepire, ma nessun aroma specifico devi preferire tra i tanti. Non legarti a nessuna emozione, ma impara a sentirle una ad una. Devi avere una mente che tutto riceve ma nulla trattiene; perché solo se hai governo delle emozioni saprai controllare le immense energie dell'Universo. Le pulsioni sono tante e pericolose se ci pervadono possono causare la morte durante la battaglia." Con tono appassionato aveva parlato il maestro spagnolo Jago Jiménez, uno dei maggiori spadaccini della città di Toledo. Insieme a lui c'era l'argentino Alejandro Godoy, discendente dell'impavido Alejo Godoy, uno dei primi Gaucho; uomini abili nell'arte cavallerizza e nell'uso delle boleadora, pietre arrotolate o legate a dei lacci di cuoio, che venivano fatte roteare sopra la testa e una volta lanciate si avvinghiavano attorno agli arti inferiori o al collo della preda.

Prima di giungere al Monastero erano già molto legati, da anni amici per la pelle.

15

L'angelo vendicatore

Argentina - diversi anni prima -

Dice il Signore Dio:

«Poiché i Filistei si son vendicati
con animo pieno di odio
e si son dati a sterminare,
mossi da antico rancore, per questo,
così dice il Signore Dio:
Ecco, io stendo la mano sui Filistei,
sterminerò e annienterò
il resto degli abitanti sul mare.
Farò su di loro terribili vendette,
castighi furiosi, e sapranno
che io sono il Signore, quando eseguirò
su di loro la vendetta».

La Bibbia - Antico testamento:
Ezechiele 25 / 17

A sedici anni Alejandro si avvicinò all'ordine dei Gesuiti, prese i voti per poter aiutare la famiglia e la povera gente. Era convinto che i *Conquistadores* spagnoli sarebbero presto andati via dall'Argentina grazie alla preghiera e alla persuasione pacifica, con la fede e l'aiuto del Signore. Don Fernández, il superiore, fu come un secondo padre, gli insegnò i sacramenti, l'importanza di aiutare chi ha bisogno e combattere chi occupava la sua terra, con la fede e la ragione, ma anche convincendo il popolo argentino a rifiutarsi di pagare e di accettare silente le persecuzioni. Ma quelle prediche rappresentavano un serio problema, potevano alimentare l'odio verso gli spagnoli, così l'anziano venne ucciso. Prima di morire fece promettere ad Alejandro di prendere il suo posto nella missione, di continuarla con dedizione contro ogni sopruso, con carità cristiana e amore. Promessa che venne mantenuta per poco; si disperse come brina al sole tre anni dopo, con lo sterminio della sua famiglia e parte del piccolo paese dove abitava. Da quel giorno riprese ad usare i Facòn (coltelli di origine iberica lunghi quattro palmi) che aveva seppellito anni prima.

Usava l'abito talare per attirare gli spagnoli nel sacro confessionale e li uccideva senza pietà, così da liberare in altro modo il popolo dalla prepotenza dell'usurpatore. Erano mesi che, non sospettato, metteva in pratica questo voto.

"Vengono da me uomini senza alcuno scrupolo che violentano e picchiano e derubano, con la presunzione d'essere assolti da qualche *Pater noster* e molte *Ave Maria!*" La loro penitenza sarebbe stata più sostanziosa, avrebbero pagato con il sangue.

Un giorno del mese di Novembre in una gelida alba si presentò nella chiesa deserta un giovane sconvolto; alto, robusto e dagli abiti eleganti e sfarzosi di seta e cotone pregiato coperti da un lungo mantello. Il cappello nero, dal quale spuntavano almeno tre lunghe e bianche piume di struzzo, era stretto a tenaglia dalla mano destra, quasi a volerlo strappare. Il forte accento tradiva la provenienza madrilena. Giunto dinnanzi al prete chiese: "Padre, le chiedo di confessarmi." Si avvicinarono al confessionale e presero ognuno il posto che si confaceva al rito.

"Mi perdoni Padre perché ho peccato, sono due notti che non dormo, ho compiuto un gesto estremo."

"Continua figliolo."

Con voce sempre più profonda e scossa proseguì: "Ho ucciso due uomini, hanno provato a difendersi, ma con la mia spada li ho trafitti a morte." L'uomo con la voce tremante continuava a descrivere il fatto, ma si accorse che il prete non lo stava più ascoltando, attraverso la grata non vedeva più il volto barbuto. Non fece in tempo ad alzarsi dall'inginocchiatoio che venne attaccato dal parroco con due lunghe lame acuminate e lucenti che parvero illuminare di colpo il confessionale.

Al grido: «PER LA MAGGIOR GLORIA DI DIO!» tentò di affondarlo al cuore. Lui schivò l'attacco di Alejandro, gli diede un calcio al petto, lo fece finire su una fila di sedie e panche, ed esclamò: "Sei pazzo prete!"

"Sarai l'ennesimo invasore ad essere ucciso, oggi andrai a trovare i tuoi schifosi compagni nelle viscere dell'inferno! MUORI!" Lo attaccò con i pugnali ben alti, come un *toreador* che brandisce la lunga spada pronto a dare il colpo finale al toro. Lo spagnolo sfoderò una spada damascata, nascosta sotto la cappa, dalla guardia di acciaio e oro. Attaccò di punta l'avversario che lo deviò e lo colpì al volto con i pugnali; ferito di striscio, si abbassò, rotolò sulla dura pietra della chiesa e scattò in piedi alle spalle del prete. Dopo diversi colpi, iniziarono a staccarsi e a scrutarsi l'un l'altro guardinghi. E poi ancora facòn contro spada e viceversa, senza che alcuno dimostrasse stanchezza.

"FOLLE! Non sai quello che stai facendo! Sei preso dalla sete di giustizia, ma sei più cieco di quelli che combatti!" Gridò lo spagnolo ad Alejandro. Poi arrivò un gruppo di fedeli, tra i quali donne e bambini, lui approfittò della situazione e si dileguò, lasciando Padre Alejandro da solo in mezzo alla navata.

Dopo quello scontro Alejandro, in sagrestia, era in un turbinio di pensieri. Si malediceva per non aver ucciso il madrileno e camminando in lungo e largo ripeteva a gran voce: "Signore aiutami, aiuta il tuo figlio più misero e indegno. La mia missione è finita? Dovrò fuggire lontano, lasciare la mia gente, i miei fedeli?"

Sentì dei passi lenti e rumorosi. Si irrigidì e quasi speranzoso pensò: *"E se fosse tornato a pretendere il mio sangue?"*

Riconobbe il rumore degli inconfondibili costosi calzari con fibbia dorata e dal robusto tacco di legno e cuoio degli odiati spagnoli. Impugnò frenetico i lucidi *Facòn*. L'ampio e pesante drappo porpora che divideva la navata dalla sacrestia si aprì. Lo spagnolo affrontato prima freddo e imponente disse: "Padre non sono qui per combattere! Non ho nulla a che spartire con i miei connazionali che depredano, uccidono e abusano delle donne della vostra terra impunemente." Poi senza distogliere lo sguardo depose la spada sul pavimento, inginocchiandosi fiero di fronte al prete. Alejandro si calmò con quelle parole.

"Alzati figliuolo." Disse e ripose i coltelli.

"Il mio nome è Jago Jiménez. Mi sono trasferito qui con i mie genitori diversi anni fa. Conosco molto bene la vostra situazione e ne soffro. Cinque giorni fa mentre tornavo a casa, al di là del bosco che costeggia la strada maestra a sud della città, sono stato sorpreso da un grido disperato di donna, quasi subito interrotto e soffocato. Cercai di individuarne la provenienza, ma era stato troppo breve. Quando stavo per perdere ogni speranza ho sentito un altro urlo. Sono corso verso un cespuglio e dietro ho visto una scena spregevole: due uomini stavano aggredendo una giovane donna argentina che combatteva come una pantera. Mi sono avvicinato e ho visto che i due maledetti erano spagnoli. Gliene scrollai di dosso uno, tanta era la rabbia che l'ho scaraventato lontano. "BESTIE DANNATE ANDATE ALL'INFERNO!" Gridai.Poi colpii l'altro con un forte calcio al volto. Quello ha sguainato la spada e ha cercato di colpirmi. L'ho schivato e poi l'ho ucciso con un affondo. L'altro mi ha inveito contro, mi ha detto di essere il più folle e spregevole dei traditori e poi si è avventato su di me come una furia. L'ho distratto usando il mantello come scudo e con tutta la forza l'ho trafitto al cuore. La donna terrorizzata non mi ha ringraziato, probabilmente avrà creduto che volessi spartirmi la preda. È fuggita senza voltarsi mai. Così ci vedete, come animali senza anima né amore. Come potervi dare torto? Le cose però devono cambiare in questo meraviglioso paese! Qui si sono raccolte le più vili fazioni spagnole, ma non ci rappresentano affatto! Il mio popolo è nobile e fiero e non può essere accomunato a questa gentaglia."

Alejandro lo osservò, vigile, studiò ogni possibile minimo segno di menzogna. Aveva ascoltato con attenzione le parole e l'inflessione della voce; ne era più che certo, quell'uomo diceva il vero. L'esperienza nel leggere la verità dai volti dei confessati in tanti anni di devozione a Dio, non lo fece tentennare. Lo guardò negli occhi e disse: "Credo alle tue parole, sento che sono sincere. Abbiamo qualcosa che ci accomuna. Io voglio scacciare questa gente dalla mia terra, tu riscattare il buon nome degli spagnoli. Dovremmo lavorare insieme!"

Per settimane studiarono un piano per riuscire a mettere in atto i loro desideri. Ma la situazione si faceva ogni giorno più aspra e violenta. Quei periodici incontri, inoltre, per quanta attenzione ci mettessero, stavano iniziando a destare sospetti. Gli spagnoli non ci avrebbero messo molto a dichiararli una minaccia, in quanto sovvertitore uno e traditore l'altro, e condannarli a morte. Del resto la loro amicizia risultava negativa anche agli occhi dei superbi argentini.

Non potevano fare più nulla e decisero di allontanarsi, non prima di aver tessuto una rete di contatti fidati per riuscire ad aiutare chi ne avesse avuto bisogno anche da lontano. Per mesi fuggirono e si spinsero fino a luoghi remoti, fino alla *Terra del Fuoco*. Valicarono i mari sino all'oriente, sempre più in là verso terre estreme.

Alejandro si spogliò dell'abito, il suo Dio sarebbe stato presente nel cuore ma le vesti avrebbero frenato la volontà di apprendere altri metodi di conoscenza spirituale. Così il viaggio ebbe varie tappe, conobbero popoli diversi, usi e costumi nuovi, uno spaccato di umanità più intensa, ascetica e mistica, sino a giungere al Monastero dei Cento Stili, dove vennero accolti come fratelli.

Qui incontrarono uomini e donne che avevano raggiunto livelli di consapevolezza mai visti prima.

Ora Miiko, Yaeko, Cang Hao e Gu Li, seguivano le loro lezioni con curiosità e gioia. Alejandro e Jago impartivano esercizi molto creativi. Usavano oggetti in legno, in ferro e in altri materiali, per sviluppare diverse abilità. Alcuni erano fissi nel terreno per allenare la potenza e la resistenza, altri, intelligentemente intrecciati e collegati, che roteavano, per sviluppare precisione, altri ancora ingegnati con furbizia per curare la velocità, e così via. Questi metodi di insegnamento erano molto diversi da quelli a cui i giovani erano abituati e il sentirli poi raccontare delle loro vicende li affascinava molto. Restavano ad ascoltarli come bambini attorno al fuoco che aspettano le narrazioni e le passate avventure del vecchio nonno.

16

L'arte della fuga e dell'inganno

Il monaco Zang Li era esperto delle tecniche Taijiquan, abilità energetiche studiate e approfondite negli ambienti buddisti e taoisti con lo scopo di mantenere l'organismo efficiente, conservarsi in buona salute, favorire la longevità, e non solo. Zang Li vi si appassionò da subito e riuscì con la pratica a scoprire altri elementi fra cui il controllo totale del battito cardiaco, riusciva a diminuirlo tanto da raggiungere uno stato di catalessi.

Fu trovato appena nato dai monaci Merghen e Gansukh, che allora già avevano dimostrato alte capacità ed erano responsabili di importanti missioni riservate solitamente ai maestri. Durante una perlustrazione ad est delle terre di confine, sentirono dei rumori sospetti tra il fogliame. Si avvicinarono e notarono, ai piedi di un grande cipresso, una culla. Dentro c'era un fagotto di stracci che avvolgevano un bambino. Accanto a lui un foglio di carta sgualcito.

"A chiunque trovasse il nostro piccolo Zang Li.
Voglia donargli tutto l'affetto e l'amore che i suoi indegni genitori non gli hanno potuto offrire, perché troppo poveri e malati per supportarlo negli anni a venire. È nato in Manciuria il 7 settem-

bre del 1647. Sappiate crescerlo con giudizio, che gli spiriti della terra vi assistano e conducano, e che possano perdonarci. Tra le fasce che lo avvolgono, troverete delle monete che serviranno alla sua crescita, almeno per i primi mesi."

Il denaro fu messo da parte e custodito fino a che non avesse raggiunto l'età della ragione. A quel punto avrebbe scelto se rimanere o andare per la sua strada, così decisero i saggi monaci.

Zang Li rimase e continuò la tradizione del Tempio, come monaco guerriero e come insegnante dei nuovi adepti.

La storia del suo passato divenne un punto di forza per lui, acquisì la capacità di sciogliersi da qualsiasi tipo di legame emotivo, fino ad imparare questa abilità anche nella pratica. Divenne in grado di muovere muscoli e parti del corpo in modo quasi innaturale, tanto da divincolarsi e riuscire a sfuggire da qualsiasi prigione, cella, legaccio o buca, in poco tempo. Persino sparire nel nulla durante un combattimento celandosi all'avversario, utilizzava il territorio circostante a suo vantaggio e poi riappariva all'improvviso e lo colpiva.

Era in grado di sfruttare tecniche mentali verso menti deboli e facilmente soggiogabili.

Zang Li in particolare conosceva le forze che la mente subisce durante uno scontro mortale. Aveva impartito insegnamenti su come liberarsi da corde, catene, casse sigillate da chiodi curvi e spessi, scaraventate in fondo a fiumi o laghi profondi dalle quali usciva in pochi attimi senza alcuna fatica.

Si presentò ai novizi in un giorno di fine estate, dopo essersi fatto attendere alcune ore.

"Questa mattina vi insegnerò le tecniche di disillusione o persuasione mentale. Vi porteranno a indurre l'avversario a pensare di essere spariti sotto i suoi occhi, o a fuggire in preda all'orrore. Non vi insegnerò l'occultamento se non nella mente del nemico, questo è ovvio; non potrete smaterializzarvi, potrete ingannarlo e fargli credere il contrario di quello che vede o sente, potrete riuscire a fargli pensare ciò che volete. Vi farò conoscere delle sostanze ideate da me che provocano annebbiamenti, confusioni e allucinazioni in chi le inala. Ma quando le usate dovete sempre ricordare di portare garze imbevute di oli per non subirne anche voi gli effetti."

Fece cenno ai quattro di seguirlo. Li portò in una stanza di fronte ad un tavolo dove vi erano maschere di ogni forma e colore, costumi fatti di stoffe nere lucide, alcune squamose, altre verdi come fatte di alghe intrecciate e umide.

Poi contenitori in vetro o carta di diverse dimensioni ripieni di polvere nera, ma anche di sostanze polverose dal giallo intenso al rosso rubino.

Poi uscirono e Zang Li chiamò dei monaci che si stavano allenando poco distanti. Ordinò agli allievi di formare delle coppie, scegliendo il compagno più o meno della stessa conformazione fisica; iniziarono così diversi interessanti esercizi.

17

Addomesticare la tigre

Città di Edo, Giappone - 3 agosto 1678 -

All'aperto, in uno spiazzo poco distante dal *Dojo* d'appartenenza, riparato dal sole cocente del mattino da una tettoia
di paglia di riso, un giovane samurai testava l'affilatura della
nuova katana. A differenza dalle altre sessioni, questa volta
si apprestava al rito del *Tameshigiri*, antica e complessa arte
per provare il filo delle katana. Di fronte e ai lati estremi
rispetto a lui aveva un grosso bambù e due alti ciocchi di
legno imbottiti di giunco appena asciugato al sole e ricoperti di robusta tela cucita con pesante filo di cotone. I fan-
tocci costruiti così rappresentavano tre distinti avversari.
Legò stretta una fascia di stoffa alla fronte, si concentrò e si
mise fermo con la gamba destra avanti, strusciò l'erba con
il piede per sondarlo e posizionarsi nel modo migliore. La
quasi totalità del peso era sulla gamba sinistra che avanzò piano. La lunga gonna del suo kimono si muoveva solo
perché mossa dal vento. Il braccio destro era disteso lungo
il corpo, mentre la mano sinistra teneva la base dell'elsa
della katana infoderata. Il tempo quasi si arrestò e quando
il silenzio nella mente fu totale, sferrò l'attacco. Sfoderò

in un attimo la lama e con tre colpi precisi, senza quasi abbandonare la posizione di guardia, ruotando solo su se stesso, recise i nemici immaginari. Tornò immobile con la punta della katana che sfiorava il terreno, gli avversari di legno crollarono quasi all'unisono. Tagli longitudinali perfetti, due verso l'alto uno in basso, sferrati con inaudita forza e velocità.

"Comandante Takuro Miaoto c'è una convocazione per lei da parte dello Shogun!" Il samurai rinfoderò la katana e con calma fece un inchino. Poi si rivolse al ragazzo: "Grazie." Il giovane era lì già da un po' ma aveva aspettato, nonostante l'importante notizia, per non interrompere il samurai. Per rispetto, ma sopratutto per godere della maestria dimostrata. Lo ammirava e sperava di diventare come lui, che era cresciuto con Hisaki Sato, eroe del Giappone, e frequentato una delle più dure scuole militari di Edo e a soli ventidue anni era già uno degli ufficiali più promettenti dello Shogunato Tokugawa. Macinava vittorie su vittorie in campo strategico e militare e gli venivano affidate missioni sempre più pericolose e delicate.

"Chissà quale impresa dovrà affrontare questa volta?" Pensò sorridendo il ragazzo.

Takuro venne a sapere che il prossimo incarico doveva svolgersi in Cina. Ufficialmente avrebbe dovuto farsi portavoce dell'Impero per allacciare con gli alti vertici politici cinesi relazioni economiche e di commercio; in realtà avrebbe in segreto dovuto scoprire dove fosse Honjo Miisashy, traditore della patria, un fabbro che aveva portato con sé importantissime scoperte per venderle all'odiato vicino.

"Devo trovarlo vivo o morto. O almeno recuperare le sue formule segrete."

Per la missione di spionaggio in territorio cinese gli vennero assegnati quattro sottoufficiali. Katouro Tera, alto e poderoso, era specializzato nella fabbricazione di ordigni esplosivi e tattiche strategiche, ed esperto di armi da taglio. Una vera fortuna averlo nella missione, non solo in quanto abile combattente, ma perché la sua compagnia era sempre gradita. Grazie anche solo alla presenza rendeva gli animi più allegri e spensierati, una dote rara da trovare.

Ad accompagnarlo poi vi era Yamamoto Saitou, che da giovane aveva frequentato come promettente attore il nobile teatro Nō, abbandonato a causa delle pressioni familiari si dedicò allo studio della medicina; conosceva infatti diverse piante curative. All'apparenza aveva un carattere chiuso, dai modi un po' bruschi, non sembrava voler dare confidenza a nessuno. Ma quando i più temerari vi si avvicinavano, scoprivano che questa maschera decadeva al primo sorriso che gli illuminava il volto.

Al gruppo, come interprete, si univa Yamaguchi Katou, di corporatura robusta, cartografo ed esperto di navigazione, dall'aria seria e poco incline allo scherzo. Per questo era il soggetto preso più di mira da Katouro, che lo stuzzicava e provocava in continuazione. Lui rispondeva con questioni intellettuali, cercava spiegazioni razionali anche dove non ve ne erano, creando così ancora più ilarità nell'amico.

Per ultimo, poi, Seiji Ozawa, figlio di un alto diplomatico; seguendo le orme del padre, intraprese la stessa carriera. Ma era anche un abile combattente e inoltre era esperto delle rigide regole cerimoniali e di protocollo. Tenacia e rigore lo precedevano nella fama, tanto che quando lo si conosceva si rimaneva stupiti nel trovarsi di fronte non un uomo rigido e dalla chiusura mentale, ma un vero artista dalle mille capacità, come quella di dilettarsi nell'uso di diversi strumenti musicali. Era atletico, dinamico e dall'animo sensibile.

"Andremo a Sud." Spiegò Takuro. "La prima tappa sarà il vicino arcipelago Ryukyu, a nord-est della Cina. È retto da una monarchia indipendente con la quale lo Shogunato ha ottimi rapporti commerciali. Poi andremo a Shangai e ci sposteremo più all'interno per raccogliere informazioni."

Mentre erano in mare però un forte monsone imprevisto scompigliò i piani e faticarono molto prima d'arrivare in Cina. La rotta fu deviata più a sud rispetto a quella studiata in partenza; si ritrovarono nella provincia del Fujian. L'imbarcazione si era scagliata sulle coste. Dopo diverso tempo Takuro si svegliò sulla sabbia sperduto e solo, non gli restava che incamminarsi per trovare una soluzione.

"Certo non posso andare in giro vestito con l'armatura e le effigi diplomatiche." Da lontano vide un ruscello con un uomo immerso.

"Occasione perfetta!" Disse con un sorriso. Più distante, un cavallo sellato mangiava sereno della biada da un grosso sacco di tela, con i vestiti dell'uomo poggiati sopra. Silenzioso andò verso l'animale e con fare tranquillo ma deciso riuscì ad allontanarlo. Galoppò verso la boscaglia senza un orientamento, seguì il primo sentiero utile. Ad una distanza ragionevole decise di fermarsi, lontano da occhi indiscreti si sarebbe cambiato e avrebbe nascosto l'armatura nel sacco di juta. Aveva appena tolto la pesante corazza quando una voce lo sorprese.

"Cosa?!" Pensò. Una giovane donna stringeva nelle mani una katana e minacciosa lo puntava pronta ad un assalto.

"Come ha fatto ad arrivarmi così vicino senza che me ne sia accorto?" Pensò, ma esteriormente rimase pressoché impassibile. La donna gli parlò in giapponese, lui la assecondò, rispose alle domande senza dare troppe informazioni su chi fosse e su cosa facesse lì. Capì dalla postura e da come brandiva l'arma che era una guerriera esperta, ma poteva avvicinarla e vincerla in uno scontro corpo a corpo. Poteva

anche riuscire a prendere la katana nel sacco poco distante ma decise di non volerla uccidere in fondo era solo una ragazza. Ubriacandola di parole con tono dolce e fermo gli fu addosso, la afferrò per la giacca e con una perfetta spazzata alla gamba la fece finire a terra. La disarmò e in un attimo si trovò sopra di lei a poca distanza dalle sue labbra. Una volta giù, e solo allora, si accorse della bellezza di quella ragazza... il profumo della sua pelle lo scosse.

"Prima ero indeciso se toglierle la vita e ora..."

Poi sentì una voce in una lingua che probabilmente era cinese, si alzò lesto come un gatto. Una breve corsa e un con un salto montò il destriero, senza dimenticare d'afferrare il sacco con l'armatura e la katana.

Erano trascorsi dieci giorni dall'incontro con quella ragazza. "Quegli occhi sapevano di luce piena..." Gli sfuggì un sorriso, nonostante l'umore non era affatto dei migliori. Non aveva ancora trovato i compagni di viaggio, forse morti, e non era riuscito ad avere notizie utili sulle sorti del fabbro Honjo Miisashy. La mancanza del sottoposto che faceva da interprete dimezzava le speranze di trovare indizi. Dopo molto cammino giunse in un villaggio dove veniva pronunciato spesso *Rìben nánré*, (uomini giapponesi).

"Forse li ho trovati!"

La ricerca lo portò in una taverna dove li trovò a sorbire del brodo caldo. Felicissimi nel vederlo vivo e vegeto, lo salutarono.

"L'abbiamo cercata ovunque comandante, stavamo perdendo le speranze, ma non ci saremmo mai fermati." Disse Katouro.

Ormai la missione ufficiale era saltata, potevano concentrarsi unicamente sul vero scopo: trovare il fabbro e i progetti. Avrebbero utilizzato tutto ciò che avevano a disposizione, anche le informazioni che lo Shogunato aveva carpito dai genitori di Takuro, ultimi ad aver avuto contatti con lui. Il Governo lo aveva tenuto all'oscuro sulla fine che i suoi genitori avevano fatto, raccontandogli che erano collaborazionisti di un traditore e rappresentanti un grosso pericolo per l'impero Tokugawa.

"Sei stato molto fortunato ad esser stato affidato al grande Capitano Hisaki Sato." Gli dissero. Ma Takuro non li aveva mai dimenticati ed anche per questo aveva accettato di buona lena quella missione.

"Troverò questo traditore e lo farò parlare davanti allo Shogun, scagionerò i miei genitori, ristabilirò il loro onore! Io so che sono innocenti."

18

La donna samurai

Era notte inoltrata ma Miiko non riusciva a prendere sonno. Decise di alzarsi e valicare le alte mura del Monastero; doveva rinfrescare la mente ma anche evitare di addormentarsi se agitata. Aveva notato che la maggior parte delle volte nelle quali quelle strane visioni la sorprendevano era presa da un'incontrollata moltitudine di pensieri. Uscì di soppiatto dalla stanza, superò veloce le camere, percorse il piazzale, scadenzò i passi dei monaci a guardia e sgattaiolò oltre. Sapeva che non era in detenzione, era libera di uscire ed entrare, ma in particolari orari, come da regola del Monastero dei Cento Stili. Quella vita, però, benché necessaria per fortificarsi, spesso le stava stretta e inoltre le piaceva gareggiare con i monaci sentinella.

Si arrampicò sull'alto cancello e in un batter d'occhio era fuori. Iniziò a vagare senza meta, superò il bosco e si diresse verso il fiume. Camminava sulla sponda e lasciava scorrere i pensieri assieme all'acqua.

Notò una figura accovacciata vicino alla riva che muoveva le braccia e le mani con un ritmo e una costanza impressionanti, lavorava a qualche tessuto. Miiko, incuriosita, si avvicinò; non avrebbe fatto alcun rumore, le conoscenze dell'agguato e della sorpresa in battaglia le avrebbero facilmente permesso di osservare senza essere vista.

"Cosa fai lì nascosta? Vieni avanti, non hai nulla da temere."
Miiko sbarrò gli occhi stupita e uscì con un po' di imbarazzo. Era una donna non più giovane, ma dai tratti delicati ed eleganti.

"Mi chiamo Miiko, quale è il suo nome?"
"Giovane amica, mi chiamo Shibumi."
"Solo Shibumi, tutto qui?"
"Mi rincresce venire a sapere che la tua parte giapponese non è stata educata come dovrebbe, sei stata la prima a dire solo il nome. Anzi a questo punto dovrei dubitare della veridicità delle tue parole. Qual è il tuo nome?" Sorridendo divertita la donna osservava di sott'occhio Miiko e senza smettere di lavorare ai drappi di seta colorata coprì le labbra appena colorate di rosso rubino con un lembo del kimono. Miiko rimediò subito: "Ha ragione sono stata scortese e mi scuso. Mi chiamo Miiko Tokugara."
"Il mio nome è Shibumi Sen e provengo dal Giappone."
"Sì, avevo notato i tratti e i modi." La interruppe Miiko "E cosa fa qui a quest'ora della notte?"
Sempre con il sorriso la donna rispose: "Potrei farti la stessa domanda, se non conoscessi già la risposta." Miiko aveva un'aria interrogativa, tanta era la curiosità che l'espressione era chiara a sufficienza. Così Shibumi continuò: "So molto di te... non ti stupire; conosco le tue gesta da tempo: la donna guerriera che combatte come un uomo! Tutti i villaggi attorno al tuo ne parlano. Ma non è tutto. Non combatti solo come un uomo, ti comporti come tale, ti muovi, mangi e dormi come un maschio, getti nella spregevole confusione dell'indistinguibile e caotica massa la splendida femminilità. Sì, da quando vivi al Monastero gli indumenti non sono più laceri e la pelle non puzza più di animali del-

la foresta, ma ancora sei lontana dall'assumere un aspetto degno di una donna." Miiko infastidita rispose con la bocca serrata: "Cosa dice? Per me donna o uomo non ha alcun significato, è importante combattere e vincere l'avversario, i modi da ancella non si addicono ad un guerriero! È sempre stato il mio pensiero e il desider..."

"Di tuo padre vero? Lui ti ha forgiata a sua immagine e somiglianza, sopperendo a ciò che la natura non gli ha dato: un maschio. Questo è quello che hai sempre pensato, ma sei sicura che sia la verità? O è solo l'immagine che tu stessa ti sei costruita?"

"Sciocchezze! Sono solo sciocchezze! Dimostrami con la femminilità se il tuo parlare ha una valenza o sono solo chiacchiere. Combatti con me *donna*! Alzati e vieni a me!"

"Sì, ma ad un patto." Rispose lei. "Se ti sconfiggerò verrai qui ad ogni luna piena, così come in questa splendida notte, fino a che avrò deciso di non farti più venire. Riceverai i miei insegnamenti per ritrovare la perduta femminilità."

"Accetto, tanto questa follia non si verificherà mai. Come pensa di combattere, qual è la sua arma?" Miiko era sollecitata dal confronto, ma non comprendeva per quale motivo quella misteriosa donna volesse arrivare a rischiare di morire solo per voler testardamente insegnarle qualcosa che non aveva voluto apprendere nemmeno dalla madre in tenera età.

Shibumi aveva fra le mani un lungo e affusolato flauto traverso.

"*Ma da dove l'ha preso?*" Pensò Miiko e poi disse: "Sei folle? Con quello strumento musicale vuoi opporti e pensare di sconfiggermi? Cosa puoi voler fare contro la mia katana, è un suicidio! Mi rifiuto di combattere. E poi cosa ne sai di mio padre? Chi sei veramente?"

"Anche questo farà parte del nostro patto, una volta che mi

avrai sconfitta te lo dirò. E sì, userò questo flauto, se dovessi usare un'arma tagliente potrei ucciderti." Con calma sorrideva con malizia ad ogni affermazione, con chiaro intento di provocare una reazione d'orgoglio.

Reazione che non tardò ad arrivare.

Miiko si scagliò contro quella donna, posizionò la lama dritta verso il ventre dell'avversaria che con velocità inaudita sparì sotto i suoi occhi, come se non fosse mai stata lì. Miiko cercò con la poca luce a disposizione verso il fiume e tutto intorno, ma nulla, era scomparsa.

Da dietro un albero Shibumi con uno scatto si lanciò su Miiko brandendo il flauto. La colpì sopra l'occhio, un taglio profondo; il sangue l'accecò. Si andò a sciacquare pronta a ricercare vendetta, ma quando si voltò Shibumi non c'era più, di nuovo. Solo che questa volta sentì in lontananza un flebile suono di flauto dal tono di beffa conclamata.

19

La Dea guerriera

Ritornata ferita più nell'onore che nel fisico, Miiko eluse, stavolta a fatica, le guardie poste alle mura di cinta e rientrò in stanza. Stanca e demotivata cercò un bendaggio per tamponare il taglio sulla fronte che continuava a sanguinare e coprire il simbolo di quella sconfitta.

"Devo scoprire chi è quella donna." Si sdraiò e dopo poco si addormentò. Fra il sonno e la veglia afferrò il tassello al collo perché un'immagine aveva preso campo fra i pensieri. L'amico Weii riapparve, era molto agitato, sembrava volesse parlare. Inconsciamente si rivolse a lui: "Che cosa c'è? Ce l'hai con me?" Poi, come le altre volte, sparì e vide un cavallo nero come la pece e dalla criniera lunga e folta. Dalle narici buttava soffi di fiato denso come la nebbia. Galoppava furioso. Viaggiava veloce verso di lei, sempre più vicino... più vicino... sempre più vicino. A cavalcarlo una donna con il viso dipinto di bianco e le labbra di un rosso rubino. Gli occhi poi erano così neri che non riusciva a vederne le pupille. Addosso aveva un'armatura con maglie di cuoio e legno che avvolgevano il busto, altre più leggere le braccia e le gambe, le mani erano libere.

Uno stendardo era legato alla sella: un grosso drago fiammeggiante delimitato e avvolto da un cerchio nero e rosso. Alle spalle aveva un'enorme faretra colma di frecce. Nella mano destra faceva roteare una lancia che terminava con una lama ricurva. Il calpestio si faceva sempre più assordante e vicino, fino a coprire qualsiasi pensiero.

Poi si bloccò, la samurai scese veloce dal destriero con aria minacciosa e brandì l'arma.

La puntò verso un uomo. Ma non vibrò alcun colpo, se ne stava lì con le mani che serravano l'impugnatura di legno e con la punta della lancia ferma a poca distanza dagli occhi di lui.

"Padre!" Esclamò Miiko, ma la voce era come risucchiata nel nulla. Voleva far qualcosa per intervenire, ma era bloccata, non riusciva a muovere un muscolo. Non le restava che guardare. Notò che la donna era ferma perché la katana di lui, sguainata con un tempismo fulmineo, le sfiorava il ventre. Un solo altro movimento e sarebbe rimasta trafitta. Takeshi con un piccolo gesto del polso fece alzare la punta della lama che andò a colpire il legno della lancia e la portò a distanza di sicurezza.

La donna assecondò il gesto e girò su se stessa. Ritrovò subito stabilità. Ogni movimento era aggraziato e raffinato.

Era piuttosto buio, Miiko riusciva ad intravedere giusto delle cataste di legno in un angolo, sapeva di essere all'esterno perché poteva sentire la terra piuttosto umida sotto i piedi, ma non riusciva a distinguere dei dettagli utili per orientarsi.

La samurai fece roteare la lancia sopra la testa e si scagliò contro l'avversario dall'alto in diagonale. Lui portò la spada al fianco sinistro poi la sollevò e parò il colpo. Lo stridere delle lame fece rabbrividire Miiko che, sempre più agitata, cercava inutilmente di muoversi.

Takeshi afferrò la lancia e con uno strattone la abbassò, poi diede un calcio sul legno e la samurai lasciò la presa. Lei indietreggiò di qualche passo, ma non si perse d'animo e mise una mano tra i capelli, prese un piccolo coltello affilatissimo e lo lanciò. Lui lo schivò all'ultimo momento e venne colpito di striscio sullo zigomo. Il sangue calò, ma non ci fece caso, guardò l'avversaria con freddo distacco e le andò di nuovo incontro.

Come presi da una furia incontrollabile non accennavano a fermarsi. Il respiro era affannoso e iniziavano a sentire la stanchezza. Takeshi con un calcio la fece cadere qualche passo più avanti.

Stava per tornare all'assalto quando si fermò di colpo come se una luce si fosse d'improvviso accesa in lui e chiese: "Perché ti batti con me?"

Spiazzata da quella domanda rimase per un po' in silenzio, poi rispose: "...a dire il vero non lo so... è come se qualcosa avesse agito per mio conto, dicendomi di lottare."

"Già, è qualcosa di simile a quello che ho provato anche io." Disse Takeshi e rinfoderò la katana. "Sei un'abile combattente, degna dei più valorosi samurai." Aggiunse poi con un sorriso.

"Ho appreso l'arte da mia madre prima che si suicidasse quando mio padre partì per una battaglia, affinché potesse affrontare la morte senza vincoli emotivi. Sono stata educata alla disciplina e all'autocontrollo, ho imparato ad usare la Naginata (asta con lama ricurva, arma simbolo delle donne samurai). Poi ho avuto grandi maestri, ma a quanto pare ho ancora molto da imparare, non avrei resistito a lungo contro di te." Si alzò con grazia, fece un inchino e si presentò: "Sono Shibumi Sen."

Mentre osservava la scena Miiko vide qualcosa muoversi nell'ombra, una figura oscura che si allontanava. Si concentro per vedere meglio ma come un fulmine apparve Weii: "SCAPPA!" Urlò. Dallo spavento si svegliò di soprassalto. Di scatto si mise seduta. Respirava con affanno e il sudore le scorreva sulle tempie. "Cosa vuoi da me? Perché continuo a vederti?" Disse a voce alta come se l'amico potesse sentirla e strinse forte il tassello.

Mano mano riprese il controllo del respiro e ritrovò una certa tranquillità.

Era ancora notte fonda e il silenzio regnava dentro e fuori le mura.

"Cosa mi sta succedendo? Era tutto così reale. Chissà, forse posso fidarmi di quella Shibumi." Di certo sarebbe andata agli appuntamenti, doveva farle tante domande.

Fino al mattino poi rimase a farsi cullare dai ricordi del padre. Era severo nell'insegnamento ma non le aveva mai fatto mancare sorrisi e abbracci. Aveva vissuto un'infanzia felice con lui, la madre e le sorelle. Ripensò a diversi momenti e sorrise.

"Non riesco a comprendere ne tanto meno a controllare queste *visioni*, ma forse in qualche modo possono essermi utili." Decise che non gli avrebbe dato il potere di scuoterla e caricarla di ansia, ma che, anzi, le sarebbero state d'aiuto. Si tolse allora il tassello dal collo e sull'altra facciata rispetto a dove c'era scritto l'ideogramma "Morte", con precisione e pulizia usò un pugnale molto affilato e ci incise l'ideogramma *Biànhuà,* "Mutamento". Finita l'opera se lo rinfilò e lasciò il nuovo simbolo in evidenza. Poi si sdraiò e riuscì a dormire questa volta.

20

Primo passo verso la Via

Da quando erano arrivati erano passati diversi mesi e in quel freddo Novembre Miiko, Yaeko, Cang Hao e Gu Li, vennero separati per essere addestrati singolarmente. Ognuno avrebbe imparato con due monaci abilità, tecniche e stili del Kung Fu con uso di armi e senza. Merghen aveva conosciuto le loro caratteristiche, peculiarità e debolezze, e dispose chi dovessero essere gli insegnanti più adeguati.

"Miiko raffinerai le tecniche di spada e combattimento corpo a corpo con le monache: Khenebish (*Nessuno*) e Tsolmon (*Sole del mattino*)."

La prima, di piccola statura ed esile, aveva una pelle del colore del marmo e occhi seri. Molto severa e di poche parole, era esplosiva, dinamica e abile con la spada dritta a doppio taglio.

Tsolmon aveva un fisico atletico e un carattere forte e autoritario. Portava i capelli rasati e aveva movimenti eleganti e armoniosi. Era esperta nell'uso del coltello e sapeva sfruttare al massimo il territorio circostante.

Yaeko venne affidata alla monaca Garmaa (*Destino*), esperta nell'uso del bastone lungo, della lancia e dell'alabarda. Nella lotta a mani nude conosceva la tecnica di pugni dell'ubriaco alla perfezione. Diceva quello che pensava in ogni occasione, per questo poteva risultare dura, ma la sua disponibilità si dimostrava ogni volta che qualcuno aveva dei problemi. A volte con una parola, a volte con una manipolazione delle fasce nervose, rimetteva sempre le cose al giusto posto, che si trattasse di un animo sperduto o di un muscolo malandato. L'altro monaco che aveva il compito di addestrare Yaeko era Naran (*Sole*), dal viso perennemente sereno. Era molto severo e puntuale nell'insegnamento, senza per questo però farne sentire il peso agli allievi, che partecipavano sempre con gioia alle lezioni, per quanto dure e impegnative potessero essere. Proveniva dalla Nuova Olanda, era fuggito dalle colonie molto piccolo assieme alla madre e trasferitosi in Giappone aveva appreso l'arte della lotta a terra, del soffocamento e delle leve articolari. A ventitre anni si trasferì in Cina, per poi giungere nel Monastero dei Cento Stili, dove aveva perfezionato le tecniche e le aveva fuse con vari stili del Kung Fu. Maneggiava i pugnali a tre teste come nessun altro.

"Cang Hao sarai seguito da Chuluun (*Roccia*) e Saran (*Luna*)." Erano una delle poche coppie affermate che vivevano al Monastero. Avevano passato tutta la vita insieme, sempre alla ricerca di nuove conoscenze. Il primo, alto e muscoloso, dall'aspetto signorile trasudava incomparabile conoscenza nelle arti filosofiche. Era un grande combattente, anche perché rimaneva sempre molto pulito, non si faceva coinvolgere emotivamente dalla lotta e manteneva un costante controllo su di sé. Ovunque andava non perdeva mai l'occasione di sorseggiare qualche infuso di erbe, che amava studiare soprattutto negli aspetti curativi. La compagna, Saran, forse a compensare la sua calma, era invece di spirito impetuoso. Agiva d'impulso anche nella contesa e non sbagliava quasi mai. Primeggiava nello stile della *Tigre*, aveva mani così forti che finire sotto la sua presa equivaleva a sentire gli artigli dell'animale nella carne. "Enkhe (*Pace*) e Khana (*Istante*) saranno i tuoi insegnanti Gu Li." Erano fra i più giovani maestri del Tempio, ma di certo non meno esperti.

La monaca Enkhe primeggiava nello stile dell'*Aquila*, della quale aveva l'eleganza e la morbidezza, nonché la precisione. Arrivava sempre al bersaglio prescelto, che fosse una decisione da prendere o un punto da colpire. Per questo l'arma prediletta era l'arco lungo, lo usava con estrema tranquillità e stabilità e riusciva a colpire ciò che aveva mirato anche ad occhi chiusi.

L'altro, dal fisico minuto ma dalla muscolatura molto ben definita, era agile e scattante, lo stile principale era infatti quello della *Scimmia*. Di rado passava del tempo con chi conosceva poco, lasciava molto spazio fra sé e gli altri, che diminuiva però mano a mano che entrava più in confidenza, fino a cercare quella compagnia lui stesso. L'arma favorita erano i doppi bastoni corti, che muoveva così veloci che l'avversario non sapeva mai da che parte potesse arrivare il colpo.

In tutti e quattro il mutamento stava diventando evidente e indelebile, non solo su un piano fisico, ma anche su quello energetico e mentale. Avevano ricevuto lezioni di Filosofia, Etica, Teologia, Storia, Medicina e tanto altro. "Stanno cambiando nel profondo." Constatò Merghen.

"Stanno accrescendo in modo esponenziale i sensi e loro stessi." Disse a Gansukh. "Stanno esplorando nuovi territori; raggiungeranno le infinite capacità nel saper percepire e controllare il Qi, la linfa vitale che saprà equilibrarli e metterli in contatto con l'intero Universo."

Tempo prima i due saggi si erano rivolti ai quattro ospiti chiedendo quale fosse la loro ragione di vita. Quasi all'unisono risposero: "La vendetta. È la nostra unica scintilla d'esistenza."

"E dopo? Dopo aver soddisfatto questo desiderio, cosa resterà in voi?"

Si guardarono l'un l'altro negli occhi e non risposero. Merghen allora disse: "Il vostro silenzio è stato più chiaro di mille parole."

La vendetta ora stava per diventare solo un vacuo pretesto per non soccombere ai terribili ricordi di morte e distruzione.

"Secondo te significa tradire i nostri cari il voler intraprendere una Via più ascetica e meno sanguinaria?" Chiese Cang Hao a Gu Li.

"Siamo combattenti e soldati addestrati, come possiamo rinnegare tutto e dimenticarci di quella tragedia per intraprendere un cammino tanto diverso ed estraneo alla nostra indole guerriera?" Rispose.

"E se fosse proprio questa la strada migliore per onorare il loro ricordo?"

A pochi passi da loro Miiko aveva dubbi simili.

"La vendetta può essere importante, ma non come unico principio d'essere. Bisogna saper rendere omaggio a quello che il destino ci pone innanzi. Inseguire vacuamente un pensiero di odio, malgrado sia per risanare un grave torto, se porta a scostarsi dal proprio percorso può diventare pericoloso e destabilizzante." Le aveva detto la madre e lei si stava chiedendo se l'essere umano fosse davvero impotente di fronte agli eventi, solo spettatore di un gioco più grande di lui.

"Dovrei farmi trasportare senza opporre alcuna resistenza? O rischiare d'essere spazzata via in breve cercando di cambiare le cose?" Non sapeva cosa fosse giusto o sbagliato.

Yaeko invece era seduta sul letto e muoveva la testa da un lato all'altro sempre più veloce. Graffiò gli avambracci con le unghie tanto da lasciare i segni, come quelli di una tigre chiusa in gabbia. Poi serrò con forza le mani in pugni. Era ancora più furente e rabbiosa e per nulla convinta dalle parole dei monaci. Era decisa a portare a termine quello che si era prefissata a rischio della vita, di questo ne era certa. Il risentimento cresceva, più si cercava di convincerla che quella fosse una via sbagliata e più lei si incaponiva nel seguirla. "Nessun dubbio farà leva nella mia mente e nel mio spirito!"

Alcuni giorni dopo Yaeko si stava allenando con pazienza nel perfezionare l'uso delle armi lunghe. Brandiva l'alabarda sotto lo sguardo vigile di Garmaa che le impartiva ordini con calma: "Abbassa la spalla destra quando fai ruotare sopra la testa l'alabarda, eviterai di sbilanciarti e sforzare troppo i muscoli della schiena. Ecco, così, bene. L'affondo è importante, devi mantenere il peso del corpo al centro del basso ventre, dove è custodita l'energia di ognuno di noi." E ancora: "No, devi allargare di più le gambe nella posizione del *cavaliere*, forza! O ti sei dimenticata come si fa? Solo così avrai il baricentro più radicato a terra. Anche io anni fa commettevo lo stesso errore, siamo alte quasi uguali, capisco la difficoltà, ma sforzati! Stai facendo grandi progressi, i tuoi studi sull'uso della lancia sono ottimi, devi solo migliorare la postura." L'allieva ascoltava senza il minimo lamento, ammirava i gesti della monaca che si muoveva con lei per rendere le parole più chiare.
Passava a lungo al freddo dell'imminente inverno, veniva quasi alimentata da tanta pratica fisica, tanto era importante l'obbiettivo di migliorarsi.
Così trascorse quasi un mese ed ebbero modo di conoscersi meglio. Durante un pasto frugale, all'ombra di un albero

di pruno dalle fronde ampie e basse, Garmaa le disse: "Stai migliorando di giorno in giorno, la tua determinazione è grande come deve essere quello che ti motiva."

"Tutti abbiamo dentro motivazioni e obiettivi da raggiungere, perché ti stupisci tanto? Del resto, qui in questo Tempio, il desiderio di portare avanti il vostro culto vi da spinta nel coltivare le piante, nel curare e pregare il vostro Buddha e nel vivere in armonia e serenità. Ma è solo l'impedire ad orde di ladri che vogliono trafugare le statue d'oro e bronzo, che vi spinge ad allenarvi giorno e notte per migliorare a combattere." Garmaa sorrise mentre continuava a bere il tè. Yaeko tra un boccone e l'altro di riso con verdure, continuò: "Sono qui per imparare fino al limite umano le tecniche di combattimento. Adesso imparerò da te poi seguirò i consigli nella lotta a terra da Naran, questo è il mio unico motivo di vita..."

"La vendetta." L'anticipò Garmaa.

"Sì, la vendetta, qualsiasi cosa ne pensi il *superiore*, è sufficiente a motivarmi nel continuare questi allenamenti massacranti."

"Capisco. Ma voglio dirti una cosa: tutto questo odio dal quale trovi nutrimento finirà per distruggerti."

"Non mi importa. Posso anche morire subito dopo aver portato a termine la mia vendetta."

"Ti dico solo un'altra cosa, poi riprenderemo l'allenamento. Anche io avevo un simile atteggiamento anni fa, ma la cura dello spirito e la serenità che ho trovato tra queste mura mi hanno insegnato che tutti hanno bisogno di sentire una calma interiore a dispetto di qualsiasi vendetta ottenuta o meno. Il tuo amato ti ha lasciato un messaggio importante: l'amore verso gli altri e verso se stessi." Yaeko si bloccò, puntò lo sguardo oltre la ciotola che aveva in mano e venne scossa da un brivido.

"È una vita che bramo l'amore! Dai miei genitori, dai miei compagni d'arme, dagli amici, ma nulla... l'unico ad amarmi senza alcun interesse è stato Weii e il destino me lo ha portato via! Non devo nulla a questa vita. Magari farò come dici tu nella prossima. E adesso torniamo ad allenarci, il tempo non va sprecato in conversazioni senza senso."
"Il senso non va trovato nelle parole, ma in quello che è presente fra noi." Garmaa sentì che nonostante tutto l'animo di Yaeko ora era più sereno.

Poco distanti Cang Hao e Gu Li dovevano compiere un tortuoso percorso ad ostacoli, in lungo e largo nello spiazzo. Cang Hao doveva correre e tenere in mano due grandi ciotole colme d'acqua gelata, con le braccia lontane dal corpo, senza far cadere neanche una goccia.
"Cos'ha a che fare con l'addestramento militare questo strano gioco?" Si domandò sotto voce.
Gu Li invece doveva spingere una grossa e arrugginita carriola colma di pietre senza perderle per la via e mantenere una postura eretta ed elegante senza manifestare lo sforzo. Non venivano persi d'occhio da Enkhe e Saran, che gli davano suggerimenti e consigli e si guardavano come a voler gareggiare anche loro su chi arrivasse al traguardo senza far cadere né una goccia d'acqua, né un ciottolo. Alla fine del percorso ad aspettarli c'erano gli altri maestri Chuluun e Khana, che sorridevano senza farsi vedere e li incitavano ad alta voce: "FORZA! Mantenete l'equilibrio senza rallentare i movimenti delle gambe ma controllando il respiro. Concentratevi!" I due erano stremati però non smettevano di sbeffeggiarsi. Cang Hao, distratto dalle parole dell'amico, cadde; le ciotole volarono in aria e l'acqua gli si rovesciò sulla testa fracidandolo in un sol colpo. Gu Li non riuscì a trattenere le risa, lasciò la carriola e i sassi si sparsero come semi lanciati da un contadino.

"In piedi ora!" Ordinarono i quattro maestri. Erano molto divertiti dalla scena ma mantennero un volto paragonabile a quello del sacro Buddha in meditazione, tanto erano immobili. "Tornate al punto di partenza e ripartite."

Percorsero lo stesso tratto; cadevano, inciampavano tra gli ostacoli sparsi lungo il percorso e ricominciavano sempre dall'inizio, senza oltrepassare il segno inciso nel terreno con le ciotole colme e la carriola piena. Così fino al tramonto, quando finalmente arrivarono al traguardo. Ora potevano riposarsi e mangiare del riso caldo mischiato a germogli di grano. Era rigida anche la dieta. Un buon guerriero doveva eliminare dalle abitudini alimentari alcol, carne e pesce. In più dovevano assumere, a cicli, soluzioni acquose di minerali nati tra l'incontro della lava incandescente e l'acqua salmastra del mare. Erano sostanze prodigiose che permettevano a chi le assumeva di avere numerosi benefici fisici e mentali. Queste miscele erano state messe a punto da Lěng Huā, esperta nello studio della medicina tradizionale cinese, e venivano usate da molti anni al Monastero, sia a scopo curativo che per migliorare e aumentare le normali prestazioni, portandole ai massimi livelli. Forza fisica, resistenza al dolore, intensificazione dell'olfatto e dell'udito, persino la visione notturna poteva cambiare.

Per i quattro novizi le prime sei settimane di dieta furono durissime. Dover sottostare al più profondo ascetismo non era da tutti. Ma quelle erano le regole, altrimenti avrebbero dovuto abbandonare per sempre quel luogo. Adesso però avevano raggiunto uno stato di equilibrio psico-fisico e iniziavano a vedere i risultati sperati.

21

L'impercettibile ti è nemico

Yaeko era nel grande piazzale antistante la pagoda centrale e guardava fissa e attenta le movenze ritmate di un gruppo di monaci in addestramento. Miiko le si avvicinò in silenzio, non voleva disturbarla e attese che si accorgesse di lei. Dopo poco Yaeko la guardò per un istante per tornare poi a studiare i monaci.

"Volevo ringraziarti, anche se è passato molto, per il tuo coraggio. Salvarmi la vita è stato molto nobile."

"Ti sbagli, non c'è stato alcun gesto nobile in quella battaglia; non l'ho fatto per te. Stavo impazzendo dal dolore e la contesa era solo all'inizio e già impari. Non saremmo arrivati neanche alla seconda retrovia a guardia del castello. Ho visto l'arciere puntare su di te l'arco e scoccata la freccia ho colto l'occasione per poter raggiungere Weii."

"Ma siamo compagne d'armi, abbiamo una missione comune, dobbiamo proteggerci l'un l'altra."

"Sono tutte cose che non hanno alcun significato per me." Sentenziò Yaeko. "Alleanza, reciprocità, spirito di corpo, tutti termini che ho imparato a odiare. Mio padre me le ripeteva e imponeva ogni giorno." Sorrise con nervosismo, poi si morse forte il labbro e con sguardo fisso verso il vuoto aggiunse: "Mi crebbe come un maschio, non gli interessava altro. Voleva un successore. Il destino non l'ha accontentato, era deriso dai pari grado e dai superiori per questo; tutti avevano maschi da avviare alla carriera militare e lui no. Ma io cosa c'entravo; che colpa ne avevo?" Miiko lasciò scorrere il tempo di un respiro e disse: "Il rapporto con tuo padre è all'origine dell'odio che hai verso tutti e tutto. Ma tua madre..."

"Mia madre era invisibile!" La interruppe stizzita. "Non ha mai voluto interferire e del resto come poteva farlo? Era totalmente soggiogata da mio padre che la trattava come una schiava. Ma non si preoccupò nemmeno di farmi una carezza o guardarmi con amore. Nulla, non mi ha trasmesso nulla!"

"Mi dispiace del poco amore ma non..."

"BASTA! Non voglio la tua compassione e il mio passato non c'entra. È di Weii che stiamo parlando!"

"Io e Weii eravamo come fratelli. Siamo cresciuti assieme, non c'è mai stato nulla tra noi se è questo che pensi. Manca molto anche a me."

"Ti sbagli ancora una volta." Le rispose Yaeko con gli occhi puntati nei suoi. "Lui mi parlava spesso di te, di come ti vedeva e di come avete vissuto anni felici, ti stimava molto." Con voce quasi rotta dal pianto continuò: "Sono gelosa! Ma non di quello che pensi. Hai conosciuto una parte importante di Weii: l'infanzia, la giovinezza. Avete riso e pianto, siete diventati grandi insieme. Io non potrò sapere niente di quelle emozioni passate, non potrò riviverle attraverso le sue parole! Ormai è morto, capisci?! Nessuno lo potrà riportare in vita. Ho vissuto con lui così poco... tu invece hai ricordi di anni, memorie di lui che resteranno tue per sempre..." Chiuse gli occhi, fece qualche respiro, riprese il controllo e continuò: "Sei sicura, sul serio, di conoscere il motivo per cui sei qui ad addestrarti con noi? È ricerca di vendetta, il voler cancellare un torto, un'ingiustizia? La rabbia è presente in te tanto da voler fare ciò che è stato fatto a Weii ai suoi assassini? O agisci solo per senso del dovere? Io sono libera di agire come meglio credo, ed a un unico comando obbedisco, quello di soddisfare me stessa e le mie necessità. Tu invece ti comporti così non perché toccata dagli avvenimenti, ma perché ti conformi ad un'etichetta fredda e già scritta!"

Miiko non seppe rispondere. Yaeko quasi soddisfatta di quel silenzio disse: "Hai la presunzione di rivelare quello che gli altri hanno dentro, di capirli, ma non sei capace di farlo con te stessa. Hai paura? Con tanta supponenza credi di sapere qualcosa su di me, ma il motivo per cui mi sono unita a voi in questa impresa è semplicemente statistico. Così ho qualche possibilità in più di uccidere chi ha ordito tutto questo, o di morire nell'intento di compiere il mio destino. Persino i monaci di questo Tempio mi sono funzionali: mi insegneranno ad essere più letale, veloce e forte. Imparerò ad avere una mente più fredda e non mi farò sopraffare dai sentimenti e dalle paure. Sarò più simile a te." Fece un sorriso sarcastico e la fissò. "Per il resto che andiate tutti all'inferno o meno subito dopo, a me non importa nulla! Non c'è nessuna amicizia o alleanza!" Troncò così il discorso e si incamminò verso quei monaci chiedendo di farla partecipare all'allenamento.

Miiko rimase lì, immobile, pensò a quanta sofferenza e quanto odio avesse dentro Yaeko, poi triste si allontanò. Yaeko iniziò a sentire una sensazione mai provata, come di pentimento e di dispiacere. Ma l'orgoglio prese il sopravvento. Soffocò le lacrime che le stavano salendo agli occhi e si concentrò sull'esercizio.

Il giorno seguente, alle sette del mattino, Naran la stava aspettando sotto una pioggia appena accennata. Era in ritardo. Arrivò trafelata e quasi scivolò per il fango presente. Fece il saluto, congiunse il pugno destro al palmo dell'altra mano e si inchinò appena senza distogliere lo sguardo dal maestro; ricevette lo stesso convenevole di rito. Innumerevoli volte aveva ricevuto le lezioni da Naran, ma mai in un terreno tanto sfavorevole.

"*Sta anche peggiorando!*" Pensò al rombo di un tuono. Iniziarono subito, si studiarono facendo piccoli cerchi senza perdere di vista gli occhi dell'altro. Yaeko attaccò con un calcio girato al volto, schivato dal maestro che si abbassò e ruotò con la gamba destra a filo con il suolo. Fece un giro quasi di 180° e colpì la gamba di Yaeko che volò a terra ma riuscì a sferrare un pugno mentre cadeva. Non colpì il bersaglio però Naran fece un mezzo sorriso soddisfatto, poi le afferrò i polpacci, li sollevò e la fece cadere di schiena. Lei, ricoperta di fango, fece un salto inarcando la schiena e tornò nella posizione del cavaliere (con le gambe piegate, divaricate e con il peso equidistribuito). Ma subito Naran le afferrò la giacca e la scaraventò di nuovo nel fango.

La pioggia ora si era fatta più intensa ma Yaeko sembrava non farci caso. Imperterrita tornò in piedi e corse verso il monaco, saltò e con il ginocchio alzato tentò di colpirlo. Lui parò così forte che la fece ritornare in un'altra pozza. Ormai non c'era una parte di lei che fosse rimasta pulita, ma la lotta era solo all'inizio.

Trascorse quasi un'ora così, fra attacchi, schivate, colpi e sferzate. Yaeko era stanca ma non nello spirito, riusciva ancora a incedere combattiva. Naran era sereno e impassibile, come se stesse bevendo del tè caldo seduto comodo. Poi allungò le mani per afferrarle il collo. Yaeko si ritrasse e alzò la gamba per prenderlo all'addome. Il maestro non perse l'attimo, veloce le afferrò la gamba, si avvicinò a lei e fece leva con il corpo per farla ancora cadere. Questa volta però non mollò la presa e si avviluppò a lei immobilizzandola all'istante. La pressione era tale che per lei fu come trovarsi tra le spire di un grosso boa. Le mancò da subito il respiro, ma non si arrese. Provava inutilmente a muoversi per svincolarsi.

"Non hai speranze, arrenditi. Un buon combattente deve capire quando è stato sconfitto con onore. Arrenditi."

Yaeko non riusciva a parlare ma lo sguardo era inequivocabile: non ne aveva alcuna intenzione. Continuava a resistere, poi il respiro si fece più fioco, la vista incerta, il viso sbiancò e svenne.

Naran si divincolò, si alzò, andò alla grande fontana, riempì un catino di rame e gettò l'acqua gelida su di lei. Yaeko si svegliò di soprassalto, confusa. Si alzò con fatica e si mise in posizione, talloni uniti e punte dei piedi divaricate, ripetendo il saluto iniziale.

"Tra tre giorni, stessa ora, qui, per un'altra lezione di lotta a terra. Mi raccomando puntuale stavolta." Le disse Naran e poi si allontanò sotto una lieve pioggerella.

22

La gabbia di bamboo

Il sudore scendeva dalle tempie, lento, nonostante l'aria non fosse calda, ma la tensione che sentiva Miiko era intensa.

Era già passato molto da quando si trovava tra quattro pali di bamboo piantati nel terreno, con sopra altre quattro grandi canne legate alle estremità, posizionate parallele al suolo. Come una gabbia che la soffocava e le impediva parzialmente i movimenti. Kenebish e Tsolmon le stavano impartendo una lezione di combattimento a corta distanza.

"Non uscire dai margini, non farti colpire e cerca di bloccarci." Nonostante Miiko fosse fornita di un pugnale e le monache non avessero nessuna arma, aveva notevoli difficoltà.

Evitò un gancio di Kenebish, si spostò vicinissima al limite impostole, rischiò di uscirne ma con un fendente stava per prendere al braccio Tsolmon. Quest'ultima però con un salto si appese alla canna in alto e sferrò un calcio sulla spalla di Miiko che quasi cadde fuori.

"Sfrutta il contesto in cui ti trovi, soprattutto ciò che è imprevedibile." Le disse la maestra, con uno slancio poi afferrò il palo di fronte, spinse sulle esili ma forti braccia e rimase in equilibrio sopra la canna. Osservando meravigliata Miiko si distrasse, giusto il tempo di far avvicinare Kenebish che con una leva al braccio le fece cadere il pugnale, lo afferrò e iniziò ad attaccarla.

Miiko era agitata e cercava di evitare i colpi.

"Devi assopire ogni emozione, non lasciarti travolgere." Le intimò dall'alto Tsolmon. Al suono di quelle parole fece un profondo respiro e ritrovò la centralità.

Non perdeva di vista gli occhi dell'avversaria.

"La reazione deve essere immediata e puntuale, usa tutto il corpo, rilassa le parti che non ti servono per ogni singolo gesto. Lascia andare la paura, ora non ti serve." Accucciata sul bamboo Tsolmon seguiva ogni movimento. Miiko non riusciva a colpire Kenebish, ma lasciò che gli insegnamenti prendessero vita in lei, schivò, deviò e parò ogni colpo, ricevendo solo dei tagli sui vestiti.

"Tra l'intenzione e la volontà, per arrivare all'atto, non deve passare più di un attimo, un respiro, o il tuo nemico saprà sempre quando attaccare. Non dare all'altro il tempo di intuire, ma ricerca tu quel tempo." Continuava Tsolmon: "Gli animali insegnano diversi modi di stare e di reagire, attraverso ognuno di essi impari vari principi. Conoscendo ogni atteggiamento saprai sempre qual è la cosa migliore da fare per ogni contesto. Ogni animale racchiude un mondo, tu sei tutti quei mondi insieme. Ma devi saper scegliere il momento perfetto e il modo giusto per esprimerli. Si studiano gli animali per capire se stessi e per apprendere una risposta immediata, si parte dal gesto istintivo per poi controllarlo e trasfigurarlo. Esiste un momento per ogni cosa, adesso sfrutta l'efficacia della *Mantide Religiosa* a distanza ravvicinata." Ormai Miiko aveva familiarità con i diversi animali presi ad esempio nel Kung fu e quella suggestione la aiutò a comprendere che contro una lama doveva essere velocissima, integra, prudente ma impavida e distaccata e che ogni gesto doveva essere finalizzato. Grazie a questo riuscì ad entrare nella guardia di Kenebish mentre la colpiva, le bloccò la spalla, le afferrò il braccio e glielo portò dietro la schiena facendole lasciare subito la presa sull'arma. La maestra sorrise per l'evoluzione dell'allieva, ma non le lasciò il tempo di inorgoglirsi, si girò veloce su se stessa e la colpì alla testa con il palmo. Miiko assorbì il colpo che scalfì il moto di soddisfazione che sentiva.

"Non devi distrarti mai." La ammonì Kenebish. In quel momento Tsolmon scivolò dal palo, rimase sospesa con le mani ferme sul bamboo, dondolò silenziosa e colpì l'allieva con un calcio ben assestato alla schiena. Miiko non si era accorta di nulla, rotolò in avanti e non riuscì a rimanere nel bordo. Tsolmon, come una scimmia su un albero, affermò: "Bene." Poi con un salto scese. "Puoi andare ora. Fra tre giorni inizieremo con la spada dritta." Miiko si inchinò alle maestre e si incamminò verso la cella con il cuore colmo di gratitudine per tutto quello che stava apprendendo in quel luogo sacro.

Il giorno dopo seduta con le gambe incrociate nella posizione del loto all'interno della gabbia di bamboo c'era la monaca Shimmer Chandra. Era in attesa da tanto quando vide Miiko, attirò la sua attenzione sbattendo forte dei bastoni corti sui lunghi pali. La guerriera si avvicinò e disse: "Non è quello il modo di allenarsi all'interno della gabbia!"
"Lo so perfettamente, attendevo proprio te per potermi allenare al meglio ragazza."
"Mi chiamo Miiko e, sì, sarebbe interessante, ma ho un altro impegno, mi aspetta il maestro Delgernandjil, sarà per un'altra volta."

"Non ci sarà un'altra volta, ti sfido adesso! Devo comprendere una cosa, è molto importante per me. Combatti!"
"Di solito è così calma e silenziosa, forse tanta foga ed entusiasmo dovrebbero venir premiati." Pensò ma sopratutto si rese conto di quanto ancora fosse forte in lei il richiamo della sfida. Dalla vicina rastrelliera impugnò un paio di bastoni corti e dopo aver fatto un inchino entrò fiera tra i bamboo.
"Prima che inizi questo scontro, posso sapere almeno cosa ti ha spinto a sfidarmi?"
"Ti ho visto ieri mentre ti confrontavi con Kenebish e Tsolmon; nonostante siano anni che vivo in questo Tempio, non sono mai stata sottoposta a certi allenamenti con gli insegnanti maggiori. Non sei diversa da me. Sono alla tua altezza e adesso ne avrò la prova!"
"Se è vero che siamo così simili, raccontami la tua storia, magari posso aiutarti in un altro modo e non attraverso un confronto fisico." Provò a convincerla Miiko.
"Non voglio essere compatita o ascoltata, non ho niente da dirti. E non far finta che non desideri questo confronto quanto lo desidero io. Te lo leggo negli occhi che non vedi l'ora di mettere in pratica quello che hai imparato in un combattimento fuori da rigide regole. Ti offro un confronto vero."
"Bene! Nessuna alta motivazione spirituale o concettuale, si torna indietro... Una sfida vecchia maniera, brutale e diretta." Non riuscì neanche a finire la frase che la monaca le saltò addosso, velocissima, roteò le braccia e la colpì decine di volte; ma Miiko non si fece prendere alla sprovvista ribatté colpo su colpo senza perdere fiato e senza indietreggiare neanche un po'. Poi sferrò un calcio girato sullo sterno di Shimmer Chandra, che lo assorbì curvandosi. Con un salto Miiko raggiunse uno dei pali e cercò di prenderla al volto con un calcio cicolare che

venne parato con un bastone. Shimmer Chandra le andò contro prima con un calcio, poi con un colpo di gomito che entrò a segno. Finalmente Miiko sentì il gusto del sangue tra le labbra.

"Sei agile." Disse con un sorriso, ma la monaca subito la ricolpì con l'avambraccio sulla nuca. Assecondando la direzione del colpo Miiko fece una capriola all'indietro, sfruttò lo slancio della spinta e finì in posizione di guardia, con una gamba semi piegata e con il ginocchio dell'altra sul terreno. Poi lanciò i due bastoni come fossero lance. Shimmer Chandra riuscì a deviarne soltanto uno, mentre l'altro la colpì in pieno petto, le tolse il fiato e la fece finire a respirare la polvere. Miiko le fu addosso, pronta a vibrare un nuovo colpo con il taglio della mano in direzione della gola, ma la monaca fece una spazzata che la fece finire giù. Miiko rotolò e in un lampo era già in piedi, pronta per attutire tre calci alternati, destra-sinistra-destra.

Miiko era in difficoltà, riuscì a fermarsi giusto al limite segnato sul terreno, ad un passo dal perdere.

"*E va bene. Vuoi fare sul serio? Allora iniziamo!*" Pensò Miiko. Doveva smettere di credere che quello fosse un allenamento perché per Shimmer Chandra era una lotta per la vita o la morte. Solo così avrebbe potuto avere la meglio.

Iniziò una serie di colpi consecutivi che la monaca parò, poi riuscì ad afferrarle le braccia, la portò verso il basso e le diede una ginocchiata sul viso, poi le afferrò il busto, portò una gamba dietro alle sue e la proiettò scaraventandola fuori dal confine della gabbia.

La giovane monaca era sconfitta.

Si strinse le tempie tra le mani poi si alzò, scrollò la polvere dalla tunica nera e si inchinò verso l'avversaria. Raccolse i bastoni corti e li ordinò sulla rastrelliera, poi in silenzio andò via verso la biblioteca.

"Mi ricorda la rabbia e l'impulsività che avevo." Pensò Miiko. Poggiò anche lei i bastoni corti sulla rastrelliera, poi guardò la costruzione di bamboo e sospirò.

"È come se avessi combattuto con la vecchia me stessa." Disse, poi sbarrò gli occhi. "Delgernandjil!" Esclamò. Non sarebbe stato affatto contento di quel ritardo.

23

Speranza
è un segno nella pietra

Una mattina Miiko si svegliò particolarmente piena di energia e decise di affrontare in combattimento alcuni monaci più esperti di lei nella lotta corpo a corpo, prima di prepararsi alla lezione individuale. Ma prima di fare il saluto rituale sentì un'intensa sensazione che la pervadeva. Iniziò a non avere più la percezione del tempo presente e a non capire più dove fosse. Tutto attorno era confuso e una figura stava definendosi.

"*Un'altra visione!*" Pensò. Iniziò a respirare veloce, l'ossigeno entrava nelle narici bruciando in profondità fino ai polmoni. Afferrò il tassello che aveva al collo, come a cercare conforto e senso per quello che vedeva.

Poi tutto svanì, uno dei monaci di guardia la chiamò e le fece cenno di seguirla. Era piuttosto scossa, si scusò con il compagno di allenamento, fece un inchino e seguì la guardia.

Percorsero tutto lo spiazzo per le esercitazioni e giunsero alle casette costruite accanto al portone dell'ingresso al Monastero. Entrò in quella indicata dal monaco.

"Yīng Xuě! Che cosa ci fai qui?" Nel vederla la piccola la abbracciò immediatamente. Miiko si rivolse al monaco: "È impossibile che sia arrivata qui da sola. Dove l'avete trovata?"

"Questa mattina presto io e Tulku, eravamo di ronda a poche miglia dal Monastero. L'abbiamo trovata immobile, sola e asciutta nonostante le piogge incessanti di poco tempo prima. Non c'era alcuna traccia di altri passi attorno. In mano aveva questa ocarina." Le porse lo strumento. "Vedi qui sul lato c'è inciso il tuo nome. Nel tragitto di ritorno gli abbiamo fatto delle domande ma sembra non capirci."

"Va bene, ora ci penso io. Grazie." Fece un inchino al guardiano poi si avvicinò alla ragazzina. "Chi ti ha portato sin qui?" Yīng Xuě si mise in punta di piedi e alzò il braccio in alto. Miiko iniziò ad analizzare con attenzione i segni sull'ocarina: il nome inciso era segnato molto in profondità, gli ideogrammi erano precisi, non certo opera di una giovane con poca forza, si trattava di un uomo e con un alto livello culturale. Il legno era acero cinese, molto duro, impossibile scalfirlo con tanta precisione se non con qualcosa di assai tagliente, un'arma forse. La bambina non era stanca né spaventata ed era anche ben nutrita.

"Deve essere stata portata a cavallo, ma da chi? E perché poi sparire? Chi può sapere che sono qui?" Poi riprese l'ocarina e notò che quegli ideogrammi avevano delle piccolissime sbavature. No, non era un errore nell'incisione, di questo ne era certa, la madre le aveva impartito lezioni di grafia cinese; aveva appreso le varie differenze nella pressione esercitata, le curve, le linee disegnate, le rotondità. Quelle pressioni avevano qualcosa di non naturale, quasi di forzato.

"Domani mattina la farò studiare al vecchio Dölma." Appellativo iniziatico ispirato al nome della Deità che rappresenta l'attività compassionevole e la conoscenza dell'intrinseca vacuità di ogni dualismo; nome perfetto per lui che gestiva la biblioteca del Monastero dei Cento Stili. Mise via lo strumento musicale e giocò con Yīng Xuě prima di tornare agli allenamenti.

Pensò che la cosa migliore per la bambina fosse portarla da Lĕng Huā, lei avrebbe di sicuro saputo cosa fare per trovare una soluzione al preoccupante silenzio e all'apparente distacco dalla realtà. Quello che la piccola aveva visto e subìto al villaggio l'aveva colpita nel profondo.

Il giorno successivo Miiko andò alla biblioteca dove trovò Shimmer Chandra, assegnata al dotto bibliotecario Dölma. "Ci incontriamo di nuovo." Le disse Miiko, ma senza ricevere alcuna risposta. "Sei prevedibile, così come il tuo mutismo." Lei continuò a non parlare e fece un inchino di benvenuto, ricambiato dalla guerriera.

Miiko notò subito la coppia di ventagli da guerra (*Shan*) che aveva con sé. Grandi e robusti, lunghi un paio di palmi, sulle parti più esterne avevano dei rinforzi con stecche in metallo, sulle estremità punte affilate. Parlò sottovoce come il luogo prevedeva: "Sono queste quindi le tue armi predilette."

"Con questi in mio pugno non avresti vinto così facilmente, stanne certa." Miiko le fece un sorriso a mezza bocca. La monaca le disse di attendere lì, nel punto che collegava i tre lunghi corridoi principali che conducevano alla stanza dei tomi e delle stampe antiche. C'era raccolta la scienza di centinaia di anni, autori e saggi provenienti fin dalle terre più lontane. Miiko non aspettò tanto.

"Mi rincresce, il maestro Dölma non è nei suoi alloggi, mi è stato riferito che è fuori assieme ai monaci anziani a meditare e ne avrà per molte ore, se non addirittura per tutto il giorno. Puoi dire a me. In cosa posso esserti utile ragazza?"

"Il mio nome è Miiko!!" Le rispose infastidita, poi fece un respiro e le disse con il tono più pacato possibile: "Innanzitutto ti ringrazio per la tua disponibilità, ma tornerò un altro giorno, lascia detto al monaco Dölma..."

"Sono anni che seguo il maestro Dölma, sono sua assistente, assegnata a questo alto e delicato incarico da Merghen in persona, posso di certo aiutarti io, di che si tratta?"
Miiko, per niente convinta da quelle parole, volle comunque metterla alla prova.

"Bene! Sul lato di questa ocarina ci sono incisi degli ideogrammi in cinese, ma c'è qualcosa che non mi convince, guarda." Shimmer Chandra prese l'ocarina e la avvicinò ad una lanterna ad olio. Miiko si aspettava che si sarebbe spostata veloce e agile come un ghepardo, saltando su questo o quell'altro scaffale a consultare vari testi nella ricerca di chissà quale giusto testo antico. Otto alte pareti adornate da decine di lunghe assi di abete intrecciate tra loro, migliaia di libri che il solo osservarli faceva perdere la vista, il conto e la ragione. Ma non passò che un attimo che Shimmer Chandra rispose: "Ragazza vieni qui, ho risolto i tuoi dubbi. Per fortuna non abbiamo scomodato il mio maestro per una cosa così banale." Miiko rinunciò a sentir pronunciare il suo nome e si avvicinò curiosa.

"Guarda queste linee incise: questa curva e le parti più profonde sono volutamente accentuate, chi le ha esercitate è un uomo molto forte e colto, con studi che non provengono da una scuola cinese e credo nemmeno giapponese. Vedi questa parte? E anche da quella particolare pressione e da quest'altra incisione, è troppo leggera, qui la mano deve per forza premere. È innaturale, come se avesse volontariamente commesso un grossolano errore, un'inesattezza nel tratto, per far capire che è uno straniero. Con questi ideogrammi ti è stato inviato un messaggio, adesso sta a te saperlo interpretare e decodificare."

"Uno straniero?" Disse, poi ringraziò Shimmer Chandra con un inchino e uscì.

La monaca la osservò a lungo mentre si allontanava.

24

Le erbe medicinali

La piccola Yīng Xuě se ne stava da sola a giocare nel piazzale principale del Tempio, Miiko le aveva detto di aspettarla lì. Doveva consultarsi con la maestra Lěng Huā; donna dotata di una grande tranquillità d'animo e di saggezza, raggiunte dopo un duro e faticoso percorso introspettivo che le aveva donato anche una fortissima sensibilità verso le problematiche altrui. Trovava sempre le soluzioni più appropriate, anche se spesso non erano facili da sostenere per chi si affidava a lei.

Dall'età di tredici anni venne introdotta allo studio dell'arte della medicina tradizionale cinese che si fonda sullo studio delle erbe, utilizzate in infusi o cotte. Inoltre venne indirizzata verso la conoscenza profonda dello studio dello squilibrio energetico interiore di Yin e Yang, come principale causa delle malattie dell'essere umano. Lěng Huā era l'unica allieva della scuola Shizhen dedicata al maestro Li, uno dei più grandi medici e farmacologi della dinastia Ming. Era tra le poche a tramandare anche la conoscenza della pratica dell'agopuntura (uso di aghi inseriti in prossimità di zone di particolare concentrazione energetica sui vari meridiani) che era osteggiata dalla dinastia Qing. Gli imperatori guardavano all'agopuntura come ad un *ostacolo al progresso* e ne bloccarono la diffusione dal piano di studi dell'Università Medica Cinese.

Aveva scelto di non sposarsi per continuare le ricerche in campo medico, a trent'anni decise di rifugiarsi presso il Monastero dei Cento Stili visti gli innumerevoli boicottaggi e le minacce ricevute dalle strutture universitarie.

Lĕng Huā non era una monaca del Tempio, ma ospite da diversi anni. Ampliò e mise in pratica le conoscenze della medicina tradizionale e del particolare uso di essenze elaborate da diverse misture di piante molto rare e potenti.

Aveva individuato cinque famiglie di sostanze che agiscono su cinque punti del sistema nervoso e trasversalmente alterano le capacità della mente. Tra gli altri aveva ideato un siero dal nome *Nyin mongstib sanscr Klesa* (contaminazioni). Chi lo prendeva veniva coinvolto in stati alterati della mente. Unico ostacolo era la forza di volontà, se era labile l'usufruitore poteva impazzire costituendo un serio pericolo per gli stessi compagni di battaglia. Al contrario, se l'equilibrio veniva mantenuto, il guerriero riusciva a trasformare ogni contaminazione nella effettiva saggezza corrispondente.

Inoltre curava febbre, infiammazioni interne, dissenterie ma anche di ferite ed ematomi di varia origine. Conosceva la botanica e le proprietà curative delle radici, alcune allontanavano per giorni la fame e la sete.

Aveva un'allieva, la coreana Sujong; Lĕng Huā l'aveva scelta tra i tanti bambini presenti al villaggio adibito al mantenimento degli orfani, dove prestava le sue cure. Aveva visto in lei un doppio aspetto: delle grandi potenzialità nel poterle trasmettere delle conoscenze, con un atteggiamento però di rifiuto e disprezzo verso tutto ciò che la circondava. Aveva quindi pensato di prenderla con sé per aiutarla a tirare fuori il veleno che sembrava scorrerle nel sangue e istruirla. Erano ormai passati diversi anni e la ragazza imparava molto in fretta, ma non guariva da tutto quello che si portava dentro come un pesante macigno. Libera solo nel volto, era ricoperta dalla testa ai piedi di fasce di lino che le facevano assumere una aspetto buffo e incerto. Ma era la più veloce ed esperta esploratrice e nelle conoscenze del territorio roccioso non aveva pari, anche se confrontata con l'abilità dei grandi Yak.

Miiko osservava Yīng Xuě mentre attendeva che Lěng Huā potesse dedicarle del tempo.

Finalmente arrivò, fiera ed elegante; le fece segno di avvicinarsi per evitare d'essere sentita dalla piccola, che continuava a giocare sotto un tenue sole invernale. Parlarono fitto per quasi un'ora. La bimba a quel punto si avvicinò alle due che si zittirono e le sorrisero. La maestra chiamò a gran voce l'allieva, che si trovava all'interno del laboratorio per la pestatura in alcuni mortai di diverse erbe medicinali: "Sujong! Scendi subito è importante." La giovane corse al piano inferiore.

"Maestra in cosa posso essere utile?" Disse.

"Ascolta bene, ti affido la piccola Yīng Xuě, gioca con lei e prenditene cura, poi prima che faccia sera dalle il composto sessantaquattro e diluiscilo di due quarti; prima che ceni dalle il composto cinque e concentralo di un quinto, questo per dieci giorni, partendo da stasera. Servirà a liberarle la mente dai cattivi ricordi e in più a permetterle di superare qualunque blocco che ha adottato per proteggersi. Trascorsi questi giorni vedremo se ci sono stati dei cambiamenti sostanziali o praticheremo una terapia di maggior impatto. Spero che tutto ciò sia sufficiente ad aiutarla. Vai adesso e non perderla di vista. Di tanto in tanto Miiko la verrà a trovare."

"Sì maestra."

Yīng Xuě dopo aver ricevuto un bacio sulla fronte da Miiko, seguì la donna senza fare tante storie, anzi, incuriosita da quegli strani bendaggi che la coprivano. Sujong si allontanò, prese per mano la piccola con leggero disappunto e con la mente rivolta ad un pensiero fisso e indelebile.

"C'è una cosa che dovresti fare." Disse Lěng Huā a Miiko, che ancora seguiva con lo sguardo la ragazzina.

"Dimmi." Rispose voltandosi a guardarla.

"Insegnale l'arte del combattimento."

"Cosa?! Dopo tutto quello che ha passato? E poi io non sono in grado, non saprei neanche da dove iniziare!" Ribatté la guerriera.

"Lei ha un forte legame con te, ti ascolta. Le sarà molto utile per sbloccarsi apprendere quest'arte, muovere corpo e mente. Come insegnarle? Questo dovrai scoprirlo da te."

Fece un inchino e senza dire altro si voltò e si diresse al laboratorio, lasciando Miiko spiazzata dal nuovo ruolo che avrebbe dovuto intraprendere.

25

Guardiane della cella senza mura

Un giorno mentre rientrava alla torre ancora con la mente rivolta alla prova che avrebbe dovuto affrontare insegnando, Miiko sbagliò a traversare un lungo corridoio. La sua stanza era nell'ala opposta e si confuse nel labirintico groviglio di corridoi e celle. Voltò un angolo.

"Ma cos'è?!" Pensò. C'erano tre donne: quella al centro era molto alta, dai caratteri somatici del nord Europa, capelli corti e biondi e occhi azzurri; le altre sembravano gemelle con capelli neri e ondulati. Tutte silenti e immobili come statue. Indossavano un kesa di colore rosso molto scuro, diverso da quello arancione degli altri monaci. Si trovavano in una grandissima sala di almeno trenta passi per lato, dove al centro c'era una strana stanza composta da sole due mura laterali. In mezzo una figura, appena visibile da dove si trovava Miiko. Aveva la testa rasa a zero e la pelle di un candore abbagliante.

Poi c'erano solo un *futon* basso con vicino un tavolo e una sedia.

"Sono qui a guardia, ma si danno tutti le spalle." Constatò mentre percorreva a ritroso lo stesso percorso che l'aveva portata lì.

"Ci sono dei prigionieri nel Monastero allora, non solo ospiti! Per quale motivo? Cosa tengono segreto Merghen e Gansukh?" Di certo avrebbe chiesto spiegazioni.

Arrivò alla cella e si sdraiò. Ebbe un fremito improvviso e gli occhi, non ancora del tutto chiusi, si aprirono di scatto. A pochi passi da lei Weii la osservava. Miiko appoggiò le spalle al muro e iniziò a tremare. "Sei... sei qui?" Lui provò a rispondere ma la voce non uscì, nemmeno un sussurro. Poi fece un sospiro e dispiaciuto svanì in pochi attimi. Miiko iniziò a tranquillizzarsi, portò ancora una volta la mano al tassello e si calmò.

"È evidente che vuole dirmi qualcosa. Devo imparare a reagire diversamente." Con un pò di fatica riuscì a prendere sonno.

Il samurai combatteva contro tre uomini. Nonostante l'età e l'occhio cieco riuscì a sconfiggere il primo, che con la spada cercò di colpirlo alla testa, ma lui con una parata lo spinse di lato e con un affondo gli squarciò il ventre. Un altro si gettò dritto verso il suo cuore. Il guerriero con un veloce ed elegante colpo di katana deviò la spada e mirò alla gola. Gli recise la carotide di netto. Uno spruzzo di sangue finì sui vestiti e parte del viso del samurai. Volse lo sguardo alla sua famiglia che cercava riparo indietreggiando verso la porta della stanza. Poi iniziò a cercare la figlia che mancava all'appello; la trovò nel buio e le sorrise. In quel mentre il terzo corse e lo colpì alla schiena. Fece viaggiare la spada verso la colonna vertebrale, ruotò il polso e proseguì in alto. Il samurai trattenne un urlo, impugnò con entrambi le mani la katana, modificò la guardia e sfiorando il fianco spinse la lama contro l'avversario che era ancora dietro di lui. Lo perforò nell'addome. Caddero all'unisono legati dalla spada. Senza emettere alcun lamento, con l'ele-

ganza e il vigore che lo contraddistinsero per tutta la vita, il samurai morì.
L'altro però riuscì a divincolarsi, si rialzò e spostò il corpo dell'avversario. Ferito e traballante si avvicinò alla donna e alle due figlie, intenzionato ad ucciderle. Ma una giovane uscì dall'ombra dove si era nascosta, con decisione prese una katana dal pavimento e lo trafisse a morte.

Miiko a notte fonda con indosso un lungo camicione che le arrivava alle caviglie e i piedi nudi che calpestavano il pavimento freddo, ancora brandiva un'invisibile katana, puntandola dritta verso il vuoto. Dalla finestra aperta l'ululare del vento la svegliò.
"Di nuovo." Disse. Non era certo la prima volta che sognava quel giorno. Non fece in tempo a riprendersi da quell'incubo che le apparve ancora Weii. Questa volta non provò a parlare, ma si allontanò, si riavvicinò, si nascose, come a voler giocare con lei come quando erano piccoli. Miiko decise di affrontare quella situazione di petto e iniziò a seguirlo. Gironzolava cercandolo nei bui corridoi, illuminati solo da spiragli attraverso i quali penetrava la fioca luce della luna. Si ritrovò di fronte alla stanza senza mura, giunti lì Weii sparì. Le guardiane non c'erano, ma la piccola figura era nella sala, girata di spalle e ferma. Voleva provare a parlarle.
Si trovava a dieci passi da lei quando...
"Anche tu qui sorella."
Miiko raggelò. "Chieko?!"
"Sono arrivata in questo Monastero pochi anni fa, dovevo guarire, o meglio, gestire il mio sentire. Mi sono accorta delle facoltà che avevo molto più tardi rispetto alle doti di *tua* madre; in lei si manifestarono fin da piccola. È stata *tua* madre, con l'imposizione dei suoi stupidi esercizi di

Qi Gong, che mi ha infettato con questo male che mi sta uccidendo!"

"*MIA madre?*" Pensò Miiko. "*Ma è forse impazzita? Perché si riferisce a nostra madre con questo tono? E quale male? Com'è dimagrita e irriconoscibile... e perché ha la testa rasata, quando tutte le monache possono scegliere di tenere i capelli lunghi? Lei così vezzosa! E poi cosa fa qui?*"

"Una domanda alla volta sorella, non riesco a leggere i pensieri con tale velocità." Miiko era sconcertata. "Ma che stai dicendo?"

"Stavo impazzendo, sono dovuta scappare appena sposata dal villaggio dove mi ero trasferita e da quell'uomo che mi tradiva di continuo; non perché avesse delle amanti, peggio! Perché ognuno dei suoi pensieri mi dicevano quanto inconsistenti fossero le sue parole d'amore. Mi sposò per avere una schiava che gli ubbidisse e io sono fuggita." Dopo una breve pausa riprese: "Credevo che quello che lessi nella mente di tua madre, tanti anni fa, fosse un errore, un sogno, fino al momento che divenne terribile realtà. Una mattina di un maledetto giorno ho letto nella sua mente la morte del nostro amato padre. Lei sapeva l'ora e il giorno esatti e non ha fatto niente per impedirlo!" Con voce fredda continuò: "Bastava portarlo fuori dal villaggio o chiamare aiuto. Quando nostro padre fu assassinato capii che era tutto reale. Avevo la capacità di intuire quello che le persone avevano in mente e tua madre quella di capire molto prima del dovuto quello che sarebbe successo. In modo assai più ampio rispetto a quello che ci ha sempre raccontato. L'ho accusata di essere una madre cattiva, una moglie perfida e folle e le ho giurato che non l'avrei più voluta vedere in tutta la vita. Lei ha farfugliato qualcosa sul destino incontrovertibile, sulle leggi dell'universo e sul suo delicato equilibrio. Certo non potevo continuare a starla a sentire e me ne sono andata con quello che, ahimè, è diventato mio marito.

Il male si è fatto sempre più presente e vivere tra mille silenziosi e urlanti pensieri che vociavano nella testa, tutti assieme, mi stava facendo impazzire, mi dominava del tutto. Scappai ancora, da mio marito e da ogni essere umano. Dopo tanto tempo in quella condizione, un giorno non ho retto e sono svenuta. Sono stata portata qui, dove stanno provando a trovare una cura, o meglio, a cercare insieme il sistema per farmi controllare questa dannazione. Mi tengono qui reclusa ma al tempo stesso libera, con tre monache capaci di rallentare il loro pensare che hanno il compito di non far entrare nessuno." Ci fu un momento di silenzio poi Chieko chiuse gli occhi e prese a ripetere le stesse parole e gli stessi concetti e tornò nello stato catatonico iniziale.

Miiko era scossa, rimase immobile a guardarla, era come se la sorella avesse deciso di interrompere ogni comunicazione con l'esterno. Poi sentì dei rumori avvicinarsi e decise di andare via, ma di sicuro sarebbe tornata a parlarle. "Possibile che sia tutto vero? Non riesco a capire!" Doveva ordinare le idee e cercare di porsi le giuste domande.

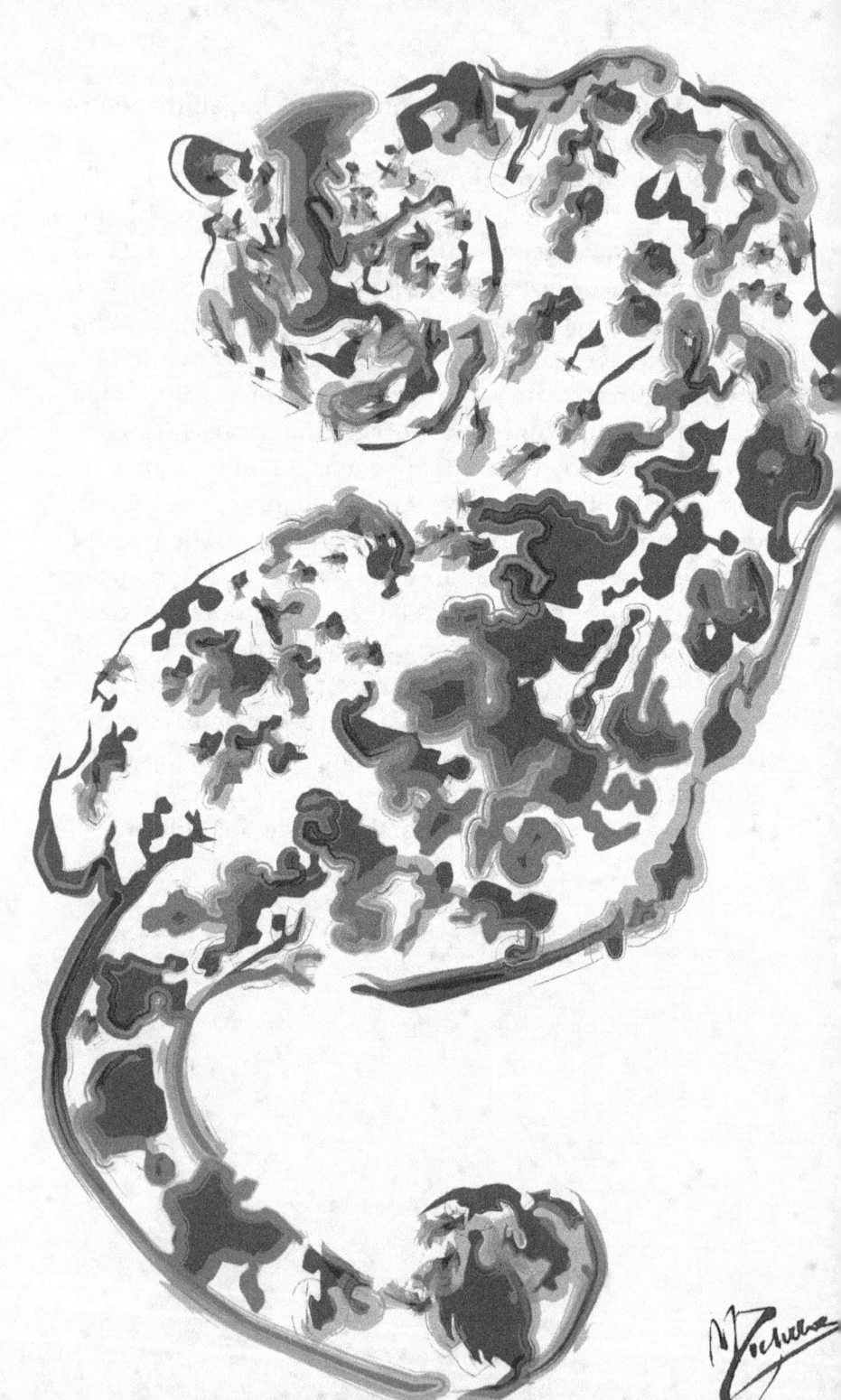

26

La morte giunge all'alba

Nei mesi trascorsi il samurai con i quattro cavalieri perlustrarono molti dei villaggi della costiera di sud-est e raccolsero alcuni indizi sull'arrivo, molti anni fa, di un alto giapponese. Vennero a conoscenza della presenza di un altro connazionale nella zona: il guerriero Takeshi Tokugara, morto anni prima a causa dell'attacco di alcuni predoni. Dopo varie ricerche ed informazioni, giunsero nell'umile dimora della vedova Tokugara. Era intenta a curare alcune piante del giardino di fronte casa e pareva non accorgersi d'essere scrutata da lontano. Il comandante si avvicinò: "Signora Tokugara." La donna si girò, lo guardò e disse in giapponese: "Ti aspettavo. Ma sei in ritardo... strano, di solito non sbaglio." E continuò: "Benvenuto Takuumi Miisashy!" L'uomo si rattristò certo che la donna non fosse sana di mente. Sconsolato e con un breve inchino le diede il commiato. Stava per girarsi ed andare ma la donna disse: "Oh che sciocca! Il tuo nome è Takuro Miaoto." L'uomo raggelò. "Come conosce il mio nome?" Chiese.

"I tuoi genitori Makishi e Midory sono stati presi tanti anni fa dallo Shogun per essere interrogati su Honjo Miisashy e da allora non ne hai saputo più nulla. Loro non lo hanno tradito, del resto lui gli aveva donato la cosa più bella che potessero mai pensare: te. Non hanno fatto in tempo a raccontarti delle tue vere origini perché troppo presto ti hanno strappato dalle loro braccia." Notando lo sguardo perso di Takuro spiegò: "Ho conosciuto tuo padre. Quello vero." Gli raccontò di Honjo Miisashy, del pescatore di perle, del marito Takeshi e dell'impresa nel forgiare una magnifica spada. Nella testa di Takuro si facevano largo ombrose immagini di un uomo alto e misterioso, il timbro di una voce profonda ma dolce, un abbraccio lungo e commosso.

Ginkgo, dopo i convenevoli di rito di ospitalità e cortesia, li fece accomodare in casa, dove poterono notare il gusto e l'accostamento cinese e nipponico nell'arredo. Poi si rivolse di nuovo al comandante: "Il tuo destino si incrocerà ancora con la ragazza incontrata nel bosco. È mia figlia Miiko." L'uomo era attonito ma lei non gli diede il tempo di fare domande. "Vado a preparare del buon tè." Disse e li lasciò a riflettere.

I sottoposti guardorono Takuro, sembrava sereno; in realtà dentro sentiva un peso incredibile, un misto tra rabbia e cocente sconfitta. Le bugie che fino ad allora aveva dovuto subire dallo Shogun reggente non lo facevano rasserenare. *"Per voler scalare in fretta i piani gerarchici dell'Impero sono stato imprudente, cieco e sciocco."* In fondo all'anima sapeva che quelle sui suoi genitori erano un mucchio di falsità, ma la brama di potere lo spingeva ad accettare tutto. Da qualche parte sentiva che quello che veniva detto su quell'uomo, che aveva scoperto essere il vero padre, erano menzogne che gli facevano ribollire il senso di giustizia e onore. Solo il sangue dello Shogun avrebbe lavato l'onta. Ma poi tornava sui suoi pensieri. *"Lo Shogun deve aver avuto buoni motivi e poi se quel fabbro era davvero onorevole perché scappare in quel modo? Ha abbandonato tutto e tutti."*

Takuro se ne stava immobile a fissare il vuoto dalla finestra che dava sulle alte colline che contornavano la vallata. Anche se era consapevole che da solo non avrebbe potuto uccidere uno degli uomini più potenti del Giappone, secondo solo all'Imperatore, non riusciva a smettere di pensarci; cercò di distogliere la mente da quei pensieri concentrandosi invece su come avrebbe portato a termine la missione. Poi avrebbe agito di conseguenza, senza colpi di testa o azioni irresponsabili, poco avvezze ad un samurai dell'Impero nipponico. Certo non avrebbe consegnato il fabbro, sempre se ancora vivo, ma le ricerche della mitica spada forgiata dal padre sarebbero partite proprio da quella casa.

Ginkgo portò il tè caldo, sembrava quasi avesse atteso che i suoi pensieri si rasserenassero un po'.

Presto arrivò il buio, la donna dovette insistere per convincerli a fermarsi lì per una notte, al patto che la mattina dopo avrebbero dovuto lasciare la casa alle prime luci dell'alba.

"Tornerà mia figlia Meigan e non ho intenzione di farla spaventare con la vostra presenza."

Li accompagnò nella stanza dove avrebbero dormito, era pronta come se li stesse aspettando. Gli diede la buonanotte e sorrise. Un sorriso lieve con lo sguardo rivolto verso il nulla, al pensiero di quello che sarebbe accaduto da lì a giorno inoltrato. Si diresse verso la camera, ripeteva come un mantra: "Mai sovvertire le sorti del destino, perché sono immutabili e incontrovertibili, quello che è scritto sarà! E così per sempre... per sempre... per sempre..."

Takuro non riusciva a prendere sonno, si girava e rigirava nel letto; aveva sì diversi pensieri a turbarlo ma era disturbato anche da un suono che non riusciva a definire. Lasciò i compagni a dormire e uscì.

Nel buio della notte cercò di concentrarsi su quel suono; proveniva da nord verso il bosco.

"Ma è una donna che canta!" Esclamò. Voleva raggiungere quel suono ma vide veloci e sempre più vicine delle luci, prima poche poi in aumento... tre, sei, otto. Ad accompagnarle un brusio di voci soffocate. Si trovavano sull'unico sentiero che portava alla casa di Ginkgo.

"Di sicuro non sono qui per un nobile motivo." Pensò e favorito dall'oscurità si diresse verso l'entrata per preparare una strategia. Ma la luna illuminava proprio l'ingresso come fosse un faro che indicava la via e mentre varcava la soglia venne scorto da uno di quegli uomini, che si affrettò a comunicarlo ai compagni.

Takuro svegliò gli altri uno ad uno, tappandogli con la mano le bocche affinché non facessero rumore. Capirono all'istante che dovevano tenersi pronti, si armarono e nascosti dietro la porta e le finestre li attesero. Prima che gli uomini arrivassero a dieci passi dall'uscio Takuro accese un fioco lumino di una lampada a olio e la posizionò sul tavolo in fondo alla stanza; avrebbe illuminato il teatro di scontro. Alla porta d'ingresso tolsero il paletto di legno per facilitare l'entrata dei malintenzionati.

"Eccoli." Disse in un sussurro.

Entrarono due soldati armati. Fu chiusa la porta dietro le loro spalle con un fermo. Erano in trappola. Vennero circondati e colpiti senza esitazione, il sangue attutì le grida. Si sentì solo il tonfo dei corpi trafitti dalle katane. Tre soldati rimasti chiusi fuori, nella foga di raggiungere i compagni, fecero per sfondare la porta di legno, ma il fermo fu tolto e nell'eccesso di forza impiegata caddero uno sull'altro. Riuscirono ad improvvisare una difesa, ma la loro fine non fu meno immediata. Ne arrivarono altri due che azzardarono un breve attacco, ma circondati dai cinque non ebbero scampo.

Nel silenzio che di nuovo era sceso Takuro esclamò: "Ne manca uno!" Era certo di aver contato otto fiaccole e sicuramente uno dei soldati era nei paraggi. Uscì con Katouro e Seiji, perlustrarono bene ma non riuscirono ad individuarlo. Portarono fuori i corpi e li abbandonarono fra gli alberi. Doveva convincere la padrona di casa ad andarsene il più presto possibile, la sua vita era ancora in pericolo. Quando i guerrieri rientrarono incrociarono Ginkgo che scendeva le scale. Vide il trambusto, il tavolo spinto di lato, sedie capovolte ovunque, fiotti di sangue sulle pareti e il pavimento; impallidì e disse: "Cosa avete fatto? Non comprendete quanto è grave la vostra colpa? Uccidendo quegli uomini avete interrotto il flusso del destino, l'avete modificato irrimediabilmente! Dovevo essere io a morire! Ora l'esercito del Generale sarà avvisato da Altachimeg, che vi è sfuggito. Hua Zhe Lei continuerà la ricerca e scoprirà che la spada invincibile è in mano di Miiko al Monastero dei Cento Stili. Lo metterà a ferro e fuoco pur di ottenerla! Dovevate fargli compiere la missione, così avrei potuto riabbracciare Takeshi! Mi sarei fatta torturare e alla fine li avrei dirottati su una falsa pista! Mi avrebbero uccisa ma li avrei convinti." Continuò nel pianto: "Tra duecento giorni esatti, molto dopo il crepuscolo, le orde attaccheranno il Monastero in forze sproporzionate. I coraggiosi monaci resisteranno, uccidendo moltissimi soldati, ma alla fine soccomberanno tutti. Non avranno scampo!"

Non capivano bene cosa stesse succedendo ma il comandante con voce sicura disse: "Lo impedirò!" Sarebbe andato al Monastero e avrebbe convinto Miiko a fuggire, poi l'avrebbe portata in un posto sicuro e difesa con la vita. "Rimedierò a tutto." Aggiunse.

"No nobile samurai, conosco bene mia figlia, non ti seguirebbe, anche se le dicessi di avermi parlato. Non abbandonerebbe mai gli amici e chi l'ha accolta con tanto amore."

L'uomo capì con chi aveva a che fare, ma avrebbe comunque cercato di convincere Miiko a fuggire.

"Senza la sua presenza al Monastero non ci sarà nessun pericolo di temibili assalti. Questo la convincerà! Ma lei non può restare qui Signora Tokugara." Gingko lo rassicurò, si sarebbe rifugiata nel vicino villaggio a casa delle sorelle. La abbracciò sicuro d'averla convinta che era inutile rischiare la vita dato che ormai il destino era mutato.

Partirono subito, salirono sui destrieri acquistati il giorno prima e si diressero al galoppo verso il Castello del Generale, nella direzione indicatagli dalla donna. Volevano studiare la situazione, capire come poter impedire quella guerra che a quanto pareva avevano contribuito a scatenare, o come combatterla.

"Abbiamo sette mesi!" Takuro aveva solo questo prepotente pensiero. Decise, quindi, che una volta arrivati avrebbe ordinato di aspettarlo lì mentre lui si sarebbe diretto al Monastero per avvertire Miiko e avrebbe disegnato tutto quello che gli era necessario, una vera e propria mappa, annotato la pendenza del sentiero, le montagne circostanti e l'asperità del terreno. Dopo di che se fosse servito sarebbe tornato in Giappone per ottenere rinforzi dallo Shogunato, allontanando la rabbia che provava. Se questo Generale non si fermava di fronte a nulla aveva bisogno anche lui di un esercito. Così sarebbe riuscito a difendere Miiko e anche a riportare la sacra spada in suolo nipponico. Doveva certo consultare gli alti vertici militari; il governo nipponico non avrebbe voluto causare una guerra con la Cina, si trattava comunque d'agire in terra straniera. Bisognava operare nel massimo riserbo.

I motivi personali non dovevano intromettersi in questa delicata missione, ma una volta tornato in Giappone avrebbe fatto di tutto per trovare i suoi genitori, perché adottato o meno li amava.

27

Dal fango venne il bagliore

Nel Monastero c'era un gruppo di pochi e selezionati individui: gli instancabili monaci Tendai, o *monaci di montagna*, che si occupavano anche di alchimia, poesia e letteratura, ma soprattutto erano forgiatori e rifinitori di lama. Arte che costituiva una vera e propria pratica, ricca di misticismo e mistero. Quando la compagnia di Miiko giunse al Tempio venne accudita dai monaci; alla splendida spada nodachi vennero riservate preziose cure, molto simili a quelle dei giovani. I Tendai la liberarono dalle impurità che negli anni si erano formate, poi la rifinirono conferendogli bellezza ed eleganza. Con carte abrasive di varia durezza avrebbero dato lucentezza alla lama, ma l'eccezionalità delle leghe presenti in quell'arma richiedeva una maggiore cura e l'utilizzo di materiali più duri per raggiungere un effetto ottimale. Dovevano cercare le pietre più compatte nelle varie cave presenti nella zona, ma lontane da dove sorgeva il Tempio. Ad assolvere questo compito vennero assegnate da Merghen le tre guardiane della cella senza mura. Le guerriere conoscevano bene le pietre di origine vulcanica.

La più adulta, Dzoldzaya (*luce del destino*) veniva dal nord Caucaso. Durante le razzie mongole del VIII secolo i suoi antenati fuggirono e si insediarono nel nord della Cina. In seguito la sua famiglia si spinse più a sud e, per motivi a molti sconosciuti, approdò da sola al Monastero. Quasi sempre taciturna, amava osservare il prossimo rimanendo in silenzio. Questa predisposizione le aveva donato grandi capacità introspettive e la dote di cogliere l'essenza nell'altro. Con l'esperienza e dopo un approfondito lavoro fatto quotidianamente su di sé, sapeva quando intervenire nelle questioni e le osservazioni che faceva erano sempre risolutive. Con lei le gemelle, nominate nel Tempio Odgerel (*luce di stella*) e Bolormaa (*madre di cristallo*). Dopo varie vicissitudini che raccontavano con allegria senza mai scendere nei dettagli, avevano scelto di percorrere una via ascetica ritirandosi in quel Monastero. Così simili eppure con caratteristiche alquanto differenti. Entrambe di spirito leggero e cristallino, sembrava che nulla potesse intaccare la serenità interiore che sentivano, entrambe di lingua lesta e schietta, non avevano mai paura di dire la loro. Ma, mentre Odgerel parlava di qualsiasi cosa le venisse in mente, a volte senza neanche riprendere fiato tra una parola e l'altra e non mancando mai di ironia e umorismo in ogni discorso sempre alquanto acuto, Bolormaa non era mai fuori contesto. Le sue argomentazioni erano ragionate e molto chiare, esponeva il pensiero con sicurezza e fermezza e questo la faceva apparire più adulta di quanto non fosse. Inoltre, nonostante i tratti fisici le rendessero quasi indistinguibili, era impossibile confonderle, anche perché Odgerel aveva atteggiamenti più rocamboleschi e poco attenti alle formalità che definivano una ragazza, a differenza della sorella sempre aggraziata e molto femminile in ogni gesto ed espressione di sé.

Le tre, mentre perlustravano con attenzione alcune rocce vulcaniche all'ingresso di una cava, sentirono dei rumori soffocati e andarono a vedere cosa stesse succedendo.

"Sembra come osservare una giovane leonessa contro due famelici lupi!" Esclamò Odgerel. Una ragazza dal fisico tonico e agile, stava combattendo con due grossi uomini. Come arma aveva dei bastoni uniti da una cordicella, utensile impiegato per battere il riso. Grazie all'arnese riusciva a colpirli e tenerli lontano, nonostante avessero lame affilate. Ad un certo punto, non riuscì a schivare un fendente e venne ferita al fianco. Reagì subito dopo, colpì forte uno degli avversari in testa e lo fece andare giù. L'intervento delle tre guerriere fu veloce, fecero fuggire l'altro che si spinse verso la fitta macchia al lato del sentiero. Lo lasciarono andare, preferirono occuparsi della giovane ferita che aveva perso i sensi. Le monache le prestarono le prime cure, coprirono al meglio il taglio e la portarono a turno sulle spalle fino al Tempio.

Il giorno dopo l'andarono a trovare, era sveglia e riposata. Dzoldzaya le si avvicinò e le chiese: "Come ti chiami? Per quale motivo sei stata aggredita?" Lei con voce tenue ma fiera rispose: "Il mio nome è Mei Ling e non sono stata aggredita." Sorrise. "Semmai il contrario!"
"Racconta!" La esortò felice Odgerel.
"Quegli uomini erano dei briganti, tormentano gli abitanti del mio villaggio, rubano ogni bene e infastidiscono le donne."
"Ma gli uomini non sono mai intervenuti per impedire tutto questo? Per quale motivo?" Chiese sempre Odgerel.
"Molti sono stati reclutati dai potenti signori della zona per far parte degli eserciti, quelli rimasti sono vecchi o troppo deboli, alcuni codardi per intervenire. Così ho pensato di armarmi e dargli una lezione!"

Dopo qualche giorno Mei Ling, ormai in buona forma, passeggiava per il Monastero con le nuove amiche Odgerel e Bolormaa, che le raccontavano le origini dell'ordine e del Tempio. Poi si fermarono incuriosite.

Yaeko stava maneggiando due lunghe e pesanti alabarde. Le fece roteare veloci, poi le lanciò con violenza verso un grosso palo ricoperto di tanta paglia, lontano dieci passi avanti a lei. Le armi si conficcarono sino al legno. Si avvicinò, le estrasse e si rimise a compiere lo stesso esercizio per almeno sette volte. Era sotto sforzo ma non accennava a fermarsi e a riposare.

"Sono Mei Ling, come ti chiami?" Le chiese avvicinandosi.

"Ti interessa davvero?" E continuò ad impugnare le alabarde e a scagliarle lontano, senza badarle più.

"Certo! Altrimenti non te lo avrei chiesto. Scusa tanto per averti disturbata!" Si girò e si diresse verso le monache. Odgerel e Bolormaa risposero alle domande, così venne a sapere chi fosse e per quale motivo si trovasse lì. Era chiaro come la luce del sole che quella donna aveva dei demoni interiori che le impedivano d'essere come la maggioranza degli ospiti del Monastero. Mei Ling era incuriosita da lei, la sentiva tanto affine, nei modi, nei gesti e nei pensieri non espressi.

Si allontanarono verso la pagoda centrale, dove avrebbero trovato Merghen che le aspettava.

"Torna quando vuoi. Qui troverai sempre una seconda famiglia pronta ad accoglierti." Le disse con un sorriso. Mei Ling lo ringraziò di cuore. "Non mancherà certamente occasione."

28

Nell'errore si cela la morte

Nonostante la giovane età erano tra le più sagge del Tempio, dotate di grande cultura ed esperienza. Le conoscenze che avevano nei vari campi ecumenici e il numero di libri letti e studiati facevano quasi impallidire per la vastità. Erano due donne appartenenti all'etnia degli Sherpa, dotate di una forza di volontà immensa. Lavoravano instancabilmente per molti giorni di seguito pur di terminare le finiture di una spada. L'impugnatura bloccava la lama tra due stecche di legno di magnolia e metallo decorato con incisioni ed era avvolta con una fettuccia di cotone, seta e pelle, per migliorarne la presa e assorbire il sudore durante il combattimento. La guardia, costruita in metallo per resistere ai fendenti, era decorata in modo molto elaborato; il fodero, in legno pregiato, era rivestito con cotone intrecciato con fili di tessuto di svariati colori che venivano annodati a regola d'arte.

Le donne lavorarono con dedizione e sacrificio, infusero nell'opera il proprio spirito vitale. Al termine un'aura di mistero ed energia pervadeva la spada.

Da grezza lama passò a nobile strumento.

Come da richiesta della proprietaria fu creato uno spazio

nell'elsa, che avrebbe accolto il tassello di legno laccato. Quel simbolo diventato tanto importante venne così fuso in quell'arma. Fu incastonato con l'ideogramma *Mutamento* rivolto verso l'alto, a coprire quello di *Morte* inciso sull'altra facciata.

Il giorno successivo alla finitura Miiko venne chiamata per la consegna. L'odore intenso dell'incenso le penetrava nelle narici, era assorta nell'armonia quasi magica che quel rito esprimeva. Ascoltava attenta per cercare di carpirne il senso profondo, ma molte delle frasi erano pronunciate in tibetano. Nonostante questo riuscivano a farla sentire partecipe, le fecero compiere dei gesti e dei movimenti dettati da regole antiche. Alla fine le due donne, Ochir (*tuono*) e Odon (*stella*), impugnarono assieme la spada, la consegnarono a Miiko che fletté il busto e la accolse nel grembo.
"Il percorso di questa lama non è ancora finito." Le disse Odon. Aveva bisogno di un successivo rito definitivo affinché potesse concludere la forgiatura, non a caldo stavolta.
"Deve essere immersa per tutta la lunghezza nelle acque sulfuree di un lago termale, tra le montagne Huangshan, molto più a nord del Monastero. Sono particolari sostanze acide; attecchiranno alla lama e le daranno una speciale protezione." La spada ad ogni scontro avrebbe assorbito l'energia scaturita dall'impatto come se fosse magicamente annullata. In anni passati avevano provato con altre lame l'immersione in quelle acque che avevano del miracoloso, ma non resistevano che per pochissimi scontri. La spada di Miiko però era unica e di sicuro aveva la giusta resistenza.
"Ti accompagneremo fino alle pendici delle montagne Huangshan, poi continuerai da sola. Una volta arrivata dovrai affrontare il monaco Bold (*acciaio*), l'eremita che sorveglia e protegge quel luogo sacro." Le spiegò Ochir.

La mattina seguente Miiko si preparò, prese viveri e abiti pesanti per affrontare le rigide temperature dei monti. Spronata dallo scontro con Shimmer Chandra pensò di farsi accompagnare da Yaeko. Non avevano più avuto confronti e da un po' i rapporti erano tranquilli, ma se avesse accettato era comunque un'incognita.

La andò a cercare e la vide uscire dalla cella. Senza nemmeno degnarla di uno sguardo la superò.

"Mi occorre che tu mi faccia un favore, si tratta di una cosa di pochi giorni." Le disse allora con tono deciso.

"Non vedi che sto andando ad allenarmi? Non ho tempo per te!"

"E di che tipo di avversari si tratta? Immaginari o reali?"

"Che domande? Se mi sbrigo potrò chiedere ad uno dei monaci di farmi da avversario. Hai dei vuoti di memoria?"

Miiko fece una risata. "Beh io ti do l'opportunità di affrontare degli avversari veri. Nel breve viaggio verso la montagna Huangshan dovrò superare le grandi vallate ad est, ritrovo di ogni specie di farabutto della zona. Avrò occasione di imbattermi in numerosi ladri, predoni e tagliagole; magari anche bestie feroci, le più imprevedibili e terrificanti. Non di certo lotte programmate a tavolino! Ottima occasione per saggiare quello che abbiamo imparato fin qui. Cosa dici, mi segui in questa avventura?"

Yaeko prese un respiro, poi, decisa, fece alcuni passi verso la fine del corridoio, si fermò e la guardò con la coda dell'occhio all'indietro.

"Allora, che aspetti? Fammi strada. Non posso perdere tempo prezioso. Andiamo!"

Preparata anche la sacca di Yaeko, si diressero verso lo spiazzo centrale per prendere le armi. Miiko, oltre alla spada, prese un bastone non più lungo del suo braccio, mentre Yaeko una lancia corta.

Erano pronte.

Andarono al cancello dove le aspettavano Ochir e Odon. Percorsero in silenzio le prime miglia di cammino, una via tortuosa e poco battuta. Dopo diverso tempo decisero di fermarsi; era trascorsa da molto l'ora di pranzo, il sole stava calando e pensarono bene di mangiare. Scelsero una radura e si sedettero vicino ad uno spoglio albero di cedrella. "Mi piacerebbe sapere qualcosa su questo misterioso eremita, se vi è concesso rispondermi." Chiese Miiko.

"Vado a prendere della legna." Fu la risposta secca di Ochir.

"Vi racconto la sua storia." Disse invece Odon dando un veloce sguardo alla compagna che si allontanava.

"Più di sessanta anni fa, nel deserto della lontana Persia, il giovane Shahkam, assieme al fratello gemello Farid, erano i discendenti del vecchio regnante, lo Scià Adel I. Il saggio e malato re amava il popolo, era un uomo giusto e generoso. Quando morì gli succedette Shahkam. Farid, furente, negli anni successivi tramò vendetta. Era certo che sarebbe dovuto essere lui a prendere il trono. Farid, il degno Re della ricca e potente Persia e dominatore di tutta l'Asia Occidentale, e Shahkam, l'usurpatore, che gli aveva strappato il trono con l'inganno. Si ripeteva questo pensiero, una convinzione che lo stava facendo impazzire.

Shahkam si sposò ed ebbe un figlio, Amjad: il più glorioso. Ma la loro felicità durò pochi anni; furono tutti avvelenati dal geloso Farid, che si sostituì al regnante facendosi scambiare per lui. Poi fece annunciare che la famiglia reale era stata uccisa da un oppositore sunnita infiltratosi a palazzo; il Re era riuscito a salvarsi e ad ucciderlo. Farid aveva portato a termine il meticoloso piano, ora era re e avrebbe condotto i sudditi in guerra contro l'etnia sunnita. Non si accorse però che il nipote, gettato nelle torbide acque del fiume Zindah con il padre e la madre, era sopravvissuto. Il veleno non lo aveva ucciso, gli aveva rallentato il battito. Fu trascinato per moltissime miglia e quando rinvenne aveva perso in parte la memoria. Girovagò per quasi tutta l'Asia, mendicava e raccontava di castelli dorati e palazzi colmi di pietre preziose o abiti cuciti con stoffe pregiate. Quando poi riacquistò la memoria decise di allontanarsi da tutto e da tutti e vivere come un eremita. Giunse al Monastero, gli anziani del Tempio gli diedero il nome iniziatico di Bold e divenne il guardiano della sacra fonte." Odon stava finendo il suo racconto quando Ochir fece ritorno dal bosco con una grande fascia di legna secca sottobraccio. Si sedette affianco alle donne mentre borbottava.

"Ochir ti vedo infastidita, cosa c'è?" Le chiese Yaeko.

"Quel monaco è un folle! Lo è diventato o lo è sempre stato, non sta a me dirlo. Ma rinunciare alle asprezze e alle bellezze della vita e ritirarsi così su un eremo, senza voler avere più a che fare con il genere umano è da irresponsabili. La vita può essere vissuta in ascetismo e in contemplazione, ma il dolore non può essere il motivo principale per scegliere di condurre l'esistenza così."

"Ognuno è libero di scegliere ciò che è meglio per sé in armonia con gli altri." Intervenne Odon. "È sempre stato uno dei principi innegabili del nostro ordine. Quello che ha intralciato il corso della vita di Bold rende tutto comprensibile e giustificabile. Ha scelto di vivere in solitudine, ma non nell'odio o nella ricerca di un'insana vendetta."

"Il destino che ci siamo scritti ci impone di dover vivere l'esistenza terrena in armonia con la natura e con gli altri e Bold segue solo la prima. Dovremmo sempre essere consapevoli di ciò che avviene in noi e stare in guardia contro la trascuratezza e la disattenzione e attivare compassione e amorevolezza. E questo è alla portata di tutti."

Affermò Ochir.

"Ne convengo, ma devi essere in grado di saper ben giudicare. Come puoi sapere se Bold deve ancora superare certi schemi o è già pronto per raggiungere la pace cosmica? Quello che gli è accaduto anni fa forse lo sta ancora intossicando e per potersene liberare deve aprirsi. O forse ha già superato tutto questo, ed è molto oltre di ciò che noi pensiamo. La conoscenza assoluta è un'esperienza della realtà non intellettuale, che nasce da uno stato di coscienza non ordinario, uno stato meditativo o mistico. Magari la maturità con cui ha affrontato l'esperienza della vita ha portato Bold a farne esperimento di verità. Il punto è che capire e raggiungere il Sé, lo Spirito, o comunque tu voglia chiamarlo, non è superficiale. Ognuno ha il suo percorso per arrivare a questa consapevolezza." Concluse Odon. Ochir non rispose e fece una larga buca con una grossa pietra appuntita, la riempì con la legna, la circondò con vari sassi e disse: "Tutto è pronto per il fuoco. Mangeremo poi noi ci prepareremo per il tempo di due incensi di meditazione e infine andremo a dormire, ci aspettano lunghe giornate."

Appena giunta l'alba prepararono delle radici di zenzero e frutti di litchi, raccolsero le pesanti coperte, le avvolsero strette con delle corde e continuarono verso nord. Il cammino si fece più ostico, la pendenza aumentò, tanto da rendere il respiro più affannoso. Le Sherpa non sentirono alcun fastidio dal rarefarsi dell'aria, erano abituate a certi cambi di pressione, mentre Miiko e Yaeko solo grazie allo zenzero, noto per essere un potente tonico, poterono con minor difficoltà concludere il tracciato.

Dopo giorni di cammino, Yaeko iniziò a diventare insofferente, sbuffava e borbottava.

"Cosa ti affligge? Sei forse stanca? Non hai riposato a sufficienza questa notte?" La provocò Miiko.

"Affatto! Sono riposata e il percorso non mi disturba per

niente. Sono solo impaziente di lottare con qualcuno, ma credo che tu mi abbia preso in giro, pur di farti accompagnare. Non capisco per quale motivo mi abbia voluta con te." "Ah! Illusa! Volevo solo mettere alla prova le tue abilità nella lotta. Credimi, al ritorno da questa prova, percorreremo un'altra strada più a sud, da lì risaliremo verso il Monastero in una delle vie più trafficate, dove ci sono molti viandanti e commercianti. E come ben sai dove ci sono merci in transito ci sono anche ladri e tagliagole pronti e depredare e saccheggiare. Sei soddisfatta? Vedrai, avremo pane per i nostri denti." Yaeko allora si caricò di spirito battagliero e velocizzò il passo, tanto spedita da superare persino le monache. Miiko godendosi la scena trattenne a stento le risa.

Dopo un viaggio durato sette giorni il percorso giunse al termine.

Erano le cinque del pomeriggio, di fronte a loro le grandi montagne Huangshan.

Le monache indicarono quale fosse il viottolo che le avrebbe condotte al rifugio di Bold e si ritirarono. Miiko e Yaeko sistemarono sulle spalle i pesanti sacchi e presero il sentiero. Di tanto in tanto dovevano fermarsi per riprendere fiato, ma ogni volta con maggior entusiasmo riprendevano il cammino.

Finalmente arrivarono, l'aria era quasi irrespirabile, una fitta nebbiolina provocata dalle acque solforose impediva di vedere bene e dovevano prestare molta attenzione al terreno sdrucciolevole.

"Monaco Bold siamo qui per parlarle, può uscire dalle nebbie e farsi vedere per favore?" Chiese Miiko.

"Non osate avvicinarvi oltre. Chi siete? Ditemi il motivo per il quale vi siete spinti sino a qui." Un uomo altissimo fendette l'aria bianca.

Da lontano si sentiva il ribollire della fonte.

"Veniamo dal Monastero dei Cento Stili, siamo qui per parlarle. Ci hanno accompagnato fino alle pendici delle montagne le monache Ochir e Odon. Abbiamo con noi una spada, deve permetterci di immergerla nelle sacre acque, affinché diventi ancor più invincibile e inattaccabile." Rispose Yaeko.

"Prima dovrete rispondere a tre domande. Se le vostre repliche saranno valutate positive, accontenterò la richiesta, altrimenti finirete qui con la vostra lama il cammino. Farete compagnia ai tanti superbi viandanti che hanno provocato la mia ira." Guardarono meglio dove stava puntando il dito Bold e videro un alto cumulo di teschi. L'eremita si avvicinò, il rumore ovattato dei passi creava un teatro più simile ad un sogno che alla realtà. Con fare di sfida impugnò ed estrasse da un fodero che aveva legato alla schiena, una spada larga e lucente. La face roteare veloce, sotto il naso delle due, che ebbero un fremito ma non si mossero. Bold schiarì la voce, incassò nel terreno l'arma e pose le domande le cui risposte avrebbero permesso o negato l'accesso alla sacra fonte.

Nello stesso momento, a poche miglia al di là delle montagne, il piccolo Hai Zi si era allontanato dall'accampamento ormai da molte ore. Il padre, Hong Jin, lo aveva mandato in paese per rubare del cibo dalle bancarelle dei venditori ambulanti.

Hai Zi gironzolava per i boschi in cerca di frutti da assaporare e fonti dalle quali bere acqua fresca. Era tardi e doveva ritornare a casa, all'accampamento dei ladri-assassini. Chiamato così dagli abitanti dei villaggi vicini, terrorizzati da quelle famiglie che rubavano, assassinavano e rapivano. Hong Jin da lontano vide arrivare il figlio, che fischiettava con aria impertinente e tornava a casa come se nulla fosse. Il viso e le vesti sporche di fango e le mani vuote, come al solito.

"Piccolo impudente, vieni qui a prendere la solita razione di botte! Non ti meriti che questo!" Correndo, l'anziano lo inseguì con un grosso ramo. Il figlio faceva salti lunghissimi, piroettava agile come una lepre tra i cespugli. Sfruttava ogni roccia, albero o tronco per fare acrobazie degne di un folletto dei boschi e sfuggiva veloce all'inseguimento. Venne raggiunto solo dalle parole rabbiose dell'uomo, che non riusciva a stargli dietro nemmeno con lo sguardo.

"Fermati! Lasciati afferrare! Non la passerai liscia piccolo pezzente!" L'uomo nella fretta e per la stanchezza, mise un piede in fallo e cadde in un polverone. Si ferì al ginocchio e sanguinante iniziò a lamentarsi come una bestia azzoppata.

"Padre! Padre vi siete fatto male?" Accorse Hai Zi. Ma appena gli fu a portata di mano il vecchio lo afferrò senza dargli modo di fuggire.

"Scusami padre se non sono un buon figlio per te, ma non ce la faccio a rubare, non è cosa per me!" Disse Hai Zi mentre cercava di liberarsi. Hong Jin non si fece commuovere e lo picchiò.

"Ti raddrizzo io buono a nulla! Andremo insieme. Ti farò fare quello che mio padre fece con me. La tradizione non si perderà. Non sarai la vergogna del clan! Farai pratica del furto annesso all'assassinio. È giunto il momento che tu sia come noi!"

Le strade a sud, al ridosso delle montagne Huangshan sarebbero state perfette. Lì c'erano le maggiori vie commerciali, dove giravano numerosi corrieri e commercianti di spezie e oppio: un ricco e facile bottino che li attendeva.

"I tre quesiti ai quali dovrete rispondere" Tuonò Bold.
"sono questi:

Per quale motivo gli esseri viventi sono destinati a morire?
Dove dimorano amore e verità?
Quale è il principale senso di ognuno di noi?

Se non risponderete in modo soddisfacente a queste domande morirete per mia mano. Avete solo questa notte."
E pronunciate quelle parole sparì così come era apparso.
Miiko e Yaeko per la prima volta davvero complici, si consultarono con affanno senza quasi chiudere occhio talmente erano prese dalle questioni poste che quasi non sentivano il gelo che penetrava anche attraverso le pesanti coperte.

Il giorno seguente, al richiamo dell'imponente Bold, Miiko con passo sicuro si fece avanti.
"Risponderò ai quesiti nell'ordine con il quale ce li ha posti." E proseguì: "Le persone muoiono a causa del sistema attraverso il quale è costituito l'universo e noi stessi. È il fondamento dell'equilibrio della vita. Senza la morte gran parte delle cose che facciamo non avrebbe più senso e potremmo diventare una malattia per il mondo. Ogni cosa deve vivere per il tempo che le è destinato." Poi prese una tazza dalla sacca e la lanciò forte verso alcune rocce. La tazza si ruppe in mille frammenti. "Per quella tazza era venuto il momento di finire rispetto allo scopo per il quale era stata creata." Poi raccolse i pezzi e li ripose nella sacca. "Li userò per fare altro. Tutto si concatena in un ciclo continuo di mutamento."
Miiko sperava in una qualche reazione del monaco ma il volto di Bold rimase di pietra. Allora prese un respiro e continuò: "La seconda domanda apre un mondo di concetti che esprimere in poche parole è difficile e forse non corretto. Ma viviamo in un mondo instabile, inquietante e misterioso, sotto le direttive delle infinite dimensioni della

natura e credo che solo tra l'incastro dei rapporti possiamo trovare amore e verità, penso che ci si può riuscire solo insieme all'altro. Quando nell'essere umano vivono questi elementi divini, nasce la potenza di sovvertire ogni avvenimento della vita."

Miiko lo guardò di nuovo ma l'uomo rimase sempre immobile, osservò Yaeko che non toglieva gli occhi di dosso da lui e riprese: "Oltre ad un senso comune, ogni essere pensante dell'universo ha un obbiettivo personale. In genere non ci si oppone alla propria esistenza, anzi se si riuscisse a capire si potrebbe diventare molto forti o anche cambiare se accadesse qualcosa di determinate e valido da convincere che quella che fino ad un certo tratto della via era una scelta sbagliata o che comunque ha avuto il suo tempo. Se sul mio cammino ricadessero elementi chiari e illuminanti che mi convincessero a cambiare il sentiero per un altro, intraprenderei un nuovo corso." Sospirò. "Non so rispondere con precisione, ma forse..."

"Lo scopo di questo mio percorso è la vendetta." La interruppe Yaeko seguendo un impulso irrefrenabile. "Il sangue versato dai miei amici innocenti ricadrà su chi ha provocato la loro morte!" Miiko sgranò gli occhi, temeva che lo sfogo della compagna potesse avere affetti negativi, ma Yaeko aveva uno sguardo fermo e sicuro, rivolto solo a Bold.

Il monaco fece qualche passo indietro e afferrò l'elsa della spada piantata nel terreno il giorno prima. La estrasse e con movimenti eleganti e morbidi fece un inchino, si fece da parte e con voce imponente disse: "Non esiste una sola verità immutabile. Non esiste la risposta giusta, ma un giusto atteggiamento verso le questioni. Potete passare e congiungere la spada alle sacre acque della fonte." Così sparì tra le nebbie come un fantasma, quasi che non fosse mai esistita la sua presenza tra loro.

Con un sorriso beffardo Bold pensò: *"Vecchio saggio Merghen! Non ne sbagli una. Sempre lungimirante! Queste giovani sono ben indirizzate verso un percorso giusto per la loro Via. Adesso tocca a loro."*
Miiko, come se un grande peso gli fosse stato tolto dalle spalle, disse con un sorriso: "Wooo... Andiamo!" A tentoni si spinsero oltre, sperando di trovare presto la sacra fonte, seguivano il borbottio di acqua in ebollizione. Poco dopo le nebbie si diradarono. Un largo spazio con al centro una profonda buca, dove acque in movimento con bolle d'aria fumose si formavano ed esplodevano a migliaia. Il forte odore di zolfo aggredì le narici e riempì i polmoni. Dovevano agire in fretta, era impossibile resistere più di alcuni istanti in quell'inferno. Miiko in un attimo sfoderò la spada e la immerse per tutta la lunghezza in quel ribollire confuso di acqua, fango, fumo e zolfo; rimase fuori solo l'elsa. Quel liquido melmoso si arrestò, come fosse stato gelato. La lama iniziò a luccicare e Miiko venne investita da un miscuglio di sensazioni tra calore intenso e gelo profondo. Il desiderio di mollare la presa era alto. Espressioni di sofferenza erano chiaramente dipinte sul viso, ma resistette. Tenne ancora più forte l'elsa e impedì alla spada di finire nell'acqua. Le ginocchia iniziarono a tremare, alla fine perse i sensi. Stava per cadere assieme alla lama ma Yaeko col volto coperto dai vestiti per cercare di respirare il meno possibile quell'aria, la sollevò e la portò al sicuro dove l'aria si faceva più pulita e respirabile.
Raggiunse la valle ai piedi della montagna, dal lato opposto al percorso fatto in salita. La stese, prese un otre con acqua e miele, le sollevò la testa e la fece bere. Dopo poco Miiko rinvenne con ancora nelle mani la spada che riluceva di un intenso bagliore bianco.
"È la seconda volta che mi salvi la vita e adesso non hai

scuse." Disse con voce debole mentre cercava di sorridere. Yaeko non rispose. Aveva lo sguardo fisso avanti.

"Pensa a riprenderti in fretta, quello che mi hai promesso al di là delle montagne si è appena materializzato! Mettiamo alla prova quella spada!" Fece un ghigno, afferrò la lancia e si mise in guardia. Dieci uomini armati di bastoni e spade si avvicinavano minacciosi. Miiko e Yaeko fecero dei passi all'indietro per avere le spalle coperte e tenere libera una via di fuga sull'estrema destra: una stretta insenatura tra le rocce. Gli uomini si dividero in due gruppi e attaccorno. In un sol colpo la spada di Miiko tagliò il tronco di due avversari. La scena inorridì gli altri che tremanti si spinsero l'un l'altro per continuare l'assalto. Miiko rimase per qualche istante immobile ad osservare quella spada che sapeva davvero di soprannaturale.

"Sono ancora debole. Ho usato pochissima energia, avrei dovuto solo ferirli." Ne ebbe timore. Oltretutto era molto lunga, il controllo era sbilanciato, non sapeva maneggiarla. La ripose nel fodero e impugnò i bastoni corti. Cinque banditi all'unisono si buttarono su Yaeko come lupi sulla preda. Con un roteare di lancia ne colpì tre. Uno cadde e rimase fermo a terra rantolando, si teneva la gola con le mani che si coprirono subito di sangue. Un altro si ritrovò sfregiato in faccia, mentre l'ultimo venne tagliato al braccio, tanto da non poter più impugnare la spada.

"Hai Zi sei un piccolo vigliacco senza spina dorsale, sono solo in due e per di più delle donne, vai! Sono sfiancate per gli assalti degli altri, vai ti ordino!" Disse Hong Jin poco distante da lì.

"No padre non voglio uccidere, non posso!" L'uomo lo picchiò ancora.

"E VA BENE!" Tuonò. "Fa come vuoi! Da questo momento sei un estraneo! Non farai più parte del nostro clan, sei la vergogna della famiglia!" E con sguardo di disprezzo sputò e lo lasciò nella polvere.

Miiko riuscì ad immobilizzarne uno, faceva leva con il bastone sul braccio mentre quello inutilmente cercava di svincolarsi dalla morsa. Altri due si avvicinarono di corsa con le armi sguainate, allora lo liberò spingendolo forte sui compagni. Non riuscirono a fermarsi e lo uccisero. Miiko come una saetta li colpì con i bastoni con forza.

Yaeko nel frattempo venne ferita alla gamba e si piegò per il male, con la lancia riuscì comunque a prendere l'avversario al petto. Prima che altri due le fossero addosso rotolò su se stessa e si rialzò velocissima. Le corsero appresso. Miiko arrivò di soppiatto alle loro spalle e ne tramortì uno, l'altro le sferrò una bastonata alla testa. Cadde svenuta. Yaeko cercò di raggiungerla ma era troppo lontata e dolorante. L'uomo prese la spada del compagno, alzò le braccia pronto a colpirla e si fermò in quella posizione. Così com'era cadde di peso privo di sensi.

"Ma cosa l'ha colpito?!" Si domandò Yaeko. Si trascinò verso l'amica.

Da dietro delle rocce sbucò un ragazzino, in mano aveva una fionda.

"Andresti a prendere dell'acqua?" Gli chiese Yaeko. Poi fece a pezzi una coperta, una serie di strisce che unì e con le quali legò l'uomo svenuto. Il ragazzo tornò con un catino colmo di acqua e timido lo porse alla donna. Yaeko ne versò un po' sulle labbra e sulla fronte di Miiko.

"Che... che cosa è successo?" Chiese lei con le dita che spingevano forte la testa dolorante. Poi sorrise alla compagna: "Credo che adesso tu stia davvero esagerando, tre volte a salvarmi la vita! Non è troppo?"

"Sì, dovrei smetterla. Ma non ti ho salvato io questa volta, è stato quel ragazzo lì." Poi si allontanò: "Vado a prendere un po' di legna. Il buio sta calando, ci accamperemo qui stanotte. Sei troppo debole per camminare da sola e io non voglio fare tutta la strada verso il Monastero con te sulle spalle." Poi fece eco alle parole e si caricò sulle spalle l'uomo che aveva legato. "Meglio portarlo lontano."

"Vieni qui." Disse Miiko al ragazzo. "Grazie! Ho saputo che ci hai salvato la vita. Come ti chiami? Da dove vieni e dove sono i tuoi genitori?"

"Mi chiamo Hai Zi, mio padre è quell'uomo che la tua amica sta portando via, ma a badare a me è sempre stato mio fratello, ma adesso non c'è più sono mesi che non lo vedo."

"Come mai?" Domandò Miiko.

"Quasi tutti i giorni si spingeva a sud, molto lontano da qui, per rubare e rapinare i viandanti. Sai, non era da solo, lo aiutava Tzung Sao, assieme hanno ucciso molte persone per poter vivere. Ma mio fratello non è cattivo, mi vuole bene e ha sempre cercato di proteggermi, nonostante il capo villaggio non volesse. Noi al villaggio viviamo uccidendo e depredando chi ci capita a tiro." Abbassò la testa. "Io non sono così, non sono come loro, non ho mai voluto rubare." E si accarezzò le braccia ferite. Aveva cicatrici e lividi ovunque. Notò che Miiko le stava guardando. "Anche mio fratello e il suo amico hanno molte cicatrici. Alcune per l'iniziale rifiuto delle regole, altre per le lotte e gli omicidi compiuti negli anni. Molte però sono ricoperte dai tatuaggi." Un dubbio iniziò a farsi spazio nella mente di Miiko, fece delle domande ad Hai Zi e fu presa dallo sconforto.

"Mi dispace molto." Disse. "Tuo fratello è morto. Ha cercato di aggredirmi mesi fa col suo amico ed io li ho uccisi." Vedere quel ragazzino costretto a percorrere un sentiero non suo e pensare che quello era stato il destino del fratello maggiore, le riempirono il cuore di tristezza. Hai Zi la guardò.

"Immagino che in fondo se lo sia meritato." Disse alla fine.

Anche se cercava di trattenerle, le lacrime trovarono il loro spazio. "Mio padre sa solo picchiarmi e maltrattarmi! Quello che fanno, non so perché, ma sento che non è giusto! Volevano che anche io uccidessi! Sono cresciuto così, queste sono le regole della nostra gente... ma sento che è sbagliato rubare e uccidere per vivere. Non voglio essere come loro!" E d'impulso si strinse a lei in un forte abbraccio. Miiko lo consolò dicendogli che aveva agito bene, solo come un vero guerriero avrebbe fatto.

Dopo poco Yaeko ritornò e preparò il fuoco. Miiko offrì della carne affumicata che aveva portato con sé. "Sarete affamati, non fate complimenti." I due non si fecero pregare. Miiko in un certo qual modo sentiva di essere responsabile della vita del ragazzo, decise quindi che lo avrebbe portato con sé per farlo accogliere dai monaci. Merghen non avrebbe di sicuro negato asilo ad un'anima sperduta.

"E se fosse una trappola? Se volessero rubare e depredare il Tempio?" Provò ad obiettare Yaeko, ma accettò, fidandosi un poco delle capacità della compagna di capire le intenzioni degli altri.

Miiko notò la destrezza nel muoversi di Hai Zi e aveva già individuato quali monaci potessero essere i suoi migliori insegnanti. Pensò ad Enkhjargal, nessuno sapeva controllare e gestire il corpo come lui e oltretutto la serenità e la disponibilità che aveva avrebbero aiutato anche lo spirito del ragazzino. Poi c'era anche Zang Li, che sapeva liberarsi da qualsiasi legaccio agile come un gatto, l'avrebbe aiutato a sciogliere anche il legame con il passato turbolento. Pensò al futuro migliore che ora si prospettava per Hai Zi e sorrise e il suo animo si fece più leggero.

Di tanto in tanto lanciava al ragazzo una sfida di abilità, per rendere più divertente il rientro, sotto lo sguardo serio e di disappunto di Yaeko.

29

Confronto interiore

Sujong era appena rientrata da una missione alla ricerca di qualche pianta miracolosa che Lěng Huā le aveva detto di trovare. Aveva un'aria soddisfatta e questo le permetteva di sentire meno la stanchezza. Andò di filato verso il laboratorio della maestra; la trovò intenta nell'elaborazione di un decotto d'erbe.

"Oh! Chi ha problemi all'addome?" Chiese.

"Bene, stai imparando in fretta." Le rispose Lěng Huā.

"Le ho portato la pianta che mi aveva chiesto." Disse la ragazza sorridendo.

"Posala lì sopra, grazie." Indicò il tavolo predisposto alle erbe ancora da classificare. Sujong cambiò espressione, fece sparire d'un colpo il sorriso.

"Ora vado." Si voltò e uscì.

A quel punto Lěng Huā interruppe il lavoro e guardò l'allieva prendere la via d'uscita con aria triste. Percepiva il malcontento, ma sapeva che parole dolci, o magari un abbraccio, in quel momento le avrebbero fatto più male che bene. Fece un sospiro e si rimise al lavoro.

Sujong entrò nel suo alloggio e sbatté la porta. Yīng Xuě, che era intenta nella preparazione di una tisana calda, saltò dallo spavento e per poco non fece cadere tutto. La coreana non ci badò minimamente.

"Tanto è sempre così! Non mi dice mai niente di più! Potrei scalare la più alta delle montagne e lei non se ne accorgerebbe nemmeno! Ma io, oh sì! Io so badare a me stessa! So prendere le mie decisioni." Prese da una tasca un sacchetto nero e lo posò dentro un piccolo baule che teneva in un angolo della stanza.

La bambina si avvicinò e lei, ricordandosi della sua presenza solo in quel momento richiuse veloce lo scrigno.

"Che hai da guardare?"

Yīng Xuě le sorrise e le porse la tazza. Sujong la guardò stupita e un po' timidamente disse: "...grazie..." Allungò la mano per prendere la tisana, che dall'odore intuì esser fatta da tiglio, biancospino e gelsomino e le si scoprì l'avambraccio. C'era una frase incomprensibile, erano caratteri coreani che ricoprivano gran parte della lunghezza del braccio. La bambina voleva toccarli, ma Sujong ritirò subito il braccio e lo ricoprì.

Qualcuno bussò alla porta. Sujong andò ad aprire.

"Oh benvenuta! Prego entra."

"Grazie, sono qui per Yīng Xuě, se è possibile vorrei portarla un po' con me." Al suono di quella voce familiare la bambina corse sull'uscio e andò ad abbracciare Miiko che l'accolse con gioia.

"Te la riporto prima che faccia buio."

"Certo! Non ti preoccupare." Richiuse la porta e si sedette. Mentre sorseggiava la tisana si scoprì l'avambraccio e rimase ferma a guardare quei caratteri incisi sulla pelle, ne traeva forza, una grinta intrisa di rabbia intensa.

Nel frattempo Miiko aveva portato Yīng Xuě in un piccolo spazio un po' in disparte, voleva continuare a provare a fare quello che le aveva consigliato Lěng Huā. Altre volte aveva tentato senza successo ad insegnarle qualcosa; le parlava, cercava di farle fare dei movimenti, ma lei sembrava nient'affatto interessata. Si distraeva subito, bastava il volo di una farfalla e soprattutto continuava imperterrita nel mutismo. Ma le parole di Merghen le risuonavano nella testa *"Non bisogna non insegnare delle cose solo perché sono difficili."*

"Non so bene cosa farti fare." Le disse guardandola con dolcezza. La bambina aveva un'aria divertita e iniziò a correre intorno a Miiko.

"Forse hai ragione tu. Perché no. Ma attenta che ti prendo!!" La inseguì mentre lei lanciava urla e risate di gioia anche mentre veniva acciuffata. Poi Yīng Xuě la prese per mano e la fece inginocchiare di fronte a lei per abbracciarla forte. L'attenzione a quel punto le cadde sull'elsa della katana, che Miiko portava come sempre alle spalle e la sfiorò con le dita.

"Ti piace? Ti faccio vedere come si usa." Si allontanò, sfoderò l'arma e iniziò a muoversi. Fece gesti eleganti, potenti, precisi, simulando un combattimento con più avversari.

Girò su se stessa, mirò con un fendente diagonale al ginocchio di un nemico immaginario e si accorse che Yīng Xuě si era alzata e la stava imitando. Un commosso sorriso le illuminò il volto e senza dire una parola, per non spezzare la magia che si era creata, continuò i gesti. Li fece solo più lentamente per dar modo alla piccola di seguirla.

"Ho trovato la chiave per poterle insegnare!" Pensò e continuarono così finché il sole non cedette il passo alle ombre della sera.

30

Verso un cammino

Da quando era tornata dalla montagna del monaco Bold Miiko aveva messo la splendida nodachi nella stanza, senza più sfiorarla. Ora le era seduta di fronte.

"L'umanità non è pronta per te." Disse ad un certo punto.

"Io non sono pronta per te." Un gran silenzio aleggiava tutto intorno rotto di tanto in tanto dal soffio del vento che faceva danzare e cantare rami e foglie.

"Padre, cosa faresti tu se ti dovessi confrontare con questa spada? Non so se sia meglio custodirla o distruggerla... e non so se sono in grado di fare nessuna delle due cose. Provo ammirazione e timore anche solo guardandola." Si alzò, la prese e la sfoderò piano. La lama era ancora più luminosa con i leggeri raggi del sole appena giunto sulla terra che la sfioravano. Non era particolarmente pesante, ma di sicuro troppo lunga per lei; sentiva di non controllarne il bilanciamento anche se la teneva ferma. La ripose nella custodia con un gesto elegante e cerimonioso, la prese con entrambe le mani, si inginocchiò, la sollevò sopra la testa e rivolse lo sguardo al suolo come a volerla porgere in dono a qualcuno. Rimase un po' in quella posizione e poi la posò nell'angolo che le aveva dedicato. A quel punto si alzò ed uscì.

Vi era una parte del Monastero dove Miiko e gli altri non andavano mai. Era un luogo più isolato, dove i monaci si riunivano per lunghe sessioni di meditazione. Bisognava rimanere fermi nella stessa posizione e lasciare la mente *vuota*.

"L'ideogramma cinese che rappresenta questo concetto richiama l'idea di un sovraffollamento di tanti elementi dove si ha tutto disponibile, ma niente di specifico. Questo lo stato da mantenere durante tutto il periodo della pratica. Un vuoto che non è assenza di qualcosa, ma piuttosto una propensione verso." Le aveva spiegato un giorno Merghen.

Tutto ciò era molto lontano da quello che i quattro combattenti ricercavano. Erano più attratti da altri tipi di esercizi, dove si poteva misurare l'impegno intrapreso tramite la stanchezza e il sudore.

Miiko però era molto incuriosita da quell'arte, diverse volte passando lì vicino aveva avuto il pensiero di avvicinarsi. Quella pratica le ricordava il padre, che spesso aveva sentito alzarsi molto presto al mattino, scendere le scale, posare sul pavimento lo zafu (cuscino per la meditazione zen) sedercisi con le gambe incrociate in posizione del loto, le ginocchia ben poggiate al suolo, congiungere le mani una sull'altra con le punte dei pollici che si sfioravano e meditare. Restava fermo così per un tempo che sembrava interminabile per lei che lo spiava da in cima alle scale, tanto che non riusciva mai a vederlo rialzarsi perché ripiombava in un sonno profondo. Il padre la sentiva e ogni volta gli scappava un sorriso. Quando finiva la prendeva in braccio e la portava sul futon senza svegliarla.

Quel giorno Miiko decise di andare a conoscere anche quell'aspetto delle arti marziali.

Non era previsto dalle regole imposte dagli anziani che gli ospiti vi partecipassero, a meno che non fossero loro a chiederlo, perché quella non era una cosa che poteva essere imposta.

Si avvicinò il più silenziosamente possibile, come quel luogo sembrava richiedere, si guardò intorno e studiò i particolari. Tutto lì vicino, dai giardini alle architetture, non aveva cambi repentini di tono o direzione, vi erano solo linee sinuose e dolci, niente spigoli sporgenti o note disarmoniche. Camminare in quel posto era come predisporsi ad una calma interiore.

All'ingresso della sala dove i monaci sedevano in meditazione c'erano due grandi leoni/draghi. Miiko pensò alle diverse storie che circondavano questi leoni, si raccontava che servivano a proteggere dagli spiriti maligni.

"Quello con la bocca chiusa rappresenta l'aspetto maschile, allontana tutto quello che non deve poter entrare, l'altro, l'aspetto femminile, con la bocca aperta, che invece accoglie e lascia entrare quello che c'è di buono. Sono un bel simbolo." Altri dicevano che la loro guardia fosse indispensabile per rendere il passaggio attraverso la porta che custodivano, veloce e sicuro. Limitavano e ostacolavano il traversare, aiutando così paradossalmente nel compito di superare l'entrata.

Con questo pensiero passò allora fiera ma non si accorse del gradino che c'era proprio sulla soglia e inciampò.

Dietro di lei sentì una risata sommessa. Stava per rispondere un po' alterata, quando vide Merghen. Allora si ricompose e fece un inchino, come si conviene fare alla presenza di un Maestro.

"È lì per quello." Disse. "Il gradino serve per porre attenzione ai propri passi e per ricordarsi che si sta per entrare in un luogo diverso, speciale. Bisogna aver consapevolezza di ciò che si sta facendo. Qui in particolare."

Con un gesto indicò la via a Miiko verso l'interno di quel

posto sacro. La fece posizionare con lo sguardo rivolto all'esterno; lì le porte erano sempre aperte, così come gli occhi di chi meditava, che guardavano verso gli alberi, le piante, la natura che circondava il Monastero. Le diede indicazioni su come sedere nel modo giusto e su come disporre le mani in diversi *mudrā*, posizioni studiate per canalizzare e veicolare l'energia nel modo voluto.

"Devi trovare l'immobile nel mobile e ciò che si muove in ciò che è fermo."

Poi silenzio.

A quella mattina ne seguirono altre, all'inizio sporadiche, poi sempre più assidue, fino a diventare una quotidianità per Miiko, che acquisì familiarità con tutto quello.

Merghen era quasi sempre presente, di rado le diceva qualcosa, in quelle circostanze preferiva che gli insegnamenti non arrivassero tramite le parole. Miiko iniziava ad abbandonare l'idea della vendetta, forse le strade più giuste da intraprendere erano altre, nonostante la visione di Weii le facesse costantemente da monito.

Durante le meditazioni ogni tanto le appariva l'ideogramma *lealtà*, che le ricordava la cicatrice dell'amico, ma Weii non aveva più cercato di parlarle. Iniziò a pensare che la sua mente si stava calmando e che finalmente avrebbe trovato la pace.

31

Il radicarsi della tigre nel librarsi della gru

Baatar e Batsaikhan si stavano allenando in coppia, cosa che succedeva spesso, ma questa volta sembravano più concentrati del solito; come se tutto ciò che li circondava al momento non facesse parte del loro mondo.

Erano uno di fronte all'altro, Baatar era ancorato al suolo, gambe semi divaricate, braccia verso l'avversario, mani ad artiglio; solido come una roccia. Batsaikhan su una gamba, con l'altra sollevata, braccia allargate, ferme ma leggiadre, semiflesse come spade curve; era proteso in avanti, leggero come a voler spiccare il volo.

Rappresentavano ed esprimevano la *Tigre* e la *Gru*.

Lo scopo di questa particolare sessione di allenamento era interpretare tutti e 5 gli animali del Kung Fu nelle caratteristiche più essenziali, senza mai fare insieme lo stesso.

Al contempo dovevano codificare una forma (sequenza di tecniche di combattimento) che poi avrebbero dovuto insegnare.

Compito assai arduo soprattutto per la capacità di cambiare repentinamente atteggiamento mentale, oltre che corporeo, a volte decidendo a volte adattandosi al cambiamento dell'altro.

Dovevano riuscire a risolvere le questioni nel più breve tempo possibile; al momento giusto tirare fuori ciò che serviva. A rendere ancora più complesso l'esercizio c'era in gioco il livello in cui dovevano praticare. Sette erano quelli possibili per allenare una forma, dalla sequenza dei gesti alla meditazione dove i gesti non servono quasi più.

Per riuscire a fare tutto questo in coppia non solo bisognava aver raggiunto un'altissima consapevolezza di sé, ma arrivare fino a riuscire a sentire le emozioni, le paure, quasi i pensieri dell'altro e creare una perfetta sinfonia.

Miiko, finita una pesante sessione di allenamento con il maestro Uranchimeg, stava per andare a rinfrescarsi, ma si immobilizzò ad osservare l'esecuzione della forma. Movimenti una volta leggeri, altri pesanti; forza e agilità in poetica sincronia, una sequenza che rapiva e faceva allontanare dalla realtà chi la osservava indifeso di fronte a tanta bellezza.

Miiko cercava di fare attenzione ai raccordi e alle sfumature, perché è nei dettagli che si nasconde la maestria.

Riusciva a vedere tutti gli animali fondamentali, una parata seguita dal secco e preciso *Becco della Gru*, la potenza *dell'Artiglio della Tigre*, le sequenze ad impressionante velocità della *Zampa del Leopardo*, le vie d'uscita efficaci e sinuose del *Serpente*, l'imparabile calcio della *Coda di Drago*... ma non solo...

Quelle mirabili gesta erano accompagnate da momenti di stasi in cui si percepiva comunque altro che si muoveva. Miiko intuiva che c'era qualcosa che andava ben oltre l'esecuzione corporea ma non riusciva a capire cosa fosse.

Rimase lì ad ossrvarli in silenzio, quando d'improvviso si arrestarono.

"Puoi porre le tue domande, così potremmo continuare ad allenarci." Disse in tono dolce Baatar.

"Perdonatemi, non volevo interrompere!" Rispose la guerriera un po' imbarazzata, sentimento che di rado la coglieva. "Non credevo di aver fatto rumore."

"Si sente e si vede lontano come da qui al mare che hai delle domande da porre, quindi coraggio. Se è possibile risponderemo." Le disse Baatar deciso ma con quel pizzico di amorevolezza che lo accompagnava sempre.

"Mi sembra di capire che in questa particolare forma ci siano dei risvolti più profondi."

A quel punto intervenne Batsaikhan: "In ogni forma che abbia al suo interno tutti e 5 gli animali c'è qualcosa di più del riferimento al combattimento, ci sono le qualità specifiche di ogni animale..."

"Sì, ma non è questo." Lo interruppe. "Sembra che le vostre menti stiano facendo altro." Poi si ricordò con chi parlava e aggiunse: "Se posso permettermi."

Ci fu uno sguardo tra i maestri e Batsaikhan non riuscì a nascondere un lieve sorriso. Poi disse: "Per riuscire ad esprimersi al meglio devono essere allineate le 5 armonie dentro di te che si manifestano attraverso gli animali e si possono percepire tramite i 5 elementi: l'acqua, il legno, il fuoco, la terra e il metallo. Il tuo modo di stare al mondo, le tue necessità, il tuo percorso, tutto quello che sei e quello a cui vuoi arrivare; devi essere consapevole di tutto ciò, saperli intersecare e poi procedere. Ogni animale è una porta..."

"Basta!" Tuonò Baatar. "Non è pronta. Non può neanche avvicinarsi a comprendere quello che vorresti dirle."

"Vi prego io sento di potercela fare! Sento di essere così vicina alla comprensione. Insegnatemi." Cercò di convincerlo Miiko.

"Ciò che è sott'acqua non si può prendere facilmente con le mani." Replicò Baatar "Non sei ancora pronta."

Negli occhi della guerriera vide che non era riuscito a spegnere la sua sete: "Non sei neanche a metà del percorso che dovresti intraprendere. Dirti alcune cose in questo momento sarebbe inutile."

Batsaikhan fece un cenno al compagno; si allontanarono di qualche passo.

"Eppure c'è un non so cosa che vedo in lei."

Miiko li guardava mentre discutevano, sperava che qualcosa, qualsiasi cosa, facesse cambiare idea al maestro.

Gli attimi trascorsero molto lenti, sembravano non scorrere affato, fino a che tornarono e le dissero di seguirli nella pagoda centrale. Avevano deciso di cambiare contesto e scelsero un luogo più adatto per parlare.

Batsaikhan iniziò: "Quello a cui stiamo per iniziarti è un percorso complesso ed impegnativo che comporterà fare cose che fino ad oggi non hai mai fatto, pensare cose che vanno aldilà di quelle che sono le tue concezioni. Dovrai cambiare mente. Attraverserai meditazioni e intense sessioni di QiGong. Sei disponibile a tutto questo?"

"Conosco il QiGong, lo imparai da mia madre. Serve in particolare per la guarigione..."

"Quella non ne è che una piccola parte." Disse Baatar. "Ero restio ma forse potresti anche riuscire." Dopo una breve pausa continuò: "Per adesso posso dirti questo. Tu sai che ognuno di noi è predisposto verso uno dei 5 animali."

"Sì. Sono delle modalità di reazione e dei modi di approcciarsi al combattimento."

"Non solo. Rappresentano anche 5 diverse strutture mentali. Per arrivare al livello di meditazione e QiGong di cui stiamo parlando dovrai sapere bene qual è il tuo, conoscerlo fin nel profondo e dominarlo. Questo ti aprirà le porte per un luogo sacro, che non si trova in nessun posto."

"Maestro non riesco a capire." Disse confusa.

"Lo so." Rispose Baatar.

Batsaikhan riprese: "Se il maestro Merghen sarà d'accordo quello che praticherai sarà un cammino arduo; all'inizio verrai accompagnata o la tua mente potrebbe perdersi e tu impazziresti, non riuscendo più a tornare indietro."

"Non temo nulla!" Dichiarò fiera Miiko.

"Perché non conosci minimamente la potenza di tutto ciò." Concluse Batsaikhan.

"Riuscirò a dominare il mio animale." Continuò convinta lei, ma venne interrotta da Baatar: "Quello non è che il primo passo, l'obiettivo è conoscere e saper controllare anche tutti gli altri. Solo a quel punto raggiungerai quel luogo-non luogo, dove la concezione di tempo che abbiamo noi non è valida. Passato, presente e futuro esistono in contemporanea. Ci sono tutti i tempi e non ce n'è nessuno. Nonostante la costante pratica non tutti riescono in questa impresa, solo pochissimi. Dovrai iniziare un percorso sapendo che puoi fallire. Noi quattro riusciamo per brevi momenti e solo con l'aiuto uno dell'altro e comunque abbiamo bisogno di qualcosa. Puoi chiamarli *talismani* se vuoi, sono degli oggetti che in qualche modo hanno assorbito delle tracce di avvenimenti accaduti nelle vicinanze, quando le energie scosse sono molto forti, come l'amore, la paura, traumi e vicende assai intense." Fece una pausa, ci pensò su e disse: "Una volta per pochi attimi sono riuscito ad andare anche oltre, ho visto qualcosa che di sicuro non era di questi tempi, non sono convinto neanche che fosse di questo mondo. Costruzioni enormi, strani macchinari con cui le persone che vivevano lì si spostavano e delle particolari finestre simili a quadri di luce dove sembravano essere imprigionate delle persone..." A quel punto si fermò perché notò lo sguardo perso di Miiko.

"Ho sempre attribuito a mia madre una capacità lungimirante, di intuizioni dovute a forte sensibilità, ma forse c'è molto di più." Rifletté Miiko. I maestri le dissero che avevano parlato anche troppo, dovevano rivolgersi a Merghen e se lui avesse acconsentito Miiko avrebbe iniziato questo nuovo percorso.

Era stupita eppure sentiva che quei racconti non erano così assurdi, non li trovava tanto particolari, lontani e oscuri, anzi. Era come se quel mondo facesse parte di lei da sempre.

32

Molto lontani e vicini negli oscuri meandri del tempo

L'aria era calda e fra le mura del Monastero ci si allenava al suono di cinguettii spensierati.

Eppure Miiko tremava dal freddo, ferma nella stessa posizione ormai non sapeva più neanche da quanto, era quasi l'alba e la temperatura era nient'affatto mite. Si trovava sulle cime di un monte poco distante dal Tempio, dove c'erano ancora spruzzi di neve sparsi qua e là. Aveva fatto diversi esercizi che coinvolgevano corpo e mente, ed ora era seduta immobile. Più di una volta aveva provato a raggiungere lo stato di coscienza ricercato senza mai farcela, ma la determinazione era ancora forte.

"Ascolta il tuo corpo, il freddo, il fastidio, penetra ogni sensazione e poi vai oltre." La incalzava Baatar. "Una volta raggiunta la *stanza* concentrati, individua la via d'accesso e varca la soglia. Siamo qui, ti accompagniamo passo passo."

Miiko vedeva quel punto lontano avvicinarsi sempre più, riusciva quasi a distinguerne la forma, ma tutto svaniva all'improvviso. Per l'ennesima volta venne scaraventata all'indietro. Settimane di tentativi falliti.

Baatar decise di allontanarsi, era passato troppo senza che si fossero raggiunti risultati concreti. Sconsolato disse a

Batsaikhan di continuare fino a che il sole avesse superato le colline, se non fosse riuscita a raggiungere quel livello di meditazione che le serviva per andare avanti, non avrebbero fatto altri tentativi. Era probabile che quella non fosse la sua strada.

Rimasto solo, Batsaikhan iniziò a parlare a Miiko con maggior severità, gli era molto a cuore che lei riuscisse nell'intento; era convinto potesse farcela, era forte e con un grande potenziale, arricchito in tutti quei mesi al Monastero, sapeva che poteva raggiungere e superare quell'ostacolo.

"Se solo avessimo avuto più tempo..."

Per lui anche era una prova da superare, accompagnare l'allieva e farle raggiungere l'obiettivo gli avrebbe fatto fare un salto di qualità non indifferente nella Via.

"Avanti forza, puoi riuscirci! È alla tua portata. Ascolta solo la mia voce, ascolta ogni sfumatura. Fa come ti dico, sei nella grande stanza bianca, c'è pace e silenzio attorno a te, non percepisci altro. Di fronte vedi un punto nero lontano che si avvicina sempre di più, sempre di più. Tu avanzi lenta ma sicura. Si fa sempre più nero e sempre più grande, sempre di più, sempre di più. Adesso i contorni sono vividi ma la parte centrale ancora no. Senza timori ti avvicini, sei ormai a pochi passi. Non farti intimorire da You Hun Ye Gui, lo spirito intrappolato nello stadio intermedio dove non si è né morti né vivi. Lui non può..."

Miiko non sentiva più il corpo, aveva una strana percezione di sé. Era in nessun luogo. La voce di Batsaikhan era come un'eco e cercava di seguire le indicazioni senza lasciarsi sopraffare da quello che provava. Ma stava per cedere, lo sentiva, era troppo, la mente rimbalzava da una parte all'altra, la soglia da varcare era così vicina.

Abbassò lo sguardo. Voleva lasciarsi andare, non voleva più lottare, era stanca, voleva solo chiudere gli occhi.

Ma ripensò al tassello, a Weii, al padre, i monaci...
Lei doveva fare quel passo.
Di nuovo le parole di Batsaikhan si fecero chiare. Con uno
sforzo disumano seguì le indicazioni e...
Ci fu un attimo di assoluto nulla.
Tutto era fermo.
Neanche il più impercettibile rumore riusciva a distinguere.
La invase un'opprimente sensazione di solitudine.
Poi venne travolta.
Un pulsare di colori le venne addosso come una valanga,
erano presenti tutte le tonalità possibili. Tanti, troppi cie-
li sovrapposti dove volavano diversi uccelli e delle strane
creature che lei non aveva mai visto. In mezzo, sopra o sotto non era concepibile, draghi fiammeggianti si libravano
con grosse ali, urlanti e stridenti nel vasto spazio dell'u-
niverso. Volti familiari e sconosciuti, strani oggetti lumi-
nosi... una visione corale impossibile da comprendere. Il
tempo si congelava e insieme scorreva velocissimo.
"MIIKO! MIIKO!" Urlava Batsaikhan. Ma lei non reagiva in
alcun modo. Lo sguardo perso nel vuoto e solo impercetti-
bili movimenti. Doveva assolutamente farla tornare o la sua
mente si sarebbe persa per sempre. Non aveva più contatti.
Corse veloce verso la sorgente e raccolse dell'acqua che
scorreva fra le rocce; in un altro recipiente della medesima
grandezza vuotò il contenuto di una borraccia. L'acqua era
stata scaldata così tanto che ancora fumava quando l'aprì.
Si mise di fronte alla guerriera e con un solo gesto elegante e preciso la inondò con l'acqua dei due contenitori.
L'intento era quello di creare un piccolo trauma facendole
sentire l'acqua ghiacciata e bollente nello stesso momento.
Ma nulla.
Baatar che non se ne era andato, ma solo allontanato per
lasciar fare al compagno in modo che potesse crescere in

esperienza grazie a questa impresa, era pronto ad intervenire se Batsaikhan non ce l'avesse fatta. Ma credeva molto in lui e aspettò.

Il giovane monaco si concentrò, puntò gli occhi su quelli di lei e la colpì contemporaneamente in due punti diversi in due differenti direzioni. Uno vicino alla tempia destra e un altro nel basso costato a sinistra.

Fu preciso e deciso e Miiko riprese aria come se non respirasse da troppo, sbarrò gli occhi e poi svenne. Allora Batsaikhan l'avvolse in una spessa coperta e andò in fretta verso il Monastero.

Aveva rischiato, ma Miiko ce l'aveva fatta, lo aveva capito. Da quel momento in poi sarebbe stata più forte di prima, aveva raggiunto un livello di conoscenza più profondo.

"Chissà se sarà in grado di compiere questo viaggio senza avere un catalizzatore e in modo più continuo e coerente, senza sbalzi troppo traumatici e confusi."

33

Le nebbie impenetrabili

Scendeva una forte pioggia, Miiko si trovava in mezzo ad una radura e da molto lontano osservava rapidi fuochi e lampi di battaglia che facevano da faro.

Tutto intorno era melmoso e zuppo. Fece qualche passo, poi sempre più veloce iniziò a correre, correre e correre ancora. Ma non giungeva mai al punto d'arrivo, come frenata da una mano misteriosa, un'ombra oscura che la tratteneva. I passi divennero sempre più pesanti fino a sprofondare nel terreno.

Ma non avrebbe ceduto.

Raccolse tutte le forze e afferrò le gambe, le sollevò una dopo l'altra e con uno sforzo disumano giunse in mezzo al conflitto. Vide samurai a centinaia, che combattevano uno a fianco all'altro, circondati da innumerevoli schiere di nemici. Anche se con incredibile valore stavano soccombendo uno ad uno. Poco distante c'era una pila di corpi esanimi vestiti di nero.

I continui lampi dal cielo illuminavano a tratti il campo come fosse quasi giorno. Si accorse che avevano solo una feritoia nella stoffa che permetteva d'intravedere i bulbi oculari privati degli occhi. Vide un altro corpo, più in là, con indosso un'armatura bianca. Fece per avvicinarsi, ma il peso delle gambe cresceva ancora, era quasi insostenibile. Per metà sprofondò nel terreno, che sembrava aver deciso di nutrirsi del suo corpo. Ma la volontà fu irrefrenabile. Con difficoltà riuscì ad avvicinarsi: era Weii; sembrava addormentato. Poi fece un sussulto improvviso, sbarrò gli occhi e con uno scatto alzò il busto e afferrò i fianchi di Miiko. Iniziò poi a muovere le labbra senza però riuscire a parlare. Chiuse gli occhi, aggrottò la fronte e serrò le mascelle. Dopo pochi istanti il volto si tramutò in quello del giovane guerriero giapponese, poi ancora Weii e di nuovo il samurai e poi ancora e ancora.

"SVEGLIA!" Si disse a voce alta.

Pallida e umida di sudore, si alzò e andò verso il bagno. Immerse totalmente la testa in un grande catino d'acqua gelata, rimase ferma; con uno scatto poi riemerse e l'acqua le scese veloce per tutto il corpo.

"Weii mi tormenti perché desideri vendetta? Se cerchi di dirmi qualcosa io non lo riesco a capire! Non so neanche se ciò che vedo ha un vero senso..." Poi esclamò: "Basta! Non importa se è tardi, devo andare a parlare con Chieko." Si cambiò veloce e imboccò il labirintico corridoio che portava dalla sorella.

Miiko fece un profondo respiro ed entrò nella grande sala. Anche stavolta era deserta. Si avvicinò piano a Chieko che era distesa supina con gli occhi chiusi.

"Sorella, i dubbi su tua madre si sono fatti tanto pressanti da volermi rivedere?" Sorrise senza nemmeno guardarla. "Finalmente hai capito di che pasta è fatta quella donna?"

"Non intendo parlare di nostra madre, non ho alcun dubbio su di lei. So quanto ci ama e quanto ha faticato per crescerci da quando è rimasta sola. Per quanto mi riguarda è un essere umano e in quanto tale può aver commesso degli errori, non lo nego, ma sono sicura che aveva delle motivazioni e che era in buona fede." E la sorella, come se continuasse a dormire: "Credo che se continuassimo a parlare per giorni o mesi interi, non ci allontaneremmo dalla nostra posizione per andare incontro all'altra. Quindi, anche se so già di cosa vuoi parlarmi nel cuore della notte, dimmi pure e poi torna nella tua cella. Sono molto stanca."

"Farò come dici tu, per questa volta, è troppo importante quello che devo chiederti per perdermi in disquisizioni di ordine morale su nostra madre. Qual è l'origine di questi nostri *poteri*, se di questo si tratta? Voglio capire come dominarlo o come comprenderne gli effetti. Non so cosa succede!"

"Troppe notti insonni ho passato per chiarirlo a me stessa, solo in questo luogo ci sono riuscita, ma una volta spiegato mi lascerai in pace, promettilo!"

"Te lo prometto." La rassicurò Miiko. Chieko si alzò per raggiungere la sedia, ma non riuscì a mettere un piede dietro all'altro che scivolò. Miiko istintivamente la prese per mano per sorreggerla. A quel contatto furono invase da una strana energia.

"Ma non è Weii quello?" Chiese Chieko.

"Lo vedi anche tu?"

Poi una luce illuminò la sala per alcuni attimi.

"Che succede!?" Chieko era smarrita.

"È la mia stanza interiore." Disse stupita Miiko. "Forse dopo gli insegnamenti di Baatar e Batsaikhan ho nuove attitudini. Ma non le controllo!"

In un batter d'occhio si trovarono catapultate in un luogo mai visto prima, con alberi alti e montagne tutto intorno. Poi il cielo si coprì di scure nubi, iniziò a piovere e si trovarono in un giardino molto familiare; la porta della loro casa era spalancata. Regnava un gran silenzio.

Videro il padre che mentre cercava Miiko venne colpito a morte. Takeshi a terra senza emettere un lamento osservava la figlia che abbatteva con un sol colpo il suo assassino. Pochi istanti dopo esalò l'ultimo respiro.

Senza aver il tempo di reagire a quella scena si trovarono da un'altra parte. Il padre, in forze e più giovane era nella stanza da letto, abbracciato a Ginkgo piangente e disperata in ginocchio.

"Devi partire! Non puoi, non puoi restare qui! Morirai per mano di un vile! Takeshi ti scongiuro!"

"Nulla mi impedirà di affrontare il mio destino con onore. Sono un samurai e lottarò con vigore e coraggio fino a che il mio spirito mi farà da sostegno!" Disse Takeshi, poi le prese le mani tremanti nelle sue forti e ferme. La guardò intensamente e le fece giurare su ciò che aveva di più caro al mondo che non avrebbe detto niente a nessuno.

"Non devi fare nulla per interrompere il cammino della morte. Non togliermi il mio onore. Io non scapperò."

Ginkgo non riusciva a frenare le lacrime.

Miiko e Chieko in un lampo ritornarono al presente.

Erano esauste, la testa girava.

Si guardarono e si abbracciarono.

Merghen, nell'oscurità, sorrise e annuì soddisfatto vedendo le sorelle tranquille e vicine, fece cenno alle tre guardiane che a breve sarebbero potute tornare dentro e si allontanò.

34

I nobili cavalieri

L'origine dell'ordine coreano dei *Guardiani dei tre Regni* si perde nell'alba dei tempi. Medici, taumaturghi, poeti e guerrieri che si diceva fossero invincibili.

Jim Leor era uno di loro, ne divenne un grande esperto in Corea, mentre affrontava anche gli studi medici. Una volta venuto a conoscenza che i suoi fratelli Jiao e Liang erano stati rapiti dal Generale Hua Zhe Lei, decise di rientrare in Cina.

Assieme ai sottoposti Bae (*ispirazione*) e Hei Chun (*giustizia e grazia*), erano i cavalieri più potenti dell'ordine. Bae, forte e risoluto, era maestro nel combattimento corpo a corpo, oltre che nell'uso di qualsiasi arma da taglio e da lancio.

Hei Chun era una donna sapiente in grado di manipolare le menti, oltretutto era esperta in esplosivi: dirompenti, abbaglianti, fumogeni, narcotizzanti, paralizzanti e asfissianti.

Da quando era tornato Jim aveva raccolto ogni tipo di informazione utile per liberare i fratelli e distruggere la fortezza del Generale.

Si strinsero l'uno l'avambraccio dell'altro e si promisero di determinare la sconfitta di Hua Zhe Lei.

Da lungo tempo studiavano i movimenti delle sentinelle agli accessi e alle torrette di guardia. I cambi, il numero e i percorsi che effettuavano, tutto ciò che poteva essere utile a pianificare un intervento.

Nulla sfuggiva alla loro ronda.

Nel frattempo Takuro e i quattro compagni si erano appena fermati sulle rive di un fiume per far abbeverare i cavalli. Tutti riposavano seduti, Katouro si sdraiò tra le foglie. L'unico a restare in piedi era il capitano, che si guardava intorno.

"Dovremmo essere vicini ormai." Disse Yamaguchi, che aveva studiato con attenzione il territorio. Erano ancora all'interno di un fitto bosco e non c'era alcuna traccia della presenza di un Castello nelle vicinanze, ma nessuno metteva in dubbio le sue conoscenze. Takuro affermò infatti: "Bene. Manca poco al tramonto, non abbandoniamoci alla stanchezza ora. Avviciniamoci alla Fortezza, ci accamperemo più avanti!" Katouro sospirò, ma agile come un felino era già in piedi, pronto a partire. Seiji, Yamaguchi e Yamamoto obbedirono all'ordine e andarono verso i destrieri. Ripresero il viaggio.

A breve riuscire a vedere sarebbe stato impossibile; la luna non sembrava voler rischiarire la Terra, rimaneva dietro al suo nascondiglio di nubi.

Si lasciarono la foresta alle spalle e su un'altura videro delle luci che davano forma alle pareti di un imponente Castello. Erano arrivati.

Scesero dai cavalli e li legarono a dei tronchi. Yamaguchi notò un colle poco più avanti e disse: "Quello mi sembra un buon punto di osservazione per studiare il Castello, vado a controllare se possiamo fermarci lì per passare la notte." Dopo l'assenso di Takuro si avviò. Era stanco e sentiva tutto il peso delle gambe, come se la terra ad ogni passo volesse risucchiarle.

Raggiunta con fatica la cima si ritrovò avvolto da due braccia, che lo strinsero alla gola con una presa che era come una tenaglia. Cadde e venne bloccato al suolo. Riuscì a malapena ad urlare il nome del capitano.

Takuro guardò i compagni come a chiedere conferma di ciò che aveva sentito e di corsa si dissero in soccorso dell'amico. In men che non si dica erano sul posto e videro Yamaguchi che respirava a fatica, incatenato dalla presa di una donna dallo sguardo fiero e penetrante.

"FERMI! Non vi muovete!" Una voce li bloccò. C'erano due guerrieri armati di tutto punto.

"Lasciate andare il mio uomo!" Gli urlò Takuro, ma quelli non conoscevano il giapponese e presero quella frase come una minaccia. Erano quattro contro due, ma questo non sembrava spaventarli affatto.

Jim Leor puntò dritto verso Takuro riconoscendo in lui il capo e ordinò a Bae di attaccare gli altri. Con un sorriso malizioso lui prese due bastoni corti e invitò i tre avversari a battersi in contemporanea. Katouro fece cenno a Seiji e Yamamoto di farsi da parte ed estrasse la katana. Non avrebbero mai attaccato un avversario in numero soverchiante, per quanto forte potesse essere. Era una questione d'onore e se l'avversario presentava la stessa nobiltà d'animo, anche di rispetto.

Katouro si scagliò contro il nemico. L'intento era quello di recidere le corde che tenevano legate altre armi. Bae si piegò all'indietro e schivò il colpo. Guardò il samurai inclinando la testa, sciolse i nodi e posò le lame a terra. Il messaggio era chiaro: *Non ho bisogno di queste per batterti.*

Katouro accettò la provocazione e attaccò di nuovo, questa volta in linea diretta. Bae parò la spada con un giro di bastone, si ferì al braccio, ma non perse la concentrazione, si abbassò e lo colpì alla gamba.

Nel frattempo i due comandanti si scrutavano, cercavano il momento e il modo migliore per dimostrare la supremazia sull'altro.

Quando all'improvviso, eccolo di nuovo, era tornato, tornava sempre. In situazioni di maggior tensione per Jim Leor quel maledetto occhio sinistro iniziava ad aprirsi e chiudersi senza alcun controllo. Takuro non si fece sfuggire quell'evidente perdita di controllo dell'avversario, cambiò veloce presa, fece ruotare l'elsa della katana fra le dita e portò così la lama verso l'alto, diresse il colpo in quel punto debole per ferire la tempia. Ma Jim Leor sapeva come tramutare quello svantaggio; prevedendo infatti che il fendente sarebbe arrivato da quella parte, si mosse d'anticipo, mirò con il bastone alla spalla del guerriero che incassò ma riuscì comunque a non perdere la presa dell'arma. Poi già pronto per un nuovo attacco disse a voce alta: "Non puoi fermarmi! Ho una missione, ne va del mio onore! Raggiungerò Miiko ad ogni costo!" Con un lancio passò la spada alla mano sinistra e caricò il colpo. Jim Leor indietreggiò veloce.

"Miiko?" Chiese, guardò Takuro e ripeté: "Miiko?" Poi alzò un braccio e diede un comando a Bae che si fermò subito. "Ma che succede?" Domandò Katouro.

"Conosci Miiko?" Chiese Takuro. Ma quello non capiva cosa diceva, si rivolse allora a Yamaguchi: "Chiedigli se conosce Miiko!" L'interprete provò a parlare, ma la morsa era troppo stretta. Hei Chun dopo l'assenso di Jim Leor, lasciò la presa. Yamaguchi riprese a poco a poco un colorito normale, fra un colpo di tosse e l'altro pose la domanda.

"L'ho seguita da quando ci siamo separati al villaggio distrutto. È un'indomita guerriera ma non potevo certo lasciarla sola. E per fortuna. Lei e i suoi compagni se la sono vista brutta subito, ma ho condotto da loro i monaci del

Monastero dei Cento Stili. Sapevo che li avrebbero salvati e accolti. L'ho lasciata lì al sicuro. Faccio parte di un altro ordine non posso avvicinarmi a quel Tempio. L'ultima volta ho portato da lei una bambina che era scappata per raggiungerla, poi non ho saputo più nulla, ma credo sia ancora lì."

Parlarono per un po' e alla fine si accordarono per darsi una mano a vicenda. I sottoposti di Takuro sarebbero rimasti a studiare la situazione e ad aiutarli nel progettare un piano per salvare i fratelli prigionieri; i Guardiani li avrebbero forniti di tutte le informazioni in possesso sul Generale e le truppe. Takuro sarebbe partito il giorno dopo per avvertire Miiko del pericolo e sarebbe tornato lì il prima possibile.

35

Lo specchio della luna

I giorni si succedevano celeri, senza quasi che Takuro se ne accorgesse; si fermava giusto il tempo per far riposare il cavallo. Quando aveva un obiettivo la stanchezza non era contemplata per lui: si sarebbe fermato solo quando avrebbe compiuto la missione, anche se le forze lo avessero dovuto abbandonare.

A differenza del Castello, del quale non si vedeva traccia se non a poche miglia di distanza, il Monastero era posizionato per farsi notare anche in lontananza, come un faro di speranza per orientare e fare da riferimento. Questo aiutò Takuro a muoversi in terre straniere e a raggiungere il Tempio in poco più di quattro giorni.

Finalmente si ritrovò di fronte alle imponenti mura del Monastero. Era lì perché poteva avere informazioni sulla spada e perché aveva dato la sua parola a Ginkgo, ma certo non negava a se stesso il piacere di rivedere la ragazza.

Vide un'ombra che si muoveva furtiva, scavalcava le mura e saltava su un albero per scendere. Impugnò la Katana e fece qualche passo.

La tensione aumentò di colpo, fino quasi a bloccargli ogni movimento, ma non era paura quella, la piccola figura che ora si dirigeva verso la foresta, era proprio lei: Miiko.

La seguì con qualche difficoltà perché correva veloce ed evitava con agilità ogni ostacolo. Era divertito dall'idea di come si sarebbe posto di fronte a lei interrompendole il cammino. Poi sentì una musica soave.

Dopo poco iniziò a rallentare. Si fermò. A pochi passi da lei, seduta sotto un albero, c'era una donna.

Shibumi alzò gli occhi, smise di suonare solo per dire: "Sei in ritardo."

"Ho avuto qualche difficoltà ad uscire oggi." Ribatté Miiko, ma con un tono di scuse. La donna tornò a muovere le dita sul flauto, mentre Miiko si sciolse i capelli che mossi dalla brezza sembravano gioiosi di sentirsi liberi. Anche le leggere stoffe dei vestiti potevano lasciarsi andare all'ondeggiare del vento e rendevano la figura di Miiko quasi eterea, illuminata com'era solo dal chiarore della luna.

"Ohh!" Sussurrò Takuro e sorrise alzando solo un lato della bocca. La ragazza prese a danzare con movimenti armoniosi e dolci quanto quella musica. Aveva iniziato ad andare a quelle lezioni perché la donna la incuriosiva e voleva delle risposte da lei, gli insegnamenti che le dava li riteneva futili. Man mano però si era accorta che grazie a quello che Shibumi le faceva fare, aveva acquisito maggior pulizia e precisione anche nelle tecniche di spada, nonché più armonia e controllo del corpo. Adesso aveva un'eleganza e un portamento che non aveva mai lasciato esprimere prima. Il samurai non riusciva a staccare gli occhi da quella scena.

"Questa notte ha deciso di regalarmi un'inaspettato spettacolo." Pensò e decise di mettersi comodo e rimandare l'incontro. Posò l'arma e si sedette. Ma d'improvviso la musica cessò, Miiko sembrava spaesata quanto lui. Takuro guardò verso la donna che fino a poco fa suonava, ma non vide nessuno.

Non fece in tempo a chiedersi cosa stesse succedendo che si ritrovò un coltello puntato alla gola, chiuso in una morsa da braccia esili ma tenaci alle spalle. Shibumi gli parlò in giapponese: "Chi sei e cosa vuoi?" Takuro, superata l'iniziale confusione ritrovò la naturale freddezza e rispose: "Sono qui per parlare con lei." E guardò Miiko che nel frattempo li aveva raggiunti.

"Tu?" Chiese con gioioso stupore la ragazza. La donna a quel punto lasciò la presa e con estrema eleganza fece sparire tra i capelli il coltello. Si allontanò di qualche passo dal giovane e si piegò in avanti con un leggero inchino: "Il mio nome è Shibumi Sen."

Il ragazzo si inchinò di rimando: "Sono Takuro Miaoto."

Shibumi di scatto alzò lo sguardo.

"Possibile che sia davvero lui?" Si chiese.

"Io mi chiamo..."

"Miiko, Miiko Tokugara, lo so." La interruppe lui.

Tutta la notte passò con Miiko che ascoltava il coraggioso Takuro mentre raccontava quello di cui era venuto a conoscenza.

"Il Generale è sulle mie tracce, ma grazie a te sarò pronta. I nostri destini si sono incrociati prima ancora che ci conoscessimo. Con l'aiuto di mio padre, il tuo è riuscito a creare un'arma che ha dell'incredibile, te lo assicuro, l'ho tenuta fra le mani, dovresti esserne fiero!"

"Più che altro ne sono meravigliato, ho trovato le mie vere origini in un paese straniero. Ho scoperto che quello che per anni ho creduto un traditore, era invece mio padre. Attualmente mi ritrovo con i miei genitori adottivi spersi in Giappone o forse uccisi dallo stesso Shogunato e con il mio vero padre, magari morto in chissà quale parte della Cina. Nella vita ho sempre saputo quale strada intraprendere. Adesso non so cosa fare." Shibumi che era rimasta in silenzio per tutto il tempo, a quel punto decise di intervenire: "Io so dove si trova Honjo Miisashy." I due, che presi uno dall'altro si erano quasi dimenticati della presenza della samurai, si girarono stupiti a guardarla.

"È il momento di darvi delle risposte e raccontarvi delle cose." Spiegò che aveva conosciuto entrambi i genitori. Aveva combattuto spesso affianco del nobile Takeshi, il quale dopo la creazione della lama aveva affidato a lei l'incarico di portare in salvo il fabbro e il pescatore di perle. Inoltre si occupò sempre lei della protezione della spada, affinché non finisse in mani sbagliate. Quando Miiko la trovò lei era lì, nascosta tra gli alberi e stava per porre fine alla vita della guerriera quando la riconobbe.

"Il destino trova sempre la strada per esprimersi. Anche se ti avevano tenuto nascosta questa storia per proteggervi, alla fine la storia aveva trovato te Miiko."

Rivelò anche che la morte di Takeshi non fu dovuta all'attacco di briganti, ma di spie del Generale che cercavano la spada. Ginkgo l'aveva inventato per tenere le figlie al sicuro.

Alla fine Shibumi si rivolse a Takuro: "Se vuoi incontrare tuo padre, o quello che purtroppo la pazzia ha lasciato di lui, devi partire per l'isola di Taiwan."

"Ti accompagnerò io!" Disse Miiko e gli prese le mani.

L'alba ormai stava facendo il suo ingresso nel mondo. Shibumi sorrise e disse: "La mia missione è compiuta." Fece un inchino e sparì.

Miiko pensò che, finalmente libera, sarebbe tornata nell'amata terra nipponica.

Takuro le disse che doveva andare dai sottoposti che aveva lasciato di guardia al Castello, ma che sarebbe tornato da lei.

Miiko si stava per voltare ma lui le prese una mano e la tirò a sé. Le avvolse con un braccio la vita, la strinse con delicatezza, le accarezzò i capelli e il volto e la guardò come a non voler dimenticare più quel viso. Poi le loro labbra si avvicinarono, fino a baciarsi dolcemente.

"Penso a ciò che nel silenzio dei nostri sguardi rimane e genera sorrisi di rimando, a come stanotte hai trasformato il mio pensarti direttamente in amore. Nel baciarti ho capito che davvero siamo una goccia unica da difendere da ciò che vuole spegnere un amore degno di tale nome." Quelle parole sussurratele da Takuro continuavano ad avere eco nei pensieri di Miiko, non riusciva a smettere di sorridere per quel saluto e continuava a rivivere la scena del bacio all'infinito.

Si intristì solo appena vide la mura del Monastero. Doveva abbandonare quel luogo, doveva portare via l'invincibile nodachi, non poteva mettere a rischio tutti.

"Devo andare a parlare con Merghen." Mentre rientrava intravide Baatar, Batsaikhan, Badma e Narantuya che parlavano.

Baatar aveva un tono molto serio: "La situazione sta peggiorando. Il Generale non fa che creare morte e distruzione in quantità sempre maggiore. Ormai le sue missioni sembrano non avere più alcun senso se non quello di uccidere. Dobbiamo fare qualcosa."

"Io sono pronto!" Disse gonfiando il petto Batsaikhan.

"Non abbiamo la forza di batterlo al momento. I soldati sono troppi e si stanno spandendo oltre i confini del suo territorio. Non basta la nostra volontà!" Replicò Badma.

Baatar guardò con dolcezza Narantuya, dalla cui espressione si vedeva chiara tristezza e le chiese: "A cosa pensi?"

"Non mi sono mai sentita così impotente. Finora abbiamo smantellato tanti piani di Hua Zhe Lei, ma non possiamo sbaragliare un esercito da soli. Gansukh ci ha detto che combattono sempre più simili a furie cieche, colpiscono anche donne e bambini senza pietà. Certamente non possiamo restare senza fare nulla, ma siamo di fronte ad una scelta impossibile da prendere. Come possiamo scegliere chi salvare e chi abbandonare al filo delle spade dei soldati? Gansukh ha parlato di cinque villaggi che verranno attaccati in contemporanea fra sette giorni, anche se ci separassimo non riusciremo a salvarli tutti, anzi, la speranza di sopravvivere viene meno. Non possiamo coinvolgere tutti. Sarebbe una strage senza fine se i soldati arrivassero qui."

"Vi aiuterò io!" Miiko sorprese i quattro che la guardarono con aria severa.

"Perdonatemi non ho potuto fare a meno di ascoltarvi. Ma vi offro il mio aiuto e sono certa, anche quello dei miei compagni. Questa non è casa nostra, ma ci avete accolto come fratelli e faremo tutto il possibile per proteggere questo luogo sacro. Siamo stati molto con voi, siamo cresciuti e migliorati. Ora è tempo di andare e agire. Se in più possiamo attaccare le truppe del Generale, tanto meglio!"

36

L'artiglio del drago d'oro

Lunghe travi di legno serrate con corde robuste e pesanti e ricoperte di fieno bagnato, erano il bersaglio di una ragazza che dopo il terzo calcio ruotato le spezzò.

"Incredibile!" Esclamò Gu Li, che si era fermato a guardare la scena mentre andava da Cang Hao per informarlo dell'imminente missione che avrebbero dovuto affrontare. Con il taglio delle mani colpiva con fermezza il pezzo crollato, quando un monaco si avvicinò e le disse che Merghen l'aspettava. Gu Li, incuriosito da quella ragazza e dalla potenza che emanava, decise di seguirla per vedere se aveva qualche particolare segreto.

Lei salì con calma e senza fatica gli oltre cento scalini che portavano alla torre. Trovò il maestro in meditazione sul pavimento.

Gu Li rimase in disparte attento a non fare il benché minimo rumore. Ovunque posasse lo sguardo c'era una candela accesa, sopra altra cera già sciolta, strato su strato da chissà quanto. C'erano incensi che bruciavano ma lui non riusciva ad individuarne il profumo.

"Vieni avanti e siediti di fronte a me." Ordinò Merghen alla ragazza, con un tono che aveva più dell'amorevole che

dell'imperativo. Lei senza nascondere il fastidio obbedì.
"...Cosa senti?" Le chiese e lei con un incerto ma comprensibile cinese disse: "La tua voce! Che mi impedisce di stare fuori ad allenarmi!"
"Non essere impertinente! Essere ospite qui è utile a te. Lasciare il Monastero è più facile di quanto immagini."
Lei abbassò lo sguardo.
"Alexa, perché vuoi nascondere le tue origini coprendo il biondo dei capelli con delle tinture scure?"
Si sentì colpita nel profondo da quella domanda e decise di rispondere: "Sento rabbia e odio..."
"Perché?"
Lei serrò le mascelle senza parlare.
"Non so se potrò aiutarti. In tanti anni di dedizione alla mia Via ho ascoltato tante persone che come te non riuscivano a vedere una luce in un cammino buio, che per i motivi più strani si erano trovati a dover percorrere. Molti hanno risolto i conflitti, alcuni sono venuti a compromessi, pochi sono fuggiti e altri ancora, pur senza vincere le loro battaglie risiedono tra queste mura. Ma solo ascoltandoli ho potuto aiutarli. Devi decidere se fidarti di me. La prima cosa che devi capire è se mi vuoi come maestro."
"Va bene. Maestro." Prese un respiro e buttò fuori l'aria molto lentamente. "Alcuni anni fa quando ero ancora una ragazza ingenua e piena di sogni, mio padre... lui... Aveva al comando degli schiavi. Più volte ho cercato di dirgli che era una cosa disumana approfittare di quelle persone, ma lui mi rispondeva che ero solo una mocciosa arrogante e irriconoscente. Ero così stupida! Perché nonostante tutto amavo ancora quell'uomo. Poi un giorno... il piccolo Ade, con tutti quei capelli ricci e arruffati... era poco più che un bambino... tentò di fuggire, ma venne riacciuffato e umiliato. Venne denudato e frustato per fare da esempio a tut-

ti gli altri schiavi. Ma quella bestia, che ho giurato di non chiamare più padre... lui non era soddisfatto e decise di far venire lì la madre incinta di sette mesi. La fece frustare davanti agli occhi del figlio, finché non morì. Perché? Perché l'ha fatto?!? Io sono scappata e quello che adesso mi tormenta è che non sono riuscita ad uccidere quella sottospecie di essere umano! Adesso sono cresciuta e sono in grado di combattere, eviterò con tutta me stessa che altri innocenti possano perdere la vita a causa di bestie senza dignità né cuore che infestano questa terra."

Gu Li era pietrificato; con il cuore straziato si allontanò.

"Comprendo la furia e il dolore, ma tutto questo, se non saprai dominarlo, ti porterà alla follia. Ti sovrasterà. Ma so che puoi riuscire e posso convincerti raccontandoti la mia storia. Moltissimi anni fa, ero appena un adolescente e avevo la smania di conoscere il mondo. I miei genitori mi impedivano di viaggiare, dicevano che avrei avuto tutto il tempo di farlo più in là, che era troppo presto e che non sarei riuscito a sopravvivere da solo. All'epoca non mi rendevo conto di quanta verità nascondessero le loro parole. Pensavo solo che fossero troppo inetti per capire quello che avevo dentro. Un giorno, quindi, decisi di andare via. Mi dispiaceva lasciarli senza neanche dirgli addio, ma prima o poi sarei tornato e che avessero capito o no non mi importava. Io dovevo partire. Vagai per non so quanto, le prime settimane erano colme di euforia ed entusiasmo, tutto era nuovo e fonte di conoscenza. Ma passò in fretta; mi ritrovai a dormire al freddo con il desiderio di tornare, però il mio orgoglio me lo impediva. Volevo dimostrare a me stesso che potevo farcela e soprattutto ai miei genitori che avevo ragione. Camminai quasi senza forze fino alle montagne a nord. Le temperature erano rigide e le condizioni impervie, stavo per crollare. Gironzolavo per i villaggi in cerca di cibo e provavo rancore perché non volevo ammettere il mio fallimento e la mia stupidità nell'affrontare qualcosa che era molto più grande di me senza alcuna preparazione. Alla fine deluso e sconfitto decisi di tornare. Immaginavo già che dopo qualche rimprovero di mio padre, mia madre mi avrebbe accolto a braccia aperte. Invece non trovai nessuno. Aspettai qualche giorno ma niente. Chiesi ai vicini contadini se sapevano dove fossero e l'unica cosa che riuscii a capire è che erano partiti per un viaggio, lungo a quanto pare, visto l'ingombro delle cose portate. Se ne erano andati! L'odio e la rabbia erano superiori a qualsiasi cosa. Mi avevano abbandonato. Non davo certo peso al fatto che ero stato io ad essermene andato e non pensavo minimamente che potevano essere partiti per cercarmi. Ogni giorno che passava la rabbia cresceva, fino ad avercela con il mondo intero. Un giorno mi accorsi che qualcuno mi seguiva. Tanto era forte l'ira che non ebbi neanche paura e gli andai contro. Era una bella donna che si conosceva come *la strega*. Aveva un sorriso maligno e dolce allo stesso tempo e l'aura malefica, attraente e mesta. Rise di me. *Non sei che un povero ragazzino senza alcuna forza d'animo, tutta questa rabbia e non hai il coraggio di sfogarla! Sei solo uno sciocco!* Reagii, ma più mi arrabbiavo, più lei sembrava contenta. Fece leva su di me, la mia mente era giovane e fragile, fino a portarmi a farmi avere come unico obiettivo quello di fare del male a qualcuno per potermi rasserenare. Una sera mi portò in una zona frequentata da mendicanti. *Dai libero sfogo a tutta la tua aggressività!* Mi disse. C'era un vecchio ubriaco e malato, lei mi spinse ed io gli recisi la gola mentre dormiva. Dopo quel gesto infame rimasi immobile, ebbi delle convulsioni e come risvegliatomi tutta la rabbia si tramutò in colpa. La strega invece fu pervasa da una strana euforia. Fuggii e dopo poco trovai questo Tempio dove fui accolto dall'allora monaco superiore. Mi diede un tetto, del cibo e una Via da percorrere. Non volle sapere nulla del mio passato e io solo dopo molto tempo riuscì a confidarmi e a parlare di ciò che mi tormentava. Trovai un po' di pace quando rividi mio padre e mia madre e riuscii a chiedergli perdono... ma perdonare me stesso è tutta un'altra storia." Alcune lacrime scivolarono sul volto di Merghen. Poi ritrovò presenza e compostezza.

"Il tuo odio ha un'origine diversa dal mio, ma non ti porterà a nulla se non ad autodistruggerti. Non farti prendere, è il vero nemico. Devi essere tu a dominarlo. Non pensare che il voler indirizzare la rabbia verso chi uccide ti possa rendere migliore di tuo padre. Rifletti. Quando fai delle scelte devi essere lucida o ti logoreranno. Sono stato ad un passo dal perdermi e anche tu sei su quella via. Cambiala fino a che sei in tempo, o finirai per vagare in cerca di serenità, alimentando l'odio ad ogni uomo malvagio che porterai all'inferno, fino a non distinguerti più da loro."

37

Ferale è la notte

Gu Li, con passo deciso, attraversava il cortile centrale con un solo obiettivo in mente, così forte che non vedeva più niente attorno a sé. Tanto che quasi travolse Miiko, intenta nella pulizia delle armi.

"Che succede? Hai uno sguardo strano..." Gli chiese scrutandolo.

"Vado via da qui."

"Cosa?! Perché?"

"Per questo." Rispose lui risoluto e le pose un foglio consumato e lacero.

Amore mio adorato, so che sarai lontano da me pochi mesi, ma all'idea già mi manchi. Maledico il capo villaggio per averti scelto tra i tanti uomini qui presenti per scortare Yaeko nel viaggio oltre le montagne. Perché hai appoggiato Weii? Ma ormai non ha più importanza, non sarai qui con me. Non temo per la tua vita, non sarai in pericolo, l'esperienza che hai ti metterà al riparo da qualsiasi insidia e il tempo e la distanza che ci dividono presto si diraderanno come nebbia al sole, quando ci ricongiungeremo saremo ancora più felici! Lo so, eppure il solo pensare che trascorrerò questi giorni senza di te mi fa già impazzire. Pensami. Sono legata a te e lo sarò per sempre. Al ritorno abbracciandomi forte capirai una cosa... Te l'ho nascosto per farti una sorpresa, ma non posso resistere oltre e te lo svelo qui,

così avrai ancor più fretta di rivedermi! Sì! Sono incinta! Finalmente
avremo un bambino! Avrà i tuoi occhi, il tuo sorriso e il tuo coraggio.
Ti aspettiamo
Hu Xian e...

"L'ho trovata solo appena arrivati qui. L'aveva nascosta bene in fondo alla sacca." Disse Gu Li senza darle il tempo di finire di leggere. A Miiko mancò il fiato.
"Capisci?" Continuò lui riprendendo la lettera. La strinse al petto e ci versò lacrime sopra, come aveva fatto mille volte da che l'aveva scoperta.
"Devo andare a cercarla!"
Miiko tentò di parlare ma lui la bloccò subito.
"Sì, lo so che hai detto che non ci sono stati sopravvissuti al villaggio. Lo so che sembra folle. E so anche che le possibilità sono minime, ma fosse anche una soltanto, io devo tentare! Non posso più aspettare. Da quando sono qui ho chiesto a tutti i monaci che uscivano per qualsiasi motivo dalle mura, di farmi sapere se vedevano qualcuno che corrispondesse alle sue caratteristiche. Ma ora devo agire, io devo andare. Devo! Al villaggio non ho visto il suo cadavere, il suo corpo non c'era e questo..."
"L'ho visto io." Con voce spezzata dal dolore lo interruppe.
"Ma... Cosa...?"
Mentre leggeva un ricordo si era fatto vivido in lei, non aveva più dubbi ora. La donna che aveva trovato insieme a Yīng Xuě era la moglie di Gu Li. Ricordava perfettamente anche dove l'aveva seppellita e quando glielo disse lui divenne come di ghiaccio. Immobile. Non disse nulla. Poi con lo sguardo assente si allontanò, trascinando a fatica un piede dietro l'altro. Arrivò nella sua cella ancora incredulo.
"Io non ce la faccio più! Hu Xian sarei dovuto restare a difendere te e il nostro bambino!"
Impugnò la spada e la posò di punta al ventre.

"Amica mia dammi la serenità. Perché l'unico desiderio che ho è quello di raggiungere la mia amata e vedere il mio piccolo bambino." E con voce più alta, rotta dal pianto: "VIGLIACCO! Sei solo un vigliacco! Non hai neanche il coraggio di ucciderti! Che vita è questa? Che senso ha continuare in un mondo senza Hu Xian?"

Cang Hao, che dormiva nella cella vicina, si svegliò e andò a vedere cosa stava succedendo. Parlare di tutto quel male ancora fresco nella memoria e nello spirito era così difficile, ma era giunto il momento di affrontare la situazione. Bussò.

"Gu Li."

Nessuna risposta.

"Gu Li!"

"..."

"GU LIII!!"

Forzò la porta bloccata ed entrò.

Lo trovò ferito dalla punta della spada che teneva forte nella speranza di trovare la volontà per un ultimo sforzo e abbracciare la morte.

"COSA FAI? Sei impazzito?" Gli urlò.

"Non ha più un senso la mia vita, ho perso la mia famiglia, ho perso tutto, mi restava solo un filo di speranza, ma adesso... Cosa ne sarà di me?"

Cang Hao si avvicinò, abbassò l'arma e gliela tolse dalle mani.

"Anch'io sono rimasto solo al mondo. Ho solo te e Yaeko. È terribile quello che il destino ci ha riservato, ma dobbiamo continuare e forse un giorno rifarci una vita, anche per i nostri defunti."

"Tu non capisci." Rispose Gu Li. "Persino la vendetta mi suona vuota. Questa vita mi appartiene e non voglio sprecarla vivendola senza nulla. Io ne sono il padrone, mio è il destino, mia la scelta e né tu né altri potranno convincermi. Voglio solo congiungermi con la mia famiglia il prima possibile."

"È vero il destino è tuo. Per questo devi abbandonare qualunque decisione autodistruttiva. Noi abbiamo una missione da compiere! Non ti parlo del vendicare un torto, ma di liberare un popolo dall'oppressione e dalla tirannide. Così potrai mettere in gioco la vita per il bene degli altri."

Gu Li non era convinto ma assecondò l'amico che gli consigliò di uscire per passeggiare e parlare con lui. Evitare ad altre persone la sorte che era toccata loro sollevava un po' l'animo turbato.

"Che è successo? Siete stravolti!" Chiese Yaeko che li incrociò vicino alla pagoda nello spiazzo centrale. I due si limitarono a sospirare e lei sembrò capire e li seguì in silenzio. Salirono alcuni scalini e si sedettero ad ammirare il panorama. I giardini erano curati e ordinati, le linee create sulla pavimentazione erano state ben studiate, persino le possenti mura di cinta del Monastero davano tranquillità. Al di là del grande cancello, il mondo, disordinato, caotico, tremendo eppure anch'esso splendido. Cang Hao lanciò uno sguardo d'intesa a Yaeko e disse: "Vado ad allenarmi un po'."

La donna attese che si allontanasse ma prima che aprisse bocca Gu Li le chiese: "Yaeko hai mai pensato alla morte?"

"Sai già qual è la risposta. Certo che ci ho pensato, ci penso ogni maledetto giorno."

"Già domanda sciocca... perdonami."

"Non preoccuparti. È un pensiero ricorrente che ci viene a trovare senza il benché minimo rispetto. Il desiderio viscerale della morte, la voglia di interrompere un cammino così doloroso, c'è sempre; a volte si affievolisce, altre penetra impetuoso nella mente, nella carne..."

"È proprio così che mi sento. Solo noi combattiamo un mostro troppo grande ogni giorno."

"Ti sbagli. Il dolore ci porta a concentrarci su noi stessi e non ci fa vedere bene. Ci sono tante storie difficili. Vedi laggiù quel gruppo di monaci intenti ad allenarsi? Ecco, tra loro ce n'è una in particolare, quella con il ventaglio. Si allena tutte le mattine a quest'ora, qui di fronte la pagoda. Si chiama Shimmer Chandra, vuol dire *riflesso della luna*. Ha perso la sua famiglia come noi, esattamente come noi capisci? Il suo villaggio è stato attaccato due o tre anni fa, ed è rimasta in stato di incoscienza per oltre sei mesi. Ha avuto bisogno di tanto aiuto da parte dei monaci anziani per poter superare quello che le è accaduto."

"Sì, triste storia, ognuno ha la sua..." Rispose Gu Li.

"È probabile che anche lei abbia progettato l'incontro con la dolce via della morte per liberarsi dalle tragedie. Ma adesso è lì, forte e fiera. Si allena con il caldo e con il gelo, non trova scuse, prosegue il suo percorso. Non spreca tempo per sacrificare la vita inutilmente, non lo spreca per pensare a sé e piangere delle proprie disgrazie. Come lei, qui al Monastero ci sono decine di persone che hanno affrontato un grave lutto e lo hanno superato. Certo, c'è anche chi sceglie di farla finita, di andarsene e basta, perché crede che non ci sia più nulla di prezioso nella vita. Tu cosa vuoi fare?"

Yaeko prese uno stiletto lungo e appuntito che portava sempre con sé. "Ecco, puoi farlo se lo vuoi sul serio. Non sarò certo io ad impedirtelo. Mi sembra un grande spreco, ma..."

Gu Li rimase immobile a fissare quel pezzo di ferro. La voglia di afferrarlo era tanta. *"Non posso non essere in grado di affrontare i miei demoni. non voglio una morte senza onore. Che cosa penserebbe Hu Xian? Come potrei tornare da lei così?"* Pensò e distolse lo sguardo.

"Dobbiamo riuscire a fare in modo che le ombre che ci portiamo dentro non oscurino la nostra luce." Disse Yaeko, accennò un sorriso, ripose la piccola arma e afferrò l'avambraccio del compagno per aiutarlo ad alzarsi, poi aggiunse: "Dai, andiamo ad allenarci."

38

Le differenze che arricchiscono

Dopo essere ritornata al villaggio Mei Ling lavorò nelle risaie e un giorno decise di tornare al Monastero per salutare gli amici. Fece il viaggio assieme ad un enorme Yak e venne accolta dalle sorelle Bolormaa e Odgerel. Una volta salutati gli anziani del Tempio, Mei Ling uscì dalla torre e intravide la ragazza delle alabarde. All'inizio pensò di far finta di non vederla, ma non era cosa da lei. Le si parò davanti, la guardò fissa e le disse: "Ciao, come ti chiami?" Yaeko si spostò, ma Mei Ling ritornò sui passi della guerriera.

"Ciao, come ti chiami?"

"Ancora tu? Cosa vuoi da me? Non ho tempo per certi convenevoli!" Ma Mei Ling ancora più sicura: "Ciao, come ti chiami?"

"Yaeko!" Rispose seccata.

"Bene! Il mio nome è Mei Ling. Per quale motivo sei qui? Da quello che indossi vedo che non sei una monaca." Yaeko capì che si trovava di fronte ad un osso duro, forse il modo migliore di liberarsi di lei era risponderle.

"Sono ospite qui dopo essere stata ferita in una battaglia molti mesi fa." Disse. "Mi sono riproposta di rimanere per imparare meglio le tecniche di lotta e l'uso delle armi, così da poter vendicare il mio amore, morto al nostro villaggio. Soddisfatta?"

"Sei così fortunata e neanche te ne rendi conto, sciocca!"

"Come ti permetti? Non sai nulla di me e di quello che ho passato!" Inveì Yaeko e si avvicinò per spingerla ma si fermò di colpo, frenata dallo sguardo di Mei Ling, che era come una lama puntata ai suoi occhi.

"Parla allora ma in fretta, mi hai fatto perdere fin troppo tempo." Disse Yaeko.

"Anni fa, il mio Weisheng assieme a molti giovani del villaggio, furono portati via dai Signori della Guerra per combattere in terre lontane. Lui non si ribellò per evitare ritorsioni contro di me e la sua famiglia. Non lo riabbracciai più. Nessuno mi poté stare accanto in quei giorni e in quelli a seguire, perché ognuno degli abitanti aveva un amico, un parente o un figlio al quale pensare, portati via contro la loro volontà." Fece una pausa, sospirò e riprese: "Il tuo amato è morto per difendere i cari, gli amici, al suo villaggio, non lontano dagli affetti. Tu puoi piangerlo, hai un luogo dove dimostrargli amore; hai amici per confortarti in tutto questo. Non comprendi quanto sei fortunata? Io non so neanche dove andare per piangerlo, ho dovuto combattere e andare avanti senza nessuno, con il solo ricordo. Quindi risparmia a te e a chi ti sta vicino tutto questo livore, adesso stai agendo da egoista, finiscila di commiserarti. Comportati da donna!" Rimasero per un po' ferme come due statue a guardarsi, poi il volto corrucciato e duro di Yaeko si rasserenò. Qualcosa dentro di lei si sciolse. Allora Mei Ling la abbracciò forte e Yaeko, come una bimba che aveva ritrovato il calore di una persona cara, pianse con tutta se stessa.

Alcune settimane dopo quel confronto, Yaeko decise d'andare a trovare Mei Ling. Voleva salutarla prima di partire verso uno dei cinque villaggi da salvare dalle grinfie dei soldati del Generale.

Il cielo era terso e le nuvole che la sera prima si erano accumulate nervose erano sparite e questo l'aveva ben predisposta. Arrivata a pochi passi dall'uscio urlò con aria ironica: "EHI MEI LING, VIENI FUORI E FATTI SOTTO!" Con un gran sorriso che da troppo non faceva. L'amica uscì e con aria stupita corse ad abbracciarla.

"Non ti aspettavo, che bella sorpresa!" Disse e poi continuò: "Perdonami, ma ora non posso farti entrare in casa e offrirti qualcosa. Quando sono tornata al Monastero l'ultima volta, era sì per salutare tutti, ma anche per chiedere aiuto e consiglio ai saggi per una ragazza del villaggio. Gansukh è dentro con lei e i suoi genitori. È una storia un po' particolare." Disse con aria seria.

39

Percepire l'indefinito

Le pareti della stanza ruotavano vorticosamente attorno a lei, non percepiva altro quando quelle strane sensazioni prendevano il sopravvento. Convulsioni, tremori, scatti e spasmi. Sudava e piangeva. Subito dopo delle presenze iniziavano ad avanzare minacciose; di numero variante, alcune volte erano in tre, altre qualche dozzina.

"È tra la veglia e il sonno, ma cosciente tanto da permetterle di distinguerle una ad una, gli da dei nomi persino. Alcune sono più prepotenti e violente, altre dispettose e sghignazzanti, altre ancora silenti e ferme agli angoli della stanza ad osservarla. Le più sfacciate arrivano a toccarla, cosa che le provoca immane sofferenza, pur non ledendo la pelle, tanto da farla urlare a squarciagola. La sensazione è come se il ghiaccio si mischiasse con la lava proveniente dalle viscere della terra e tutto ciò la colpisse insieme con violenza. Così mi ha detto. Queste visioni così realistiche appaiono di solito all'imbrunire e da alcuni anni questo terribile appuntamento la sta facendo impazzire. Hanno ricorso a diversi medici e santoni, ma nessuno sa cosa fare. Allora ho pensato di chiedere l'attenzione dei monaci del Monastero dei Cento Stili, solo loro possono aiutarla a controllare questa grande sensibilità." Spiegò Mei Ling. Il nome della ragazza era Juri Unmei, i genitori partirono appena sposati, nonostante le restrizioni dell'Impero giapponese, da una piccola provincia della città di Edo, spinti dalla passione della madre per la Cina ed in particolare per le vaste pianure del sud est. Juri nacque in quella terra meravigliosa. L'infanzia della piccola fu felice e spensierata, ma in breve le cose cambiarono. Dall'età di dodici anni iniziò ad essere perseguitata da quelle strane percezioni.

Gansukh uscì dalla casa di Mei Ling, rispose all'inchino di Yaeko inclinando il capo e disse: "Qui non posso esserle d'aiuto, deve venire al Tempio. E comunque non sarà un percorso semplice. Salutala, perché non potrà vedere nessuno per molto. Mi incammino, così potrò parlare con Merghen questa sera e trovarle un posto ideale. Mi occuperò io stesso di lei." Poi solitario e silenzioso come sempre sparì senza lasciare traccia del suo passaggio.

Juri con i genitori andarono da Mei Ling per ringraziarla, lei si rivolse alla ragazza: "Ce la farai!"

"Andiamo a prepararci per partire, domani ci incammineremo." Disse la madre di Juri e si allontanarono.

"Ognuno ha la sua storia e i suoi supplizi." Disse Mei Ling a Yaeko. "Ma ci sono tempi buoni per tutti!" Aggiunse. Sorrise e invitò Yaeko ad entrare. Rimasero a parlare a lungo e Yaeko le spiegò che si sarebbe fermata giusto un paio di giorni perché a breve doveva partire per una missione.

"Vengo anche io!" Esclamò Mei Ling. "Salvare un villaggio da un attacco nemico è proprio quello che ci vuole per portare un po' di giustizia in questo mondo!" Yaeko provò a dissuaderla, ma era un'impresa assai ardua, perciò sarebbero tornate insieme al Monastero per la preparazione di un piano per salvare quante più persone possibili.

Juri e i suoi partirono alle primissime luci dell'alba della mattina successiva. Dopo molto tempo in groppa a tre cavalli giunsero al Monastero. Il grande portone di ferro era di un grigio intenso, per finire alla base con l'assumere un cupo colore rossastro a causa della ruggine che ormai aveva logorato la struttura esterna. Le robuste nocche callose del padre fecero rimbombare al di là della porta tutto il Tempio.

"Chi siete e cosa volete?" Una voce roca li sorprese da una finestra in alto tra le mura.

"Siamo qui su convocazione del saggio Gansukh." Rispose il padre. Il monaco fece cenno ai tre di attendere lì. Dopo poco la porta si aprì e di fronte si trovarono Merghen, che con un sorriso ampio e socchiudendo i piccoli occhi neri come fessure, li fece entrare.

"Raccontatemi la vostra storia." Disse mentre faceva strada ai nuovi ospiti. Il padre, come un fiume in piena, narrò con dovizia di particolari le vicende della figlia e di come si sarebbe impegnato nell'aiutare i monaci se li avessero accolti e aiutati.

"Sono un fabbro e posso ricostruire la porta all'ingresso, oltre a qualsiasi altro manufatto che richieda il mio intervento."

"Va bene. Ma ad un patto: rimarrete per tre giorni, dopodiché Juri rimarrà qui per altri tre anni senza di voi. Così potremmo riuscire ad aiutarla." Fece una pausa, poi aggiunse: "Ci prenderemo cura di lei."

Le esperienze di Gansukh e di alcuni altri monaci avrebbero aiutato Juri a raggiungere il dominio di questa situazione che da anni subiva impotente.

40

Senza un addio

"Tutte le foglie che danzano a ritmo di questo vento autunnale e quelle cadute, rendono i suoni ancora più ovattati, sembra di camminare sopra i sogni." Pensò Miiko mentre passeggiava. Passò vicino alla biblioteca e intravide l'anziano Dolma che conversava con Merghen; si ritirò mentre si appoggiava all'inseparabile compagno di nodoso castagno cinese con un'espressione rabbuiata.

Miiko si avvicinò a Merghen, fece un inchino e chiese: "È successo qualcosa?"

"Nulla di preoccupante." Rispose lui.

"Non l'ho mai visto reagire in questo modo, sembrava alquanto scosso..."

"Sono ormai dieci giorni che Shimmer Chandra non rientra nei suoi alloggi. Non ha lasciato nulla che potesse far capire le motivazioni di questa assenza. È semplicemente sparita nel nulla. Dolma è molto preoccupato, le è affezionato. Gli ho detto di non stare in pena, è solo andata via. Non era pronta a percorrere il resto della sua strada, almeno non qui."

"Ma forse le è accaduto qualcosa, potrebbe essere stata aggredita fuori dalle mura! Oppure potrebbe essere stato per causa mia. Abbiamo avuto dei contrasti e negli ultimi mesi le cose sono peggiorate, anche se le motivazioni non mi sono chiare... forse qualcosa l'ha offesa. Andrò a cercarla, mi sento in qualche modo responsabile."

"Non dovrai fare nulla. Shimmer Chandra è ben addestrata e sa il fatto suo. Non mi meraviglierebbe venire a sapere che è in giro a spegnere il fuoco della sua ira nel sangue di qualche nemico. Sta tranquilla, ha deciso di andare via e ha scelto un'altra strada. Quando anni fa decisi di accoglierla ero convinto di riuscire ad indicarle dove andare. Ha impiegato molti mesi per riprendersi da quello che è stata costretta a subire, dal punto di vista sia fisico che mentale; ma dopo anni è rimasta imprigionata da se stessa. È stato un fallimento per me, lo è un po' ogni volta che un allievo se ne va. Ma forse sono effettivamente riuscito ad indirizzarla in una via, che è altrove, è differente dalla nostra e basta. Qui dentro non era in grado di ottenere qualcos'altro. Ha fatto la sua scelta. Non pensarci più."

"Sì comprendo Maestro, ma forse... se fossi riuscita a parlarle, a spiegarle come anch'io... avrei potuto dirle..."

"Hai un altro percorso." La interruppe Merghen. "Hai deviato l'obiettivo iniziale, hai fatto una scelta senza costrizioni o non avrebbe funzionato. Comprendo bene a cosa ti riferisci Miiko, ma era impossibile forzare il suo percorso e non era neanche giusto. Ora va a riposare, è stata una dura giornata."

"Sì, adesso vado maestro, ma prima se mi permetti, avrei un'osservazione."

Merghen acconsentì con un cenno.

"È possibile che in questo luogo sia stato raggiunto un tale stato di 'perfezione' da non essere più in grado di percepire un comportamento fuori dalle regole della comunità? Forse non si è più capaci di gestire un caos per paura di disequilibrare la quiete raggiunta dagli altri."

"Rifletti sul nome che questo luogo ha assunto." Merghen non disse altro, salutò Miiko e si incamminò verso la pagoda centrale. Nonostante fosse abituato e preparato ad affrontare tutto questo, nonostante credesse a quello che aveva affermato, in cuor suo sentiva come di esser stato sconfitto.

"Perdere un allievo è simile al dire addio ad una parte di noi nella quale abbiamo investito energia, desideri e sogni ma alla quale dobbiamo esser pronti a rinunciare." Fece un profondo respiro mentre continuava ad andare lento.

"Shimmer Chandra mi auguro che tu non ti perda nel groviglio del caos ma che troverai il tuo giusto cammino."

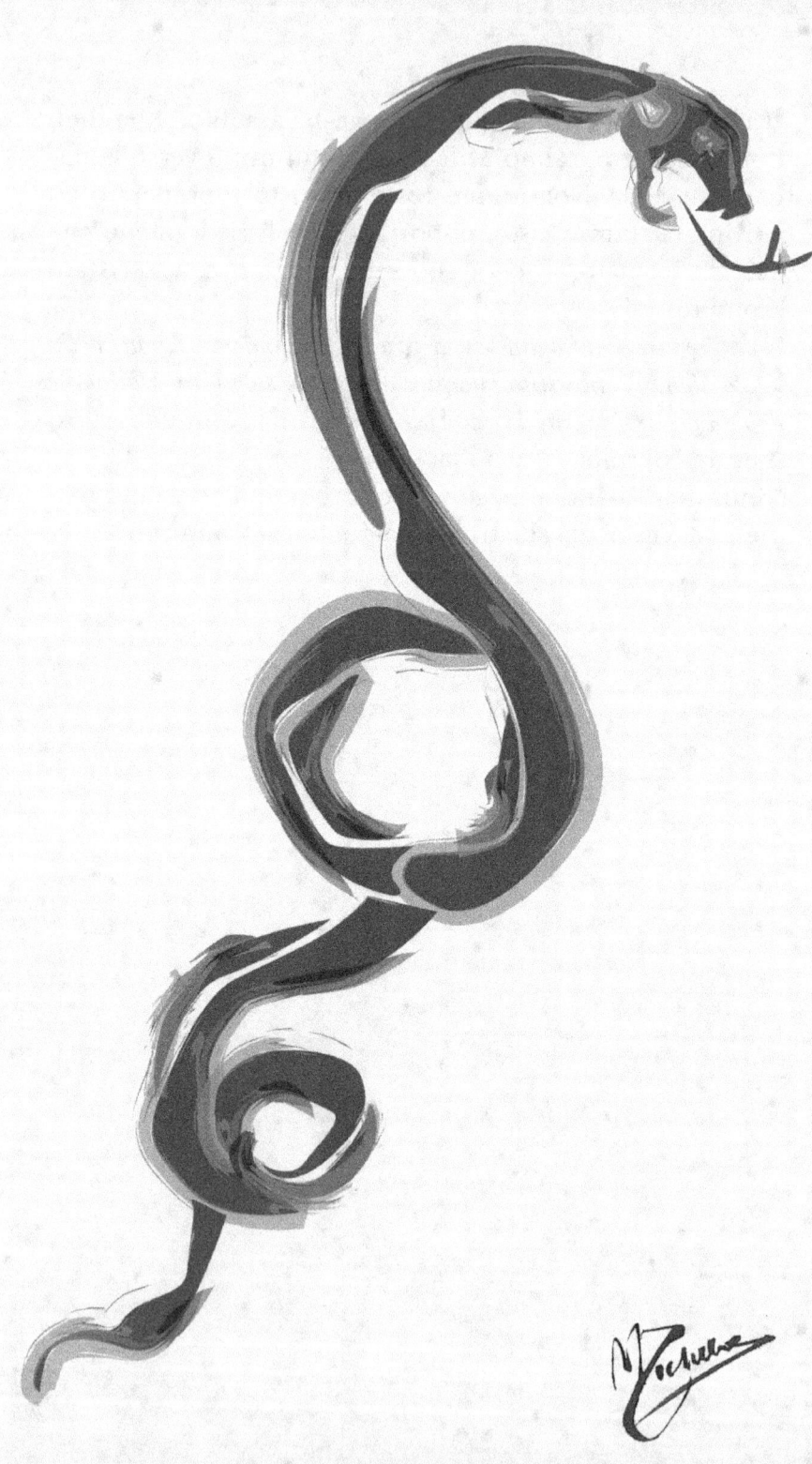

41

Giù fino al centro del profondo

Nella penombra della stanza Miiko era immobile di fronte alla nodachi, ancora combattuta tra l'attrazione e il timore che quella lama le infondeva.

"È il momento di affrontare il problema." Disse, ma mentre stava per afferrarla, sentì un grido secco e breve provenire da una cella non lontana. Si bloccò come un segugio appostato e pose l'attenzione ad altri eventuali rumori.

Altre urla.

Sguainò la katana e andò verso quel richiamo.

Rallentò ogni movimento, si avvicinò con passo felpato come quello di un felino.

Aprì la porta.

Una ragazza era sdraiata in preda a qualche fitta lancinante visto come si contorceva. Aveva lo sguardo assente e una scia di saliva che le usciva dalla bocca. Miiko ripose l'arma nel fodero e fece per incedere.

"Non fare un altro passo." Gansukh la bloccò.

"Ma che sta succedendo? Ha bisogno di aiuto!" Esclamò Miiko.

"No." Le rispose secco Gansukh. "Sta lavorando bene, non mi sembra di scorgere più troppa paura nello sguardo. Ma adesso va fuori, la tua presenza potrebbe essere d'intralcio." Miiko era confusa, osservò di nuovo la ragazza prima di obbedire al saggio. Si voltò, ma avrebbe solo rimandato le domande ad un altro momento.

"Dove vai? Aspetta!" Una voce candida e dolce la fermò. La ragazza in piedi di fronte a lei ora sembrava tutta un'altra persona. Ogni segno di sofferenza era sparito, aveva occhi attenti e vivaci ed un leggero sorriso. Ma non stava guardando lei, Miiko seguì lo sguardo della ragazza, era rivolto alla sua destra e più indietro.

Non c'era nessuno.

"Che cosa vedi Juri?" Chiese Gansukh. Lei commossa rispose: "Allora non ci sono solo demoni a tormentarmi!"

"Bene. Il primo passo è smettere di avere paura. Così puoi entrare in relazione con ciò che vedi e scegliere cosa seguire e cosa lasciar perdere." Le disse il monaco. "Non devono essere loro a dominarti e prendere il sopravvento, non devi più essere senza filtri. Così imparerai a controllare queste situazioni."

Sempre fissa nel vuoto Juri disse: "Lui è diverso. Sembra come luminoso. Sta cercando di dirmi qualcosa. Non ti sento! Vuole dirmi qualcosa ma io non lo sento... si sta scoprendo il fianco... ha una strana cicatrice, sembra..." Si concentrò su quel segno socchiudendo di più gli occhi. "Sembra...!"

"*Lealtà!*" Esclamò Miiko. Un brivido la scosse: "...Weii..."

La presenza dell'amico allora era reale, non solo dei suoi sogni.

"Non lo vedo più..." Disse a quel punto Juri, poi si rivolse a Gansukh: "Credo che ora possiamo iniziare a lavorare meglio e che farò dei progressi." Lo disse sollevata e contenta.

Il monaco sorrise: "Ora va a riposare, hai impiegato molte energie, per oggi basta così. Andiamo Miiko."

"Ma…" La guerriera si interruppe perché dallo sguardo del saggio capì che fare altre domande in quel momento non era opportuno. Avrebbe avuto altre occasioni.

Mentre faceva scorrere la porta per lasciare riposare la ragazza, le diede un'ultima occhiata e lei le disse: "Sei fortunata."

"Quando ci sono delle presenze vicino a noi è per avvertirci di qualcosa o per proteggerci." Le disse con voce bassa Gansukh: "Prova a capire cosa vuole trasmetterti. Senza timore."

Nei giorni a seguire ebbe modo di parlare più volte con Juri e ripensò con più attenzione a tutte le volte che Weii le era apparso.

"Cerca di indicarmi cosa fare e cosa evitare. Ma c'è qualcosa che non riesce a dirmi. Da adesso in poi seguirò senza paura i segnali che sembra darmi, cercherò di interpretare nel modo più preciso possibile quello che vedo."

42

Maestro di lama

Gli occhi di Miiko erano riflessi in quella lama, immagine estremamente nitida tanto era ben lavorata la nodachi.

"È il momento che io e te iniziamo a collaborare."

Avevano cenato da un po' e lo spiazzo che aveva scelto per l'allenamento era vuoto. Tutti i monaci erano occupati nelle operazioni di preparazione per la notte.

Da qualche momento osservava quell'arma immobile. Voleva dare un nome alla spada, ma qualsiasi cosa le venisse in mente, *prodigio velenoso, serpente bianco, ombra lucente...* non le sembrava corretta. Iniziò quindi a muovere il polso e a farla ondeggiare spezzando il vento. I movimenti iniziarono lenti, piccoli e incerti, ma man mano sinuosa la nodachi sembrava prender vita. I gesti erano sempre più ampi, sempre più veloci. Una strana euforia si stava facendo largo nella guerriera, che iniziava a muoversi senza senso; girava su se stessa e fendeva l'aria, come se gli inebrianti fumi dell'alcool circolassero in lei.

Il maestro Delgernandjil (*grande eleganza*) appoggiato ad una delle colonne all'ingresso dell'ampia sala adibita alla mensa, guardava Miiko insospettito. La fitta barba copriva i tratti gentili del volto ma dava intensità allo sguardo che faceva intendere profonde conoscenze. Accanto a lui l'immensa *Zanbato*, l'ammazza draghi, spada giapponese di grandi dimensioni e di notevole peso che si impugnava a due mani e veniva utilizzata per troncare o spezzare le zampe dei cavalli delle prime file degli eserciti.

Miiko in una delle sconclusionate evoluzioni con la noda-chi, colpì per errore una rastrelliera colma di armi. La spada senza alcuna fatica trapassò il legno come fosse morbida cera, con un gran fracasso tutto ciò che c'era posizionato sopra cadde. In un'altra occasione la guerriera si sarebbe preoccupata di sistemare il danno, o quanto meno di ordinare tutte le armi, per le quali aveva da sempre grande rispetto. Quella volta però, non solo non lo fece, ma non guardò neanche in quella direzione.

I suoi occhi erano fissi sulla lama.

Iniziò a ridere e poi si mise a correre verso il grande canneto di bamboo; era coltivato con estrema cura, tutte le canne erano perfettamente allineate, come grossi pali piantati nel terreno. Oltre ad avere un valore estetico, quelle piante resistenti ad ogni tipo di intemperie venivano utilizzate per diversi tipi di allenamento, o anche per la costruzione di armi o manufatti utili alla quotidianità dei monaci.

Delgernandjil impugnò la zanbato e la seguì.

Arrivata a destinazione Miiko fece roteare la spada sopra la testa e poi affondò il colpo contro le grosse canne. Senza alcuna fatica ne recise di netto sette. A quel punto iniziò ad urlare: "SÌ! È INCREDIBILE! Mi sento così potente! Ora sono invincibile, posso sbaragliare qualsiasi esercito! Posso raggiungere il Castello del Generale e sconfiggere chiunque si pari sulla mia strada!" Rise forte e come in preda alla follia, per testare quante canne di bamboo avrebbe reciso con un sol colpo, iniziò a far roteare la spada in tutte le direzioni, distruggendo gran parte di quell'ordinato giardino.

Canna dopo canna, vennero giù a decine. Senza alcuna preoccupazione in quel momento avrebbe devastato tutto quello che la circondava.

"MIIKO!" Tuonò Delgernandjil.

"Hai visto cosa sono in grado di fare?!" Gli disse lei, ma notò che il maestro non si fermava, impugnò la nodachi e si mise sicura in posizione di guardia. La tensione che provava ogni volta che stava per affrontare uno scontro, che le bloccava il respiro e le faceva amplificare tutti i sensi, quell'ansia che aveva imparato a controllare ma che era presente, sempre, che le permetteva di essere vigile e di non sottovalutare mai l'avversario, adesso era sparita, persa nell'euforia che quella spada le infondeva. Il monaco con un rapido gesto la disarmò, brandì con la sola mano destra la zanbato e la colpì con violenza sulla mano. Poi le si avvicinò e le diede uno schiaffo. Miiko portò le mani al viso che diventava sempre più rosso e sembrò tornare in sé. Si guardò intorno dispiaciuta, poi fermò lo sguardo su quello del maestro e fece un profondo inchino. Delgernandjil afferrò l'enorme elsa della zanbato, la conficcò nel terreno e invitò Miiko ad estrarla. Avrebbe già avuto serie difficoltà a maneggiare quella spada, figuriamoci a tirarla fuori; ma accettò la sfida e la impugnò. Fece diversi tentativi, ma era come cercare di spostare la terra dalla sua orbita.

"Quando riuscirai ad estrarre la zanbato ti insegnerò come sentirla come se fosse parte del tuo corpo; una volta aver compreso questo, passerai a maneggiare la nodachi." Senza dire altro se ne andò.

Tutta la notte e fino all'alba Miiko usò ogni singolo muscolo per sradicare la lama, senza riposo, senza sosta, instancabile.

"Più forza, ancora, più determinazione, FORZA!" Gridava a se stessa come un ufficiale fa con le truppe.

Poi finalmente un minuscolo spostamento e ancora un altro.

"Si muove allora la maledetta!"

Sempre di più, la spada veniva fuori come una piccola fiammella che lieve fuoriesce dalla terra dei morti.

"Non eri goduriosa amante del terreno allora!" Disse soddisfatta la piccola guerriera.

"Non sua serva immemore, non sua schiava. Ma ne eri prigioniera alfine!" E continuava nello sforzo.

"Allora io e solo io TI LIBERERÒ!"

Eccola per più della sua metà sottratta alla presa del suolo. Gli attimi si susseguivano lenti come se il corso degli eventi fosse stato congelato; con uno scatto tirò fuori tutta la lama. Era libera, libera di poter vibrare nell'aria, libera da ogni legame col terreno.

"Libera di poter imparare! Finalmente!" Esultò Miiko.

Con orgoglio posò la zanbato e si sdraiò esausta.

Dopo poco un'ombra le coprì il viso.

"Facile è inebriarsi di tanta grandezza! L'essere umano, nella sua infinita fragilità, deve fare ricorso ad ogni energia della propria forza spirituale per combattere certi demoniaci intenti di onnipotenza. È difficile e forse impensabile comprendere e controllare senza diventare folli il potere di un'arma dalle caratteristiche che la rendono più adatta ad essere brandita da un Dio piuttosto che da un semplice mortale." Delgernandjil le sorrise. "Dopo aver sistemato i danni che hai provocato ieri e dopo aver mangiato qualcosa per recuperare delle energie, inizieremo gli allenamenti." Disse. "Raccogli la tua spada da dove l'hai lasciata."

"Tuono Silenzioso. Si chiama *Tuono Silenzioso*." Disse Miiko inchinandosi al maestro.

43

Il Generale

Hua Zhe Lei. Il solo pronunciare quel nome scaturiva nel profondo delle coscienze del popolo, terrore e morte. Chiunque si guardava bene dal nominarlo. Questo era quello che incuteva e questo era quello che bramava, perché solo attraverso la paura e il terrore poteva dominare altri uomini. Era ambizioso e folle, aveva risalito velocemente le gerarchie della carriera militare attraverso la corruzione e l'inganno, fino a divenire l'uomo più potente del sud est della Cina. "Devo conquistare le terre a nord della Mongolia per poi spingermi oltre, verso la Corea, ma prima devo scardinare le forze dei vari Generali e Principi della sporca dinastia Qing che si spartiscono il territorio della Cina." Il Generale, arroccato nell'imponente ed inespugnabile Fortezza, voleva riportare in auge la dinastia Ming, ormai del tutto smantellata. Avrebbe dovuto contare anche sull'opera di fine diplomatico del fratellastro, per conquistare l'armato appoggio di alcune potenti e ben organizzate tribù mongole, che erano in contrasto con la dinastia Manciù. "Tante caselle devono essere smussate e ordinate per completare il grande piano di conquista dell'Asia, centinaia di migliaia di terreni saranno miei!"

Aveva un aspetto imponente, alto, con la carnagione olivastra e il viso barbuto che lasciava comunque trasparire una lunga e profonda cicatrice sulla guancia sinistra; portava un lungo codino e la sua voce era sempre tonante e imperiosa. "Ogni anello che porto rappresenta un terriotorio che ho conquistato, vedi Altanchimeg, così tutti possono ricordarlo!" Altanchimeg chinò la testa in segno di comprensione e sottomissione, indossava l'armatura di cuoio e lamine di metallo che amava sfoggiare in qualsiasi occasione, adornata da piccoli tasselli di legno laccato, recanti ognuno l'ideogramma Guĭ, simbolo della nobile famiglia Shen della quale vantava di far parte anche se solo per metà.

"Sono tante le missioni sanguinarie alle quali hai partecipato sotto il mio comando, sei sempre seguito da una miriade di soldati armati, spesso sproporzionata rispetto all'obbiettivo di conquista. I tuoi attacchi si distinguono per la spietatezza. L'ultimo comando che hai ricevuto è stato quello di cercare ovunque la prodigiosa arma che abbatte schiere di nemici in un sol colpo. A che punto sei?" Chiese Hua Zhe Lei.

"Ancora non l'ho trovata. Ma sono sulla pista giusta." Rispose il fratellastro.

"Puoi usufruire di un qualsiasi numero di soldati e hai avuto accesso a qualunque armamento che ti permettesse di scovarla e possederla. Non voglio sentire scuse! VOGLIO LA SPADA!" Tuonò il Generale. "Ho chiamato questa Fortezza *Tumu* in onore della battaglia del primo settembre 1449, dove oltre cinquecentomila soldati morirono durante l'invasione Mongola, che poi distrusse la dinastia Ming. Io sfido il destino avverso, non mi sottometto a lui! TROVA QUELLA SPADA!" Gli urlò contro prima di lasciare la stanza.

Per ritrovare serenità andò verso l'ala più grande del castello dove tra marmi, colonne e pietre pregiate, collezionava vari oggetti, rari e di inestimabile valore: vasi antichi, dipinti sfarzosi, tappeti provenienti da tutta l'Asia, armi uniche, insieme anche ad invincibili e feroci fiere in via d'estinzione tenute in gabbie d'oro. Amava passeggiare e ammirare tutte quelle cose che rappresentavano il suo potere.

In una di quelle stanze una fine pioggia bagnava i vetri, come leggere lacrime di spiriti inascoltati; ad osservarla una figura alta e slanciata dai capelli lunghi e ondulati.

"Troverò il modo." Disse la ragazza con gli occhi puntati fuori dalla finestra, verso le colline illuminate dai lampi. Da quando era lì il numero delle serate passate così si perdeva nel buio delle tenebre.

"Mamma, papà... Jim, mi mancate ogni giorno di più. Non mi piegherò al mio triste destino di essere prigioniera in questa meravigliosa e odiata Fortezza. Io troverò il modo."

Erano passati quattro anni. Lei e il gemello Liang erano stati rapiti in quanto vennero alla luce con una caratteristica fisica inspiegabile per le etnie cinesi: avevano meravigliosi occhi del colore della giada. Hua Zhe Lei li aveva presi per propiziarsi la fortuna nelle varie battaglie come fossero dei talismani.

Una volta lei cercò persino di pugnalarlo. Il Generale era sceso nella grande sala per ammirare i suoi tesori; le si avvicinò ma lei ne venne da subito disgustata, la pelle emanava un forte odore di acetone; il Generale era affetto dalla malattia della sete che provocava un aumento degli zuccheri nel sangue. L'uomo nel vedersi respinto, reagì e cercò di prenderla con la forza, ma lei afferrò una lunga pietra di pirite che aveva sottratto dalla collezione e affilata giorno dopo giorno con dei ciottoli nel giardino all'interno del palazzo, aspettando il momento migliore per usarla. Nella lotta cercò di colpirlo alla gola, lui si difese, ma rimase sfregiato sulla guancia.

"Piccola pezzente!! Ti farò passare la voglia di essere così impertinente!"

Fu punita, ma non le venne fatto del male fisico, era pur sempre un importante elemento della collezione.

"Carissima Jiao prova anche solo a pensare di rifare una cosa del genere e mi libererò con gioia di tuo fratello, tenendo solo la testa come buon auspicio." La minacciò lui.

Non ricevette altre attenzioni dal Generale e da quel giorno i due gemelli vennero separati, in modo da non potersi sentire e vedere.

44

Silenziosi come ombre, veloci come lampi

Takuro iniziava sempre di più a conoscere quelle terre straniere e senza troppe difficoltà riuscì a trovare la via del Castello.

Lasciava correre il destriero e insieme i pensieri.

"È la prima volta che mi sento così, mai una donna mi ha rapito in questo modo. Apprezzo da sempre la bellezza e provo grande stima per il portamento di alcune ragazze, ma lei mi turba fin nel profondo. C'è qualcosa che non capisco, che non riesco a definire che mi fa sentire di voler tornare da lei il prima possibile. È l'immagine di un abbraccio nel silenzio, è la forza che ancora ti fa sembrare reale una possibilità, è sentire un rinnovato entusiasmo nel cuore, quando si possono chiudere gli occhi e vedere tutto intorno la vita. È tutto questo il tuo nome per me dolce Miiko."

E mentre queste parole ondeggiavano leggere la notte si faceva di nuovo largo tra le fronde degli alberi. A breve avrebbe raggiunto la collina dove i suoi lo aspettavano insieme ai Guardiani.

Ferma sul bordo ad osservare i movimenti dei soldati; lavoro che avrebbe portato a termine fino alla fine del turno di guardia. Hei Chun, attenta e determinata, annotava ogni minima variazione delle sentinelle, che come formiche laboriose si muovevano fra le guglie. Era notte fonda quando si accorse di un intenso andirivieni. Una schiera infinita di cavalli serrati scalpitarono al centro dell'enorme piazzale d'armi. Il numero cresceva e decise di svegliare i compagni. "Bae, Jim, svegliatevi, presto! C'è del movimento di truppe. Forse la nostra occasione è finalmente giunta!" Disse con il sapore dell'avventura già in bocca. Poi andò a svegliare i giapponesi.

I guerrieri armati erano diventati alcune migliaia, separati e inquadrati in cinque blocchi distinti, più a destra alcune centinaia di arcieri salivano su enormi carri trainati da yak, un altro carro ancora più grande era caricato da tronchi d'albero appuntiti e sacchi.

"Un impiego di forze incredibile. Il loro obiettivo deve essere qualche potente assedio." Disse Jim Leor. "La Fortezza rimarrà sguarnita o quantomeno difesa da poche migliaia di uomini. Avranno difficoltà a controllare una zona tanto vasta. Hai ragione Hei Chun l'ora del riscatto è giunta!"

Jim Leor parlava concitato mentre abbozzava un piano per agire in fretta, mentre Yamaguchi traduceva a fatica.

Una voce alle spalle li sorprese.

"Non mi aspettavo una tale accoglienza! Tutta questa eccitazione per il mio ritorno?"

"Comandante!" Esclamò contento Katouro e corse con l'intento di abbracciarlo, ma si fermò a pochi passi da lui, si ricordò il ruolo e si inchinò. Yamagouchi, Yamamoto e Seiji si inchinarono con rispetto, chiaramente sollevati dalla presenza del samurai.

"Non potevi arrivare in un momento migliore!" Disse Jim e gli strinse l'avambraccio per salutarlo. Con l'aiuto di Yamaguchi informò Takuro di quello che aveva in mente per penetrare nel Castello. "Sarà comunque un'impresa ardua introdursi ed evitare le sentinelle, nonostante ne rimarrano poche." Concluse.

"Le cose sembrano prendere la giusta piega, in base a quello che mi avete detto, il punto migliore è ad est, dove si alternano poche guardie perché l'accesso è quasi impossibile e ci vuole del tempo. Ma... Katouro, quanto ci impieghi a preparare un esplosivo da usare come diversivo?" La mente di Takuro era già pronta per pianificare una strategia efficace.

"È come già fatto!" Rispose il guerriero e corse verso l'armamentario per mettersi all'opera, seguito da Hei Chun, le cui conoscenze in quel campo erano ottime. Avrebbe collaborato per creare ciò che più si confaceva al piano.

"Bene! Ascoltate, ci avvicineremo a est. Yamamoto, che con l'arco se la cava piuttosto bene, punterà a ovest. Scaglierà l'esplosivo in quella direzione. I soldati si dirigeranno verso il rumore, così avremo il tempo necessario per arrampicarci con le corde e superare le mura. A quel punto dovremo rimanere compatti e cercare di non farci scorgere fino ad entrare. Da quel lato dovremmo trovare qualche accesso di servizio. Dobbiamo solo aspettare che si mettano in marcia." Poi guardò dritto negli occhi Jim e continuò: "Troveremo i tuoi fratelli."

Si scambiarono uno sguardo fiero e riconoscente, come sempre accade quando il destino di due nobili guerrieri si incrocia.

La guarnigione si preparava ad uscire; l'immenso portone alto e largo, si aprì lento, cigolò squarciando la notte come mille e più spiriti urlanti. Ci volle molto prima che tutto quell'esercito si distribuisse fuori dalle mura pronto a dirigersi verso l'obiettivo predestinato.

"Liang svegliati... su!" Disse Jiao mentre scuoteva il fratello.

"Hwhha mmm... ma che succede? Sorella adorata, sei tu?

Come hai fatto ad arrivare qui? Oh, non importa!" L'abbracciò con vigore. "Finalmente! Adesso che siamo di nuovo insieme va tutto bene!"

"Tutto bene?!" Rispose lei. "Dai, presto! Sta accadendo qualcosa. Sono andate via la maggior parte delle guardie di questo inferno. Potremo fuggire da questa gabbia dorata una volta per tutte!" Trascinò entusiasta il fratello verso la finestra della camera che dava proprio sulla piazza d'arme. "Vedi, si stanno preparando e da come sono abbigliati e corazzati dovranno compiere chissà quale impresa. Carri, bestie da soma, armi pesanti. Una grandissima battaglia lontano da qui li attende, staranno fuori per giorni! Quale occasione migliore?" Jiao aveva il fuoco negli occhi, non le pareva vero. Lo sguardo di Liang si fece invece serio, si allontanò dalla finestra e voltò le spalle a Jiao.

"Perché vuoi andare via?"

La ragazza sbigottita non seppe rispondere.

"Qui abbiamo tutto quello che ci serve. Se ti comporterai bene ci faranno stare di nuovo insieme e non avremo più niente da temere."

"Sei forse impazzito?" Gli rispose Jiao. "Siamo intrappolati!" Si diresse verso di lui e lo guardò diretta in quei bellissimi occhi di giada. "Ci manca la cosa più importante: la libertà!"

"Già... la libertà..." Fece eco Liang. "Si da troppo valore alla libertà. Qui abbiamo tutto, possiamo permetterci di non pensare a nulla. Invece fuori da questa 'gabbia' come la chiami tu, che cosa ci aspetta? Niente e nessuno! Qui possiamo vivere come principi! Basta tenersi fuori dai guai e lontani da quella stanza nell'ala nord." Poi si avvicinò alla sorella e con un tono dolce continuò: "Ma non capisci Jiao..."

"NO! Sei tu a non capire! Siamo oggetti di una collezione! Come può non farti impazzire questa cosa!? Come puoi preferire tutto questo a dispetto di quella che è la nostra vita? Come puoi voler restare qui, invece della possibilità di scegliere cosa fare? Scegliere tu, ogni giorno!"

I due gemelli si fissarono senza quasi più riconoscersi.

Jiao poi riprese calma: "Non avremo un'altra occasione come questa."

"Non c'è niente per noi lì fuori."

A quel punto lei trattenne a stento le lacrime, abbracciò forte il fratello tanto amato e si allontanò decisa, diretta verso l'uscita di quella stanza e di quel Castello.

"Non te ne andare." Disse Liang triste.

Nel frattempo Jim Leor con la sua truppa era intento nel cercare di scavalcare le mura e irrompere nella Fortezza. Il piano dell'esplosione aveva funzionato, le poche guardie rimaste si diressero tutte in quella direzione, ma non avevano molto tempo. Non ci avrebbero messo tanto a capire che non era che un diversivo e a quel punto li avrebbero cercati ovunque.

Con non poca fatica si aiutarono gli uni gli altri e riuscirono ad entrare.

Sotto indicazioni di gesti silenziosi di Jim, Bae per primo andò a controllare che dentro una porta poco distante non ci fosse nessuno. Si acquattò silenzioso vicino all'apertura e ispezionò l'interno: vuota. Fece cenno agli altri di seguirlo.

Si ritrovarono nelle cucine.

Tutto era pulito e sistemato, eppure vigeva una strana aria, come di una casa senza calore. Qualcosa dal tetro sapore la pervadeva.

"Andiamo via di qui il prima possibile." Sussurrò Yamamoto mentre si guardava intorno. "Non mi piace per niente." Voltandosi poi sbatté con l'elsa della katana contro una ciotola non ben sistemata su un tavolo. Non era abituato a portare armi con sé, certo era allenato ad usarle, ma le sue mani e la sua mente erano efficaci nel curare le persone, non nel combatterle.

La ciotola nel cadere avrebbe fatto rumore e attirato qualcuno in quella stanza; ma veloce e reattivo, Jim Leor rotolò sul pavimento e la bloccò giusto in tempo.

Ci fu un momento di panico in cui tutti si guardarono e rimasero immobili.

Non arrivò nessuno.

Allora Takuro si mise accanto alla porta, ma appena si affacciò per controllare si trovò di fronte una giovane donna. La ragazza sgranò gli occhi dallo stupore, ma prima che potesse fiatare Takuro le portò una mano alla bocca, poi la guardò profondamente negli occhi e le fece cenno di tacere. Vedendo che si era piuttosto tranquillizzata levò lento la mano. Senza mai distogliere lo sguardo. Lei non aveva mai visto un guerriero dal cui solo portamento esprimeva coraggio e nobiltà, rimase quindi in silenzio ed immobile ad osservarlo mentre faceva cenno agli altri di seguirlo. Le sfilarono davanti tutti i compagni del samurai, che uno per uno la guardarono mentre uscivano e si dirigevano verso i piani superiori. Hei Chun, ultima a varcare la soglia, si fermò ad osservare quella ragazza. Sembrava un po' spaventata, ma più che altro incuriosita e questo non le piaceva. Avrebbe potuto causare dei problemi, avvertire qualcuno e accorciare il già poco tempo a disposizione. Con sguardo minaccioso la intimò di seguirla e la rinchiuse in uno stanzino dove erano tenute delle provviste e bloccò la porta con uno dei suoi bastoni corti incastrato tra le maniglie. Poi raggiunse veloce gli altri verso la scalinata. Nel Castello semi deserto non ebbero molte difficoltà a muoversi senza essere scorti, ma la più piccola distrazione poteva rivelarsi fatale.

Anche le scale di quella sfarzosa Fortezza erano decorate da eleganti marmi, intarsiati e ricoperti di fili d'oro.

Superata la prima rampa, nascosti dietro bauli e grossi vasi preziosi, si trovarono di fronte a tre grandi corridoi più un'altra scala che portava ad altri piani superiori. I corridoi diramavano in tre diverse aree del Castello, posizionate precisamente a nord, est ed ovest.

"Che facciamo?" Chiese Katouro.

"Controllare tutte le stanze in breve è impossibile." Disse Seiji.

La scelta fatta in quel momento avrebbe comportato il buon esito dell'impresa.

"Se ci separiamo controlleremo più spazio ma saremo meno forti e ci sono più possibilità di essere scoperti o uccisi." Disse Yamaguchi.

Si guardarono bene intorno prima di decidere.

"L'ala ovest è buia, ci sono pochi dipinti e nessun oggetto prezioso. Deve essere riservata al personale del Castello." Analizzò Takuro.

Non avrebbero cercato lì.

"Anche l'ala nord non mostra particolare attenzione nella cura decorativa. Poi ci sono dei soldati di fronte ad una stanza chiusa in fondo al corridoio. Magari la teniamo per ultima, meglio rimandare l'attenzione del nemico." Disse Bae.

L'ala est era la più luminosa e colma di oggetti. Quel largo corridoio sembrava un cammino verso lo splendore e il più alto sfarzo. Partiva con l'esposizione di bellissimi oggetti intagliati in legno per arrivare all'oro e alla giada. Era probabile che ogni stanza di quell'ala contenesse ogni tipo di cose appartenenti a preziose collezioni.

"Poi c'è il piano superiore: l'incognita." Disse Takuro.

"Dobbiamo salire per sapere se i fratelli di Jim sono imprigionati lì."

Decisero quindi di dividersi in due gruppi.

Takuro, Yamamoto, Katouro e Seiji sarebbero saliti, mentre Jim, Bae, Hei Chun e Yamaguchi avrebbero controllato l'ala est. Si sarebbero rivisti lì e se nessuno avesse trovato i gemelli, insieme si sarebbero diretti nell'ala nord e avrebbero affrontato le guardie.

Takuro era in testa alla fila mentre saliva quelle meravigliose scale nel più rigoroso silenzio.

Arrivati in cima videro che i corridoi si diramavano in due direzioni. Stavano per dividersi quando sentirono dei rumori provenire dal corridoio sulla destra. In un lampo si infilarono nella stanza più vicina; era una camera per dormire ben curata, adornata con sete preziose e dipinti incantevoli. Dalla porta lasciarono solo un piccolo spiraglio per poter intravedere cosa succedeva.

Un soldato uscì da una stanza e si appoggiò al muro con una spalla. Dietro di lui due ragazze con panni e secchi d'acqua intente nella pulizia di ogni oggetto. Il soldato sembrava piuttosto contento di assolvere quel servizio di controllo, mentre le giovani di tanto in tanto lo guardavano di sottecchi lanciandogli qualche sorriso malizioso.

"Se usciamo il soldato ci vede, ma non possiamo sprecare tempo prezioso aspettando che le donne finiscano il lavoro." Disse Takuro. "Ok. Katouro, Seiji, tenetevi pronti."

Aspettò che le donne rientrassero nella stanza e che la guardia si voltasse a guardarle. Silenzioso e scattante si avvicinò, lo immobilizzò, gli tappò la bocca e lo colpì con forza sulla nuca facendolo svenire. Il soldato non riuscì ad emettere alcun suono.

Mentre lo trascinava per nasconderlo, una delle ragazze uscì per bagnare un panno dentro il secchio d'acqua. Vide il corpo privo di sensi scivolare sul pavimento e si mise ad urlare. Dalla stanza uscì l'altra ragazza e appresso un altro soldato. A quel punto Takuro lasciò andare il corpo svenuto e si diresse veloce verso di lui, seguito dagli altri compagni venuti in suo aiuto. Quello, visto lo svantaggio, pensò bene di scappare; si diresse verso una finestra e urlò forte per richiamare altri soldati. Furono le sue ultime parole, perché Takuro gli fu a pochi passi e sguainò la katana. Aspettò che si girasse a guardarlo, non avrebbe mai colpito un altro guerriero vigliaccamente alle spalle. Il soldato si voltò e con rabbia si gettò contro il samurai. Takuro non voleva togliergli la vita, era giovane e inesperto, lo ferì alla gamba in modo che non potesse seguirli. Il ragazzo si buttò a terra, si afferrò la coscia con le mani e urlò.

"Guarirà in poco tempo." Gli disse Takuro e poi si rivolse ai suoi: "Presto, dobbiamo avvertire Jim, in breve saranno qui altri soldati. Dobbiamo andare via."

Le donne impaurite piangevano e urlavano raggomitolate in un angolo.

I quattro guerrieri corsero giù per le scale verso gli altri compagni.

Jim Leor nel frattempo aveva attraversato il corridoio ed era arrivato in un'ampia sala gonfia di ogni tipo di oggetti preziosi e sfavillanti, nonché di splendide fiere rinchiuse in altrettante luminescenti gabbie dorate. Finora non c'era traccia di Jiao e Liang.

Dovevano di nuovo prendere una decisione perché altri due corridoi correvano serpentini ai lati di quel particolare salone. Prima che potesse analizzare la situazione vide nel corridoio a sinistra l'ombra di una persona uscire da una stanza. Impugnò la spada uncinata e disse agli altri: "Andiamo!" Convinto a risolvere quel problema.

All'interno della camera Liang vide la sorella impallidire. Si era bloccata sull'uscio della porta e sembrava quasi non respirare più. Si avvicinò preoccupato, convinto che qualche guardia l'avesse vista, gli era proibito girovagare senza permesso e senza soldati al seguito e soprattutto gli era vietato incontrarsi e parlarsi, l'avrebbero gravemente punita.

Uscì pronto a tirar fuori qualsiasi tipo di scusa e perdono per salvare Jiao d'impaccio.

Le parole gli si bloccarono in gola.

Jim, l'adorato fratello Jim, era lì.

Il cavaliere, sollevato e preso da una forte emozione, fece cadere la spada, dimentico delle normali regole dell'ordine e corse verso i due, che ancora sbigottiti non fecero un passo. Gli altri sorrisero guardando quel momento commovente. Jiao si lasciò andare ad un pianto liberatorio, troppo tempo aveva trattenuto le lacrime in quella lussuosa prigione.

"Oh Jim, non posso crederci!" Disse. "Dopo tutti questi anni non avevo più speranza!"

Il guerriero accarezzò la sorella, guardò Liang e disse: "Ora andiamo via da qui, presto!"

Jiao asciugò le lacrime, fece un sorriso che la illuminò e annuì, pronta a lasciare quel luogo.

Si incamminarono, ma Liang rimase fermo. Jim allora lo guardò con aria interrogativa.

"Credevo ti fossi dimenticato di noi."

"Come avrei potuto?" Ribatté Jim.

"Qui non ci manca niente. Non abbiamo bisogno di te." Continuò Liang, anche se la voce era rotta dall'emozione lo sguardo era fermo e deciso. Jiao stava per rispondere ma dei rumori di qualcuno che si avvicinava di corsa attrassero l'attenzione di tutti. Veloce e immediato Jim Leor raccolse l'arma, ma si tranquillizzò subito perché riconobbe il samurai e gli altri giapponesi.

"Sono contento che tu li abbia trovati, perché dobbiamo andare via subito!" Disse Takuro sempre seguito dalla traduzione. Jim Leor si girò verso il fratello: "Mi dispiace per tutto quello che avete passato, sono venuto appena ho saputo. Ormai non sei più un bambino, puoi scegliere quello che vuoi e se per te è più importante restare non ti costringerò. Ma non parlare anche a nome di Jiao, perché fuori di qui la aspetta tutta una vita, se tu non vuoi viverla non puoi impedire anche a lei di farlo." Non erano queste le parole che avrebbe voluto dire, avrebbe voluto scuoterlo e rimuoverlo da lì per fargli capire l'errore che stava commettendo; ma voleva troppo bene al fratello e lo rispettava. La cosa più giusta da fare, anche se difficile, era lasciarlo lì se era quello che voleva.

Liang rimase fermo.

Jim si voltò, nascondendo il dispiacere che sentiva. Nell'espressione di Jiao invece era evidente, ma anche lei si girò per andarsene.

Tutti insieme si diressero verso la sala per poi uscire da quel Castello.

"Aspettate!" Li fermò Liang e corse ad abbracciare il fratello.

"Andiamo ora!" Disse Jim con un gran sorriso.

"Liang!" Jiao lo strinse forte a sé.

Era giunta l'ora di abbandonare per sempre quella Fortezza. Ma una freccia era già partita da un arco e non aveva mancato il bersaglio. Si sentì il grido trattenuto di un uomo che cadde in ginocchio trafitto. Bae più veloce di un fulmine lanciò un pugnale che si conficcò nel petto dell'arciere e lo uccise sul colpo.

"YAMAGUCHI!" Urlò Katouro e andò verso l'amico che respirava a fatica.

"Dobbiamo muoverci." Disse Hei Chun preoccupata. "A breve saremo circondati da tutti i soldati del Castello, dobbiamo fare in fretta."

Takuro si avvicinò al sottoposto: "Riesci ad alzarti?" Chiese. Yamaguchi provò a sollevarsi ma il dolore era troppo intenso e andò di nuovo giù. Il samurai esaminò la freccia: aveva trapassato il torace, molto vicino al cuore.

"Possiamo rimuoverla?" Chiese al medico.

"Rischiamo di fargli perdere troppo sangue. Dobbiamo prima portarlo fuori di qui." Disse Yamamoto.

Senza dire una parola Katouro sollevò il compagno e se lo caricò sulle spalle.

Jim e Takuro in testa alla squadra si diressero verso l'uscita, attraversarono il salone fra il ringhiare delle fiere e passarono nel corridoio. Katouro li seguiva a fatica, ma mai avrebbe abbandonato l'amico. Arrivati alle scale si fermarono. Quattro soldati stavano salendo. Takuro, Jim, Seiji, Bae e Hei Chun si schierarono di fronte agli altri per difenderli. Con un colpo di katana che squarciò il petto del nemico, Takuro uccise il primo soldato; Seiji con la spada trafisse il secondo dopo aver parato un colpo diretto al cuore. Bae e Hei Chun senza troppa fatica eliminarono gli altri con un taglio alla gola e una bastonata alla testa.

Non riuscirono a finire la rampa che altre due guardie si avvicinarono.

"SONO QUI, presto venite!" Gridarono.

Yamamoto scagliò una freccia che si conficcò nello stomaco di uno degli avversari che vomitò sangue. L'altro, spaventato, scappò per unirsi al grosso della truppa.

Non potevano affrontarli tutti, dovevano uscire prima che arrivassero.

Decisero di ripassare da dove erano venuti, per le cucine, anche se una volta fuori non avrebbero potuto riscavalcare le mura.

Ma avevano un piano.

Hei Chun passò accanto allo stanzino dove aveva rinchiuso la ragazza e riprese il bastone. Dal ripostiglio uscì la giovane e vide il gruppo di invasori rifugiarsi dentro la stanza e chiudere la porta.

"Dove sono andati?" Le chiesero alcuni soldati che correvano in ogni direzione. La ragazza lanciò uno sguardo fugace alla cucina e poi indicò in un'altra direzione. Depistò le guardie. "*Vai Jiao. Finalmente sarai libera.*" Pensò con un sorriso. Katouro adagiò Yamaguchi a terra per riposare un momento.

"Andate avanti." Disse a Takuro.

"Non posso lasciarvi qui da soli." Rispose il comandante. "Vi raggiungo subito, ma voi non potete perdere tempo, fate quello che dovete fare prima che sia troppo tardi." E diede al samurai un'esplosivo.

"Andate!" Intimò Jim ai suoi. Poi si rivolse a Takuro: "Ha ragione, dobbiamo sbrigarci, ma non preoccuparti, non andremo via senza di loro." Seiji provò a tradurre sommariamente quelle parole. Takuro non si sentiva rassicurato, ma uscì per attuare la strategia.

Katouro prese dell'acqua da dare all'amico, Yamaguchi bevve a fatica e con sforzo disse: "Lasciami qui."

"Non ci penso nemmeno! Non ho nessuna intenzione di sorbirmi tua moglie!" Disse per smorzare la tensione, poi si fece serio: "Ti riporto da lei."

Yamaguchi accennò un sorriso tra smorfie di strazio, poi Katouro lo sollevò e ancora se lo caricò sulle spalle per raggiungere gli altri. Li trovò intenti nell'ultima predisposizione del piano.

Yamamoto scagliò le ultime due frecce infiammate, una diretta al lato ovest, l'altra ad est. La destinazione era del fieno predisposto da Bae e Hei Chun ai lati del Castello; il fuoco avrebbe tenuto impegnati i soldati per un bel po'.

Jim aveva fatto da esca, attirò tutti i restanti soldati verso l'entrata principale della Fortezza.

Takuro aspettò che l'ultima guardia varcasse la porta, poi avrebbe dovuto contare fino a venti per vedere uscire il coreano prima di lanciare l'esplosivo che avrebbe bloccato la soglia.

Vide avvicinarsi Katouro e gli fece cenno di dirigersi fuori dalle mura. Senza alcun indugio, anche se stanco e affaticato, il samurai obbedì all'ordine.

Jim ancora non si vedeva.

Era ormai giunto al termine del conteggio.

Doveva lanciare.

Fece un sospiro e affranto si preparò per un lancio efficace, ma una dolce presa lo bloccò: "Aspetta!" Disse Jiao.

Jim stava correndo verso di loro.

"PRESTO! PRESTO!" Urlò al samurai.

A quel punto Takuro scagliò l'esplosivo. Un gran fracasso riecheggiò per la foresta circostante mentre crollavano i muri dell'entrata. Alcuni soldati rimasero travolti dalle pietre che si schiantavano schiacciando tutto ciò che trovavano.

Takuro e gli altri si misero a correre e in breve furono fuori, ma non si tranquillizzarono finché non raggiunsero i cavalli, lasciati poco distanti nella boscaglia. Per la strada incrociarono Katouro che con fatica metteva un piede davanti all'altro.

"Lascialo a me ora." Si offrì Takuro, ma lui scosse la testa mentre delle lacrime gli rigavano il volto.

Il capitano allora guardò Yamaguchi e capì che la vita lo aveva abbandonato. Scuro in volto si mise di fronte al samurai e lo bloccò. Katouro si piegò sulle ginocchia e posò il compagno.

Takuro rimosse la freccia e sollevò il cadavere e triste proseguì verso i cavalli.

Ricoprirono il corpo con delle bende e prepararono una specie di lettiga per trasportarlo.

Takuro ordinò a Katouro, Seiji e Yamamoto di tornare in Giappone per fare rapporto allo Shogun e avvertirlo che lui sarebbe rimasto ancora, aveva una pista da seguire per trovare le formule del traditore Honjo Miisashi. Avrebbe fatto avere sue notizie. Poi aggiunse: "Riportatelo a casa."

Grazie all'aiuto di Jim Leor avrebbero potuto imbarcarsi in navi coreane, le uniche assieme a quelle olandesi, alle quali era permesso attraccare a porti specifici in Giappone.

Il coreano ringraziò di cuore Takuro e gli altri giapponesi.

"Non avrei mai voluto finisse così." Disse.

"Sapevamo a cosa andavamo incontro, hai trovato i tuoi fratelli, la sua non è stata una morte inutile." Rispose in tono grave il samurai.

Poi si salutarono con l'onore e la fierezza di due nobili guerrieri, comandanti leali e coraggiosi; le loro strade si sarebbero separate per sempre, ma nei momenti più difficili avrebbero pensato allo sguardo dell'altro, per ritrovare vigore e volontà nel procedere.

Takuro, dopo aver salutato tutti, si incamminò verso il Monastero per raggiungere Miiko e mantenere la parola data.

45

Verso l'ultimo confronto

Tra i vari monaci presenti nel tempio vi erano due forti personalità i cui nomi furono mutati, secondo le regole iniziatiche del Monastero, in Tolui (*specchio*) e Senghee (*leone*). Erano giunti nell'ordine ognuno con motivazioni differenti, poco più di sette anni prima. Nonostante questo breve lasso di tempo, eccelsero nell'immediato nell'arte del Kung-fu. Tolui preferiva le tecniche del *Leopardo* nel combattimento a mani nude e fra le armi il bastone a tre sezioni, mentre Senghee praticava lo stile della *Gru bianca* e l'uso della catena a nove sezioni in acciaio.

Tolui aveva un sorriso perenne che coinvolgeva anche lo sguardo dolce. Qualsiasi cosa si trovava ad intraprendere la affrontava con entusiasmo e sempre con energia positiva e carica di volontà. Quello che decideva faceva, senza tentennamenti. Atletico e scattante sapeva come cogliere le cose migliori da ogni situazione. Infatti era perennemente circondato da amici e persone che volentieri passavano del tempo con lui, anche perché la sua preoccupazione principale era dedicarsi agli altri per cercare di aiutarli, in ogni tipo di problema.

Lo spirito di persuasione di Senghee era rinomato. Tutto quello che gli capitava era affrontato senza esprimere fatica. Agile e temerario, non si tirava mai indietro, anche quando non sapeva quello che lo aspettava. Si immergeva nelle questioni e trovava il modo di piegare gli eventi e muoversi sinuoso tra le vicende, con eleganza e creatività. Sempre pronto ad affrontare ogni nuova situazione la vita gli ponesse di fronte.

L'incarico che avevano era quello di far sostenere, a coloro che avevano scelto di rimanere al Monastero per divenire monaci, la prova finale in un terribile esame lungo e pieno di insidie. Ma questa volta non c'era tempo, avevano l'urgenza di istruire quegli uomini e quelle donne a compiere una prova ancor più difficile per prepararli e permettergli di salvare i cinque villaggi. Per Miiko, Yaeko, Cang Hao, Gu Li e Mei Ling, aggiunta al gruppo, sarebbe stato il più importante degli ostacoli.

"Secondo voi che ci faranno fare?" Chiese Mei Ling.

"Una serie di combattimenti... forse..." Provò ad indovinare Gu Li.

"Non importa." Intervenne Miiko. "Saremo pronti per qualsiasi cosa ci aspetti."

Ad osservarli c'erano Merghen e Gansukh, pronti a dare il loro contributo a quella importante lezione strategica. Vi erano anche Baatar, Badma, Narantuya e Batsaikhan con i quali avrebbero dovuto affrontare la missione; erano in cima ad una torre fatta in legno e ferro, costruita al centro dello spiazzo fronte alle mura del Monastero. La luce presente, sempre più fioca, stava facendo spazio a quella proveniente dalla luna.

I cinque villaggi individuati da Gansukh erano circa a metà strada tra il Monastero e la Fortezza del Generale. Dovevano partire il prima possibile.

"Miiko, Yaeko, venite avanti." Ordinò Tolui. "Vi dividerete in due gruppi per andare a caccia fuori dal Monastero.

Miiko andrai con Cang Hao. Mentre tu Yaeko con Gu Li e Mei Ling. La prova consiste nel catturare una lepre e un cervo, condurli qui vivi e senza costrizione alcuna. Non userete né cibo né acqua per farvi seguire. Così è deciso!" "Che armi possiamo portare?" Chiese Yaeko.

"Le vostre uniche armi sarete voi! Non dovrete fare alcun male alle bestie, dovranno fidarsi di voi, dovrete convincerli a seguirvi placidi. Avete a disposizione spirito e potenza di persuasione." Fece eco Senghee. "Andate, avete meno di due incensi per l'impresa. Il tempo stringe, muovetevi in fretta!"

I guerrieri non sapevano come avrebbero potuto fare, ma presero comunque ad incamminarsi verso la macchia.

Dopo parecchie miglia si fermarono. In quella parte della foresta, poco perlustrata e non abitata, avrebbero trovato molti animali selvatici, tra i quali quelli indicati da Tolui e Senghee per concludere la prova. Quindi si divisero.

"Buona fortuna!" Disse Miiko con un sorriso provocatorio.

"Mhmm..." Rispose Yaeko. "Finiremo l'impresa in un batter d'occhio!"

Gli incensi si erano quasi del tutto esauriti e ancora nessuno dei cinque faceva capolino oltre il cancello centrale.

Poi l'ombra di corna maestose: un cervo seguiva pacato Yaeko, Mei Ling e Gu Li che entrarono nel Monastero soddisfatti. Avevano per metà portato a termine il compito. Il tempo era del tutto scaduto quando in una corsa trafelata arrivò Miiko insieme a Cang Hao. Con loro due robusti cervi e quattro lepri, che li seguivano sereni.

"Non ci credo!" Sussurrò Yaeko.

Merghen e Gansukh insieme ai quattro monaci superiori rivolsero dall'alto un inchino profondo come riconoscimento dell'opera ben compiuta e sparirono nel buio.

Tolui e Senghee si complimentarono con tutti. Diedero da bere e mangiare agli animali e li liberarono.

"Il vostro spirito ha raggiunto un livello altissimo di serenità e vigore. Siete riusciti a portare senza costrizione alcuna degli animali selvatici fino al Tempio. Con lo stesso spirito e la stessa forza di convincimento dovrete riuscire a far abbandonare a uomini e donne le proprie case senza alcuna prova di un reale pericolo che li minacci." Spiegò Tolui.

"Molti avranno dubbi, dei semplici contadini crederanno con più facilità che sia tutto un inganno e che volete derubarli. Altri vi potrebbero addirittura attaccare. Non potete svelare di provenire dal Monastero dei Cento Stili o sarà come un attacco al Generale e i soldati verrebbero qui mettendo tutti in pericolo." Aggiunse Senghee.

"Siete stati all'altezza delle nostre aspettative, ora andate a riposare, all'alba dovrete compiere una missione vitale. Salverete uomini, donne e bambini, nessuno dovrà morire." Disse Tolui.

Senghee concluse: "Se questo verrà fatto, daremo un mortale colpo al Generale. Il male domani soccomberà. Quindi coraggio! Serbate le vostre energie vitali e che lo *spirito volpe Huli Jing* vi protegga."

46

La salvezza nei cinque spiriti

Erano le cinque del mattino, tutti erano pronti alla partenza di fronte all'entrata principale del Tempio, il cancello era spalancato, come una famelica bocca di drago pronta a soffiare alito di fuoco. I monaci Tolui e Senghee preparavano i gruppi di guerrieri. Secondo le disposizioni di Merghen sarebbero stati divisi per caratteristiche e predisposizioni individuali che, accumunate, avrebbero permesso di eseguire al meglio la missione. Tolui disse: "Coraggiosi guerrieri, ascoltate. Sappiamo che il Buddha per raggiungere l'illuminazione ha dovuto sconfiggere il proprio ego rappresentato dai cinque spiriti di *Mara* cioè il *Deva* (Dio) che cercò di distoglierlo dal raggiungimento del Risveglio. Riuscì con forza e determinazione a farli suoi e controllarli: l'orgoglio, l'avidità, la paura, l'ignoranza e il desiderio. Tutto questo rappresenta il male che alberga nel Generale e in chi lo assiste ma anche in tutti noi. Simbolicamente chiameremo così i villaggi per darci la forza di liberarci da questi spiriti."

"Allora..." Iniziò Senghee ma in quel momento arrivò Takuro. Tutti si girarono a guardarlo.

"Che ci fa un giapponese qui da solo a quest'ora?" Chiese Tolui mentre già stringeva in pugno l'arma.

"È mio amico!" Si affrettò a dire Miiko con un gran sorriso. Aveva quasi perso la speranza di rivederlo. Sotto gli sguardi stupiti Takuro, un po' confuso, si presentò al gruppo con un inchino. In breve Miiko gli spiegò la situazione e lui si propose di partecipare alla missione.

"Ho giurato di proteggerti, non ti lascerò finché non sarai al sicuro." Le sussurrò poi con un lieve sorriso.

"Bene. Gli amici di Miiko sono anche nostri amici. Non sappiamo perché lo fai, ma ti ringraziamo e speriamo che potremo ricambiare un giorno." Disse Senghee.

"Non ce n'è bisogno, la mia natura di guerriero mi impone di non tirarmi indietro in simili situazioni, potete contare su di me." Disse Takuro in un cinese un po' stentato ma che imparava in fretta. Dopo un attimo di riflessione Senghee decise: "Baatar non dovrai più affrontare il viaggio da solo. Al tuo fianco ci sarà Badma, andrete al villaggio *dell'Orgoglio* posto più a nord. Batsaikhan e Narantuya al villaggio *dell'Avidità* a nord est. Cang Hao tu andrai con Yaeko al villaggio *della Paura* a nord ovest. Gu Li e Mei Ling andrete al villaggio *dell'Ignoranza* che si trova a sud. E infine Miiko e il samurai al villaggio *del Desiderio* che si trova tra le montagne verso sud est." Poi concluse: "Andate quindi, fatevi onore e ricordate, portare a termine questa missione senza spargimento di sangue vale più di qualsiasi battaglia vinta con migliaia di soldati nemici mandati all'inferno."

Quello sarebbe stato l'ultimo momento passato all'interno di quelle mura per Miiko. Quel luogo le aveva dato molto più di quello che mai avrebbe potuto immaginare di ricevere.

"Non essere triste." Le disse Yaeko. "Se ti allontanerai proteggerai questo posto molto più che restando."

"Lo so." Disse Miiko, poi si avvicinò ai monaci, li salutò esprimendo la profonda gratitudine per ciò che avevano

fatto per lei; la sera prima aveva fatto lo stesso con i monaci anziani e gran parte degli insegnanti del Tempio.
Nascose le lacrime in fondo al cuore.

Infine lanciò uno sguardo verso Yaeko e gli altri compagni di quella lunga avventura, li abbracciò e con un groppo alla gola per l'emozione andò verso l'uscita insieme a Takuro, precedendo tutti gli altri. Una volta portata a termine quella missione avrebbero dovuto varcare i confini della Cina per dirigersi sull'isola di Taiwan alla ricerca del padre di Takuro e poi Miiko avrebbe vagato per un tempo indeterminato. Non sapeva cosa il futuro le riservava.

"Affronterò qualsiasi cosa a testa alta, soprattutto se al mio fianco ci sarà lui." Pensò.

"Cosa succede?" Chiese Miiko che aveva notato lo sguardo triste di Takuro.

"Ho perso un compagno. Lo so che è onorevole e desiderabile morire in battaglia, ma era così giovane e non era qui per combattere. Mi dispiace non dovrei dimostrare tutta questa debolezza."

"Non è debolezza. Sono sentimenti nobili." Disse lei.

I primi a giungere al villaggio di destinazione furono Gu Li e Mei Ling; erano tesi ma determinati.
Vennero circondati da un drappello di uomini che avevano il compito di mantenere l'ordine.
"Stranieri chi siete e cosa fate qui?"
Mei Ling rispose: "Dobbiamo conferire d'urgenza con il capo villaggio, è di vitale importanza parlare con lui."
Dopo essersi consultati, decisero di scortarli verso un viottolo che portava alla casa del capo.
Raccontarono del pericolo che di lì a poco sarebbe arrivato come una tempesta assetata di morte.
"Occhi sinceri e parole cristalline. Comunicate paura e al-

larme ma anche speranza per la nostra sorte." Disse il vecchio. Dopo pochi istanti di tentennamento aggiunse: "Dite il vero."

Diede ordine ai suoi di passare parola verso tutti gli abitanti: bisognava prepararsi, abbandonare in fretta le case, portare lo stretto necessario e riunirsi nello spiazzo centrale perché avrebbe dovuto parlargli. In breve l'intera popolazione fu riunita e convinta dal capo villaggio a dirigersi in ordine verso la collina ad est.

Nessun dubbio.

Tutti salvi.

La soddisfazione di Gu Li e Mei Ling era incontenibile.

L'opera di convincimento ebbe pressoché gli stessi risultati negli altri villaggi, solo qualche anziano volle rimanere in casa pronto ad affrontare quelle belve, altri contadini rimasero invece perché non credettero alle parole di quegli stranieri.

Miiko e Takuro giunti al villaggio *del Desiderio*, quello più distante dei cinque, ebbero da subito difficoltà persino ad entrare nel confine. Furono cacciati malamente, nonostante Miiko avesse provato con tutta la forza di persuasione di cui era capace.

"Ottusi e sciocchi!" Esclamò quando si girarono e li lasciarono lì.

"Non sono molto socievoli qui!" Disse Takuro.

"Già. Questo è uno dei villaggi più presi di mira dai predoni perché è piuttosto isolato. Se solo a guardia ci fosse qualcuno con un po' più di cervello invece di stupidi omoni addestrati per finta!" Alzò la voce come se quelli potessero sentirla.

Quella missione stava per diventare un disastro, mancava poco al tramonto e di sicuro a breve le truppe del Generale avrebbero preso d'assalto il villaggio.

"Che possiamo fare?" Le chiese Takuro.

"Bhe... è un po' pericoloso. Ma vista la situazione..."

"Che hai in mente?"

"Potremmo appiccare un piccolo fuoco con dei rami secchi nella parte più a sud. Se facciamo un gran fumo possiamo creare il panico e spingere quegli ottusi al di là delle colline. Il rischio che qualcuno possa rimanere ferito c'è ma è molto basso. Non credo che abbiamo tante altre scelte."

Ammassarono dei legni secchi, appiccarono il fuoco con delle pietre e in pochi attimi la gente iniziò ad agitarsi. Miiko e Takuro nascosti iniziarono a gridare a squarciagola: "AL FUOCO AL FUOCO! Siamo attaccati! Fuggiamo verso le colline, più a nord in alto, presto presto!" Si scatenò il panico, una corsa irrefrenabile contagiò l'intera popolazione e quasi tutti gli abitanti fuggirono, alcuni rimasero calpestati, altri non trovarono la strada giusta per la paura e si diressero verso le valli a sud; ma quella era l'unica possibilità di salvezza. Poco dopo quel fuggi fuggi, la numerosa armata giunse ai lati estremi del villaggio. In un attimo il calpestio dei destrieri fece eco nella valle. Senza badare al deserto che trovarono iniziarono ad incendiare. Le vere fiamme e i fuochi crepitanti si fecero subito alti ma la popolazione era in salvo. Quei soldati distruggevano ogni cosa; la loro rabbia cresceva tanto più aumentava la consapevolezza che il villaggio era disabitato. Una disfatta per il Generale.

Alla fine decisero di tornarsene al Castello, abbandonando quel luogo ancora più aggressivi per la fallita missione. Altachimeg, che era stato spedito lì in quanto quello, fra i cinque, era il villaggio più difficile da espugnare, si guardava intorno per cercare di capire come fosse possibile che nessuno fosse presente. Qualcuno doveva averli avvertiti dell'imminente arrivo delle truppe.

"Il Monastero dei Cento Stili! Quegli odiati monaci dovranno pagarla per quest'ennesimo affronto! Devo convincere Hua Zhe Lei ad attaccare quel maledetto Tempio anche se ci volesse tutto il nostro esercito! Sì, tutta la popolazione si ribellerà, ma ormai stanno esagerando! Dobbiamo per forza fare qualcosa!" Disse, poi calciò per la rabbia un pezzo di legno arso e con la coda dell'occhio intravide una figura nascosta tra il fogliame. Per non destare sospetti continuò a camminare e si nascose dietro delle aste di legno rimaste in piedi. Guardò meglio in quella direzione.

"Ancora quel samurai! È la seconda volta che manda all'aria i miei piani." Bisbigliò fra sé e sé. Senza farsi notare chiamò a raccolta un piccolo drappello di uomini, gli indicò dove quel giapponese era appostato e ordinò: "Uccidetelo!"

Se avesse saputo che Miiko con l'invincibile spada era proprio lì a pochi passi da lui, avrebbe radunato tutto l'esercito presente e combattuto fino allo strenuo delle forze per impossessarsene. Ma, ignaro, pensò che quindici uomini fossero più che sufficienti per eliminare il samurai, soprattutto se colto di sorpresa. Quindi con un sorriso maligno se ne andò.

I soldati piombarono alle spalle di Takuro, che fu preso alla sprovvista, ma celere sguainò la katana.

"Venite avanti bestie, combattete contro un vero guerriero! Vediamo se in voi c'è una stilla di onore! Fatemi vedere se al di fuori di quel concentrato di viltà che siete, esiste dello spirito da guerriero!" Takuro gridava in giapponese quelle frasi incomprensibili per i soldati, che lo accerchiarono. Il samurai con passo lento girava su se stesso senza perdere con lo sguardo i movimenti attorno a lui.

Un paio di loro attaccarono all'unisono, senza prendere di sorpresa Takuro che parò il fendente del primo, ruotò sulla destra e affondò la spada verso il ventre del secondo che non aveva ancora sferrato il colpo e che cadde sputando sangue senza alcun grido. Il samurai si ritrovò alle spalle del primo e con una decisa sferzata in diagonale gli squarciò la schiena.

Miiko uscì di soppiatto per andare in difesa del compagno con in pugno *Tuono Silenzioso*. Con un grido terrificante saltò verso due soldati e gli tagliò le teste con un solo colpo. Rotolò sul terreno e si ritrovò affianco a Takuro.

"Incredibile!" Pensò lui. La grazia e la conoscenza della scherma erano formidabili in quella guerriera, la lunga spada poi, crepitava di un'energia e un calore indicibili.

I due guerrieri si misero schiena contro schiena, attenti e guardinghi che i nemici non si avvicinassero troppo, mentre gli avversari sempre più terrorizzati esitavano ad attaccare. Alla fine piombarono tutti assieme da quattro lati differenti; speravano in una veloce risoluzione del conflitto. Takuro si sganciò, andò contro quattro di loro e affondò la katana verso il più vicino. Ne colpì un secondo al ventre, che rimase incastrato nella spada e gli fece da scudo contro gli altri due che non poterono far altro che affondare le spade dritte verso la schiena del compagno. Takuro tenne l'arma ben salda nelle mani, appoggiò il piede sul corpo del soldato morto e fece leva per estrarla. Intanto altri due gli furono addosso. Uno riuscì a ferirlo superficialmente ad un braccio ma ricevette di risposta un fendente alla gola, che lo fece urlare, grido ben presto soffocato dal suo stesso sangue. L'ultimo cercò di prenderlo di sorpresa alle spalle, era a pochissima distanza dal suo obiettivo, con la spada ben in alto pronta a sferrare il colpo risolutore, ma il samurai senza girarsi fece scivolare veloce la spada sul fianco e squarciò l'avversario prima che lo potesse colpire. Il soldato morì e cadde sopra Takuro. Nel frattempo Miiko affrontava gli ultimi assalitori rimasti facendo roteare con maestria la nodachi. Recideva qualsiasi soldato avesse l'avventatezza di avvicinarsi troppo. Takuro si liberò dal cadavere, pronto a combattere ancora, andò verso Miiko e con gran sorpresa vide sette morti attorno a lei.

Aveva sangue sui vestiti e sul viso.

"Sembra come se la spada preceda i suoi pensieri, come se fosse lei a dirigerle il braccio." Pensò Takuro.

Un cumulo di corpi smembrati e mutilati facevano da contorno a quella guerriera. Takuro corse allora verso di lei, ma Miiko, con gli occhi accesi come carboni ardenti, gli puntò la punta della spada alla gola e lo tenne a distanza. Poi scosse la testa e con un respiro riprese il controllo, abbassò la lama e si mise in ginocchio. Sembrava le fosse stata succhiata tutta l'energia vitale in un sol colpo.

Lontano da quelle cinque realtà un urlo malevolo fece risuonare l'espressione di una rabbiosa fame di morte e odio per tutte le mura di una stanza buia, al di là delle montagne un grido imperioso e gelido come chi lo emanava.

47

Matsu Dea del cielo e del mare

Gu Li e Cang Hao di ritorno dalla missione si ritrovarono e iniziarono a raccontarsi tutto fin nei minimi dettagli.

Dopo un pò Cang Hao si fece serio, iniziò ad impallidire e le mani a tremare.

"Di nuovo..." Pensò. Adesso però non poteva fare nulla per dissimulare quello stato o cercare di allontanarsi con una scusa. Il sudore perlò le tempie e la fronte, le labbra si seccarono tanto da non riuscire a parlare.

"Cos'hai?" Gli chiese Gu Li. "Tremi come una foglia! Fermati un momento. Respira. Tutto questo deve averti provato più del dovuto."

Cang Hao si fermò a sedere all'ombra di un albero di ginepro. Aveva lo sguardo fisso e l'espressione atterrita, come se avesse appena visto uno spirito maligno. Sembrava assente e lontano e non rispondeva alle domande.

"SVEGLIATI!" Urlò allora Gu Li. "Riprenditi soldato!" Cang Hao risalì dal pozzo di ricordi nel quale era ripiombato e come risvegliato da un incubo disse: "Devo liberarmi di un macigno che mi sotterra da anni, devo parlarti di cose molto importanti e dolorose fratello mio e se non lo faccio adesso non lo farò mai più."

Gu Li sorpreso gli si sedette accanto.

"Ci conosciamo da molti anni, ho perso il conto di quanti ormai, abbiamo vissuto mille campagne e imprese di ogni tipo, ma prima che ci conoscessimo ero un'altra persona, che è tornata a tormentarmi risvegliata dal sangue innocente annusato al nostro villaggio. Ero un mercenario al soldo dei potenti, mi spostavo con permessi speciali tra Cina e Giappone in cerca del maggior offerente. Ero molto giovane e molto stupido. Il mio ego spropositato mi spingeva alla ricerca del guadagno facile, donne, alcol e sangue. La mia voglia di combattere e mettermi alla prova era più forte di me. Mi sono confrontato con ogni genere di guerriero, dal più feroce al più infido. La battaglia era la mia vita, l'unico motivo di esistere. Un giorno il mio padrone decise di radere al suolo un intero villaggio, dove si nascondeva il suo più acerrimo nemico con la famiglia. Ma questo aveva poca importanza per lui, come ben sai la vendetta non ha perdono né memoria corta. Fu un massacro. Non potei esimermi, non ero in grado di ribellarmi, evitai di passare al fil di spada donne e bambini, ma non feci nulla per evitargli la morte. Mi limitai a distogliere lo sguardo mentre venivano uccisi. Ma le urla, quelle urla disumane non riuscivo a farle smettere, sempre presenti a ricordarmi quegli orrori, mi hanno tormentato e fatto tremare le viscere come un terremoto per anni. Ero convinto di essere riuscito a liberarmene, invece sono tornate forti e potenti."

Gu Li scattò in piedi con la mano sulla spada quasi sguainata.

"Stai lontano da me maledetto assassino! Come hai osato ingannarmi tutto questo tempo? Ti sei mischiato con noi fingendo angoscia e tristezza! Sei un mostro come quelle bestie che hanno ucciso e torturato! Chi sei? Cosa sei?"

Erano uno di fronte all'altro come i guardiani della mitologia Qianli Yan e Shunfeng Er, soggiocati e sottomessi dalla dea Matsu.

"Era qualcosa che volevo dimenticare e far finta che non fosse mai accaduta, per questo non te ne ho mai parlato. Ma ormai non ce la facevo più, era come un veleno che mi intossicava. Sono l'uomo che sono, non quello che ero. O forse una fusione o chissà chi ancora, in verità non lo so neanche io. Ma a questo punto non credo che per te abbia molta importanza." Fece un respiro profondo e poi disse: "Non reagirò. Se questo ti farà stare meglio uccidimi ora e va via senza girarti, solo la morte può ristabilire la giustizia. Fa quello che devi fare. Ma non ho finto, dolore e rabbia li ho sentiti e li sento, in più provo anche odio verso il mio passato senza gloria. È difficile guardarti e vedere che mi scruti come se avessi di fronte un demone degli abissi."

Fece una pausa, poi aggiunse: "A volte ci si trova a dover fare delle scelte e decidere in fretta da che parte schierarsi. L'errore è dietro l'angolo, sempre. Ho sbagliato e me ne pento ogni istante. Avrei dovuto ribellarmi e morire lì. Non l'ho fatto e non posso cambiarlo. Ma ho cambiato me stesso e cerco di fare la cosa giusta."

"Sotto alcun comando saresti stato complice di assassinii senza pietà. Donne e bambini santo cielo! In nessun tempo, luogo o stato mentale avrei potuto toccare un così infimo..." Non riuscì a trovare le parole, fissò Cang Hao, rinfoderò la spada e si girò verso il Monastero svuotato nell'anima. Con gli occhi lucidi si avviò verso il suo destino senza voltarsi mai.

Molto lontano da lì Miiko e Takuro erano diretti verso l'estremo sud, pronti a raggiungere il porto, prendere un'imbarcazione e andare a Taiwan.

Decisero che avrebbero trascorso la notte in una delle tante locande che si trovavano a poca distanza dall'attracco dove la mattina dopo avrebbero preso una barca.

Avevano messo in salvo il villaggio assegnato e combattuto spalla a spalla. Ogni nemico passato a fil di spada si era trasformato all'istante in simbolo e segno indistinguibile di guerra, ma anche in un sentimento ancestrale che univa i due, non solo come compagni d'arme ma anche come amanti, creando un legame raro e indissolubile. Richiamò in loro la sacra fiamma della passione. Erano soli, avevano ritagliato qualche istante di intimità prima del viaggio. A pochi passi l'uno dall'altra le pulsazioni aumentavano ad ogni sguardo che cadeva sui particolari armoniosi dei corpi. Come prima di uno scontro mortale si osservavano guardinghi e mossi dall'idea del far incontrare i loro sogni. Persi uno negli occhi dell'altra, si dichiararono un'intenso amore.

48

Il canto rivelatore

Da poco era l'alba, tutti dormivano mentre Ginkgo dipingeva. La grande tela era appoggiata su un cavalletto di legno di fronte alla finestra, delicatamente segnava lunghi tratti di pittura nera, poi altri, più brevi e sottili di vari colori. Era inquieta e la mano frenetica, si fermava di tanto in tanto ad osservare il cielo, come a voler rapire i colori del panorama. D'improvviso si incupì e le lacrime vennero giù dal volto senza quasi accorgersene. I momenti trascorsero veloci. I tratti prima incomprensibili avevano preso forma: una guerriera a cavallo di un bianco destriero al galoppo. Davanti a lei una luce bianca, fortissima a fargli da guida.

Nel frattempo Mèigane si era alzata e mentre accarezzava i lunghi capelli neri e li sistemava dietro la nuca con un grande fermaglio di bamboo, cantava.

"Hai una voce splendida." Le disse Ginkgo mentre Mèigane si metteva la cipria.

"Grazie." Rispose a mezza bocca e si passò degli oli emollienti e profumati sui capelli che li rendevano ancor più lucidi. Si alzò e si mise a guardare fra le sete più eleganti e pregiate per scegliere cosa indossare.

"Come è andata ieri sera alla locanda?" Chiese la madre.

"Bene."

"So che hai ricevuto molti applausi e ho sentito che qualcuno ha paragonato il tuo canto a quello dell'usignolo."

"Mhmm.."

"Cos'hai Mèigane? Di solito passi tanto tempo a raccontare ogni particolare delle tue serate. Che succede?"

"Questa notte ho fatto uno strano sogno."

Ginkgo si rilassò e le fece un sorriso.

"Ho sognato di volare libera e leggera come se non avessi peso. Ero serena, sorvolavo casa e tutto mi sembrava bello. Dopo una folata di vento mi ha portato più a nord e dall'alto ho visto tanti soldati combattere in modo bestiale. Poi ne sono arrivati altri con abiti color cremisi, con lunghe lance e spade diritte. Sconvolta ho planato verso di loro e come sospesa a mezz'aria gli ho gridato di smettere con tutte le mie forze, ma continuavano a massacrarsi ancor più violenti e senza alcuna remora. D'un tratto le mie urla si sono tramutate in un canto melodioso. Poco a poco come fossero rapiti dal suono che emettevo hanno rallentato i movimenti. Hanno gettato uno ad uno le armi, mi hanno sorriso con le lacrime agli occhi fissi su di me se ne stavano immobili ad ascoltarmi ammutoliti." Poi continuò turbata: "Ad un tratto sono ritornati seri e si sono distratti dal canto ed hanno ripreso a combattere. Era arrivata un'altra presenza, come un'ombra indefinita e oscura. Qualcosa di mai sentito prima, forte e malvagio. Ne erano tutti succubi. Poi di colpo, come accecata, non ho visto più nulla e mi sono svegliata con un peso sul petto che quasi mi soffocava."

Ginkgo prese un canovaccio, lo imbevve in un catino d'acqua per pulire mani e braccia sporche di pittura e disse: "È un bellissimo sogno, sarebbe meraviglioso cancellare la bestialità insita negli uomini con un canto melodioso, ma la strana presenza ti ha turbata vero?"

"Sì madre, quella parte del sogno mi ha molto colpita, percepivo quell'aura malevola come fosse vera e vicina a me, mi sono sentita in reale pericolo, ma che significato può avere?"
"Figlia mia, è davvero importante che abbia un perché? Può essere scaturito nella tua mente, per una necessità di voler cambiare con l'amore e la bellezza le brutture del mondo. Sei tanto sensibile, una volta sveglia hai sentito ancora gli influssi di quello strano sogno. Sta serena."
Ma Mèigane non si tranquillizzava, allora continuò: "Può significare che per il genere umano c'è ancora speranza. Se un giorno si rivolgerà alla purezza dell'amore e abbandonerà la malvagità che offusca il vero obbiettivo dell'uomo. C'è ancora una possibilità per questo mondo tesoro mio e speri che si verifichi molto presto."
"Ne sono convinta, credo che questi sogni abbiano un significato preciso, basta saperli interpretare."
"Ne hai fatti altri simili?" Chiese incuriosita Ginkgo.
"Sì." Rispose. "Molte notti fa quando mi mandasti qui dalle zie, ricordi?"
"Continua!" Esortò la madre.
"Ho sognato un gruppo di uomini, almeno otto, armati di tutto punto che attraversavano il bosco a poche miglia da casa nostra. Ricordo che iniziai ad essere agitata perché sentivo che erano diretti lì per fare del male."
"E poi che è successo?" Gridò preoccupata Ginkgo.
"Mamma calmati è pur sempre un sogno. Stai tranquilla e siediti. Il percorso durò molto, non so dirti quanto, poi arrivati a ridosso della valle dalla quale inizia il sentiero verso casa hanno spento le torce. Mi sono ritrovata catapultata in mezzo a loro ma non mi vedevano. Allora iniziai a gridare con tutte le mie forze - *MAMMA, MAMMA SVEGLIATI STANNO VENENDO AD UCCIDERTI!* - ma nulla, non usciva dalla mia bocca altro che aria senza suono. Poi

vidi un giovane straniero che usciva dalla porta di casa, iniziai ad urlare per attirare la sua attenzione e lui sembrava sentirmi! Si voltò verso la mia voce e vide i soldati. Rientrò in casa chiudendo la porta dietro di sé. Decido di seguirlo e mi ritrovo ad attraversare le pareti di legno come uno spettro, sono arrivata da te e ho continuato ad urlare. Con sorpresa mi sono accorta che in realtà quello che usciva dalla mia bocca era un canto, bello e acuto. Tu non ti svegliavi comunque. Spaventata sono ritornata giù per sbarrare la porta d'ingresso e ho visto che c'erano altri quattro guerrieri oltre al giovane che avevo visto prima. Poi non ricordo altro."

"Allora anche tu..." Disse Ginkgo. "Miiko ha delle visioni confuse sparse nel tempo e nello spazio, Chieko interpreta i pensieri, ma tu riesci ad interagire nel momento presente quando si verificano i fatti... nel nome di *Iuduan*, la sacra bestia della verità che ci segua e protegga! Sei forse la più potente di tutte noi! Nei sogni che fai riesci con il tuo canto a modificare le sorti del futuro. È prodigioso! E va contro tutte le convinzioni che mi ero imposta nella mia misera vita... allora... se così fosse, la mia dolce Miiko potrebbe non morire nella grande battaglia al Monastero!"

"Non capisco..." Ribatté Mèigane, bianca come un cencio "...di cosa parli? Poteri, percezioni? Cosa intendi? Miiko è in pericolo? Non capisco... spiegati!" A quel punto Ginkgo le raccontò delle sue capacità come mai prima d'ora aveva svelato, di avvenimenti passati e di situazioni in cui si era trovata e di come spesso aveva aiutato, con le sue qualità, gli abitanti del villaggio. Mèigane si sedette accanto alla madre, era confusa, sapeva del nomignolo che i vicini le avevano affibbiato *La divinatrice*, ma era convinta che fosse un modo semplice, di individui superstiziosi e ignoranti, per descrivere una spiccata sensibilità verso il prossimo e non gli aveva mai dato importanza. Poi scattò in piedi.

"Se è tutto vero, allora possiamo fare qualcosa! Come possiamo intervenire? Se quello che ho visto non è solo un sogno, possiamo in qualche modo evitare quel massacro... impedire che a Miiko succeda qualcosa, ma come... COME?!

Ginkgo volse lo sguardo verso il cielo come alla ricerca di una risposta. Osservava le nuvole alte addensarsi, diradarsi per poi sparire in balia del vento.

Poi chiuse gli occhi.

Decise.

"Cambieremo ciò che scritto dal fato è ancora da divenire."

Così contravvenne a ciò che aveva giurato dalla giovane età di tredici anni.

"Ho sbagliato tutto. Il futuro che ci attende non è immutabile o già scritto. Siamo padroni del nostro destino, costituito da migliaia di variabili, avvenimenti che ne determinano il percorso, traiettorie deviate, componenti non previste e poi scelte. Le azioni, il volere, le decisioni quotidiane... Se si possiede la capacità di poter prevedere bisogna agire con forza e vigore per mutare il mutabile. Non posso più assoggettarmi al fato, silente e immobile. Ci ho messo molto, ma adesso reagisco. Per le mie convinzioni e le promesse fatte per molto sentirò il peso del rimpianto di non aver agito diversamente, di non aver agito affatto. Userò tutto il mio potere per riuscire a scorgere qualcosa, percepire qualunque elemento che può essere sfruttato per approntare un piano in soccorso di Miiko e dei monaci guerrieri." In piedi e con le braccia lungo i fianchi iniziò a pensare con intensità alla figlia e a quel sacro luogo. Alzò il mento, gli occhi si fissarono nel vuoto e le mani si sollevarono con il palmo verso l'alto.

Il tempo passava e quella posizione la faceva sembrare una statua inanimata.

D'un tratto, stremata, cadde in ginocchio. Mèigane le si avvicinò e la aiutò ad alzarsi.

"Non sono riuscita a vedere che confuse sagome. Non mi era mai successo di non percepire quasi nulla, c'era come una presenza che mi impediva di vedere alcunché, era maligna e terribile... non sono riuscita a scacciarla e a vedere oltre. Credo fosse la stessa che hai percepito tu. Ora cosa possiamo fare?" Disse preoccupata: "Devo riposare un po' amore mio, ma poi ci riproveremo! Dobbiamo trovare presto una soluzione, prima che avvenga l'irreparabile..."

Poco dopo l'ora di cena Ginkgo decise di parlare con le sorelle, magari insieme sarebbero riuscite a trovare una via risolutiva. Si alzò e andò verso le scale. Appena arrivata al terzo gradino udì una voce familiare. Con maggiore furia scavalcò i gradini due a due rischiando di cadere, ma troppo forte era il desiderio, misto alla speranza. Arrivata fino in fondo alla scala fece ancora qualche passo, lento adesso. Le sorelle erano sedute attorno al tavolo, Mèigane in piedi e c'era una giovane donna, dai capelli molto corti e neri e dal viso smunto e pallido, vestita di abiti bianchi, con una fascia vermiglio legata ai fianchi.

"Madre, non dubitare di quello che vedi, sono proprio io, malgrado sia cambiata tanto dall'ultima volta."

"Chieko! Sei proprio tu! Figlia mia adorata! Abbracciami! Troppo grande è la gioia nel rivederti!" Queste le parole che avrebbe voluto dire, ma l'emozione era troppa per riuscire ad emettere anche solo un fiato. Del resto non ce n'era bisogno, Chieko sorrise nel sentire quei pensieri colmi d'amore. Avanzarono una verso l'altra e finirono in un lungo e caloroso abbraccio. Quegli universi a sé stanti da quel pre-

ciso istante avrebbero potuto confondersi e mischiarsi l'uno nell'altro. Tutta la notte non sarebbe stata sufficiente, avevano molto da dirsi e da confessarsi, le colpe e le ragioni di rado si trovano su due versanti contrapposti e distanti, ma più di frequente sono dosati in entrambe le parti. "Avevi ragione tu, quanto male ho fatto, quanta sofferenza ti ho causato nascondendoti la verità!" Disse Ginkgo. "Non sono riuscita ad impedire che vostro padre morisse, adesso devo fare qualcosa! Tempo fa ho avuto la visione dell'attacco al Monastero dei Cento Stili, se è ancora valida mancano solo 108 giorni, devo riuscire ad intervenire per cambiare il corso degli eventi! Ma sono confusa e stanca e qualcosa di oscuro me lo impedisce, una presenza forte e malefica... non so come posso fare..."

La figlia le prese le mani: "Non puoi fare nulla madre. Il destino non sempre può essere sovvertito. Questo ho imparato in questi anni al Monastero. Devi comprendere bene quello che è il tuo percepire e solo allora capire quando agire e quando lasciare che gli eventi sopraggiungano. Questa forza che senti aleggiare è troppo forte, a quanto pare né tu né Mèigane avete potuto fare nulla per combatterla. Ci avete provato con tutte le vostre forze, questo è importante. Altri elementi più grandi di noi interverranno, vedrai che le cose si sistemeranno, ci credo fortemente. Oltretutto ora Miiko è lontana dal Monastero, possiamo anche credere che le cose prenderanno una strada differente da quella che hai visto tempo addietro, il destino ha già piegato gli eventi in maniera diversa. Se potremo fare qualcosa la faremo. Un giorno il saggio Merghen mi ha detto: "*Il destino non è già scritto, ma non è neanche non scritto. È una conseguenza di scelte e decisioni ma anche di cose non scelte e non fatte. Ricorda, ci sono degli spazi di libertà che vengono offerti da alcuni incontri e da molti accadimenti. Certi sono segnali chiari e inop-*

pugnabili, altri sono da decifrare e scomporre in un linguaggio a noi chiaro. Se non li saprai cogliere e comprendere per tempo nel corso della vita, morirai nell'insignificanza, senza aver avuto alcuna influenza sul divenire, così come sei nata. È sempre il momento buono per scegliere di fare o non fare. Bisogna saper essere acqua e fuoco. E ricorda che il Drago protegge con le ali i deboli, ma porta i forti e i coraggiosi sul dorso per volare."

49

Come le trame di una rete

Erano arrivati sull'isola all'imbrunire, su quelle bellissime coste dalla sabbia bianca e dal mare cristallino, in quel momento che non è più giorno ma ancora non è sera, quando tutto sembra sospeso.

Girovagarono per tanto e dovettero chiedere diverse informazioni prima di trovare la giusta via. Per fortuna al porto c'erano molte persone che parlavano il cinese. Tutto sommato non fu un'impresa impossibile trovarlo, molti conoscevano il pazzo straniero che si aggirava nei paraggi. Le sue condizioni mentali erano peggiorate da quando il pescatore di perle era morto poche settimane prima, chi diceva per un incidente, chi a causa di briganti, chi addirittura per mano dello stesso amico fuori di sé; anche se questo non era credibile, perché tutti dicevano che da allora ripeteva: "Mi ha lasciato solo, ma torna, sì sì, torna, non mi lascia mai solo." Honjo Miisashi, abbandonato a sé stesso, non si lavava e mangiava quello che trovava o quello che gli veniva donato da qualche animo caritatevole, mosso a compassione dalla vista di quel vecchio che diceva a chiunque incontrasse: "Devo andare, io devo andare!" Nessuno sapeva dove.

Forse neanche lui.

Le indicazioni erano corrette, poco distante dal porto lo trovarono seduto a terra tra un cumulo di stracci maleodoranti, che dondolava con il busto avanti e indietro e faceva gesti inconsulti e senza senso con le braccia, mentre parlottava di continuo fra sé e sé.

A quella vista Miiko sentì una gran pena, soprattutto pensando a cosa potesse provare Takuro in quel momento.

Il samurai sembrava di ghiaccio, come se la scena non lo riguardasse, ma la verità era che non riusciva a dire una parola. Sentiva emozioni alle quali non sapeva dare un nome. Miiko allora prese l'iniziativa.

"Honjo Miisashi!" Disse a voce alta.

Quello, come svegliato da un torpore, li guardò e socchiuse gli occhi per mettere meglio a fuoco. Per un attimo non si mosse, la fierezza che ancora si scorgeva nello sguardo sembrava avesse cancellato di colpo tutta la pazzia che lo pervadeva.

Poi corse incontro a Takuro.

Gli arrivò di fronte ad un palmo di distanza, lo scrutò negli occhi, muovendo in continuazione la testa, come a cercare qualcosa che si era perso in quel volto. Iniziò a girargli intorno senza fermarsi e ripeteva: "Sì sì, io ti conosco! Perché ti conosco? Oh sì sì ti conosco. Chi sei? Io ti conosco!"

Takuro lo seguiva con gli occhi ma non si muoveva. Poi fece un respiro profondo.

"Sono Takur..." Ma si interruppe. "Sono Takuumi."

Il padre a quel punto smise di girare, inclinò la testa verso sinistra, guardò in alto a destra e cercò nella memoria il ricordo di quel suono familiare. Ma sembrava non trovarlo.

"Chi sei? Chi sei?" Riprese a chiedere, ma senza aspettarsi una risposta.

Miiko si avvicinò e prese la mano di Takuro: "Lo porteremo al Monastero, lì sapranno aiutarlo, vedrai." Poi andò verso il fabbro che nel frattempo si era riaccucciato fra gli stracci e aveva ripreso a dondolare. Si inginocchiò di fronte a lui che subito disse: "Devo andare! Io devo andare!"

"Bene!" Rispose lei: "Andiamo!"

A quelle parole Honjo scattò in piedi e in preda ad un attacco di gioia la abbracciò. Lei non sentì più la terra sotto i piedi fra le braccia di quell'omone. Takuro preoccupato che potesse farle del male si avvicinò di corsa, ma Honjo la posò, si lanciò su di lui e lo abbracciò forte.

L'abbraccio più importante della sua vita.

Ma si staccò inconsapevole, continuando a ripetere contento: "Vado vado! Andiamo, andiamo!"

Al giovane scappò un sorriso colmo di tenerezza al ricordo di quelle forti braccia che lo avvolgevano da bambino.

Emozioni percettibili di tempi lontani.

Dovevano salpare per la Cina di buon mattino, ma era impossibile riuscire a riposare lì dove Honjo aveva trovato rifugio, la puzza era insostenibile, entrava nelle narici violenta e devastante.

Andarono allora in una locanda e una volta entrati nella stanza il fabbro girò ovunque confuso, guardò in ogni angolo. Notò una clessidra intarsiata in ferro e rame, di insignificante valore, che nel ventre di vetro conteneva sabbia per almeno tre ore. Con un gesto veloce e impacciato la capovolse e la fece partire, rimase ad osservarla per un lungo momento. Miiko e Takuro approfittarono di quell'attimo di stasi per portarlo a fare un bel bagno, poi ordinarono brodo di carne e riso e cercarono di fargli mangiare qualcosa; impresa difficile ed estenuante. Alla fine si sdraiò, si rannicchiò e sussurrò: "Dove sei? Non sei qui... dove, dove sei?" Piano piano si addormentò.

Miiko si abbandonò ad un sonno profondo accarezzata da Takuro, che la guardò lasciarsi andare alle braccia di Baku, spirito benevolo mangiatore di incubi. I lisci capelli scuri le scivolarono sul viso, lui con un gesto delicato li scostò; quando notò poi che il respiro di lei si era fatto più lento e profondo, si alzò. Non riusciva a prender sonno, troppi pensieri gli correvano nella mente. Aprì la finestra, inspirò assaporando il buon odore della sera e cercò di trovare tranquillità. Da quella posizione si vedeva la lunga strada che conduceva al porto, intersecata da decine di vicoli poco illuminati. Si girò verso il padre appena ritrovato e che fino a poco tempo fa non sapeva neanche di avere. Anche mentre dormiva era scosso da movimenti incontrollati.

"La follia sembra non volerlo lasciare mai." Pensò triste. Poi si fermò ad osservare la spada di Miiko, la prese e la portò vicino alla finestra. La impugnò con vigore e la sguainò per poter meglio guardare quella lama potente.

"È incredibile che questo fabbro divorato dalla follia abbia potuto creare quest'invincibile arma, che già soltanto tenendola fra le mani ti fa sentire di essere imbattibile." Disse piano, poi sussurrò ancora: "Tutto è iniziato per questa spada... che poi in realtà dovrebbe essere mia, visto che è stato mio padre a forgiarla... Ho assolto il compito richiesto dal mio paese, ho rintracciato Honjo Miisashi e in più ho anche trovato la mitica lama. Riportandola in patria potrò riscattare il suo nome, potrò sapere cos'è successo ai miei genitori e sicuramente sarebbe un grande passo in avanti nella mia carriera... Tutta una serie di cose si sistemeranno se porterò questa spada in Giappone. Potrei andare anche ora... ma questo significa tradire Miiko..."

Era tormentato dai dubbi.

"Forse è meglio dormirci su." Pensò e cercò di riporre la spada ma non ci riuscì. Era come se *Tuono Silenzioso* non volesse abbandonare il pugno che la stringeva. Non riusciva a decidere di lasciarla.

"Ma che sta succedendo?!"

Alla fine fece forza con l'altra mano, usò ogni stilla di volontà e la rimise al suo posto. Un po' scosso tornò accanto a Miiko, lasciò, o meglio scongiurò, che il tempo cancellasse in un sol colpo quei confusi e contrastanti pensieri. Osservò la sabbia che veniva fagocitata ad un ritmo costante dalla clessidra e come rapito da quel vortice venne preso da un sonno profondo.

Dopo quasi un'ora Miiko aprì gli occhi ma rimase abbracciata a Takuro. Si girò ad osservare la splendida arma in totale ammirazione.

"Ma guardati lì, sembri ancor più perfetta e fiera. È come se ti sentissi ammirata e gonfiassi il petto!" Pensò con un sorriso.

Takuro si svegliò e a bassa voce le chiese: "Sei sveglia?"

"Sì... riflettevo... ma non ha importanza, torna a riposare."

Rispose con un filo di voce appena percettibile.

"A cosa pensi?"

"Mi chiedevo se è giusto che sia io a tenere *Tuono Silenzioso*."

Takuro stava per rispondere ma Miiko gli posò le dita sulle labbra.

"Fammi finire." Gli disse seria.

"Forse prima mi ha visto e ha intuito i miei dubbi..." Pensò il samurai.

"La spada dovrebbe andare a te. Sei più lucido, scolpito, alle spalle hai un'educazione ferrea e tradizionale, solida e indissolubile dall'inizio. Hai uno spirito più coerente. Io invece... credo che la mia essenza sia poco adatta. La mia strada è stata varia e deconcentrata. Quest'arma ha un grande potere... e se non fossi all'altezza? E se il suo potere mi travolgesse? Per questo credo che debba essere tu ad averla e custodirla, del resto poi è stato tuo padre a forgiarla..."

"*Tuono Silenzioso* non è solo il risultato della forgiatura ad opera di mio padre; mi hai raccontato che ha subito diversi processi al Monastero che ne hanno cambiato la natura e la struttura. Tu e questa spada siete legati indissolubilmente. Avete entrambe molte sfaccettature, un percorso simile e affine, per questo devi tenerla." Takuro sembrava volesse convincere più sé che Miiko, ma non credeva alle sue stesse parole. *"Questo è alfine il destino che conviene a un samurai... mentre come la più spregevole feccia della terra?"* Pensò.

Non passò molto, però, che tutta la stabilità e la freddezza del guerriero tornarono di colpo, appena sentì delle voci e dei rumori provenire dai vicoli delle strade. "Troppo trambusto per questo orario." Disse, fece cenno a Miiko di aspettarlo lì e sgaiattolò fuori in un baleno senza farsi notare, per constatare quello che stava succedendo. Girato l'angolo di quella buia vietta, vide un manipolo di guardie cinesi che non si preoccupavano di passare inosservati, anzi con strafottenza minacciavano chiunque non desse loro indicazioni su degli stranieri. Al comando un uomo basso e corpulento dallo sguardo fermo, deciso e penetrante. Non capiva tutto quello che dicevano, ma intuì che erano spie del Generale. Con l'eleganza e l'agilità di un ghepardo tornò nella stanza.

"Dobbiamo andare subito!" Disse.

"Che succede?" Chiese la guerriera già pronta a partire.

"Ci sono delle spie del Generale, non so se sono qui per noi, ma non possiamo farci vedere, dobbiamo far perdere le nostre tracce!" Disse, poi scosse il padre e lo tenne per un braccio per aiutarlo ad alzarsi.

"È il momento di andare!"

Honjo Miisashi si ributtò giù con tutto il suo peso: "No!"

"Ma stiamo andando, dai!" Gli ripeté Miiko, ma quello di nuovo: "No! Aspetto. Lui adesso torna... torna sempre... Io non vado più da nessuna parte!"

I due preoccupati si guardarono, non sapevano cosa fare, il tempo stringeva, i rumori provenienti dalla strada si facevano sempre più vicini. Takuro si appostò dietro la porta, pronto a qualsiasi tipo di attacco.

Allora Miiko si inginocchiò di fronte al fabbro e ritentò: "Andiamo a cercarlo..."

Ma ancora una volta ricevette un no di risposta: "Non mi lascia solo, mai, adesso torna." Takurò impugnò la katana, non distogliendo l'attenzione ai suoni che si avvicinavano minacciosi e inesorabili.

"Non tornerà, non può farlo..." Disse Miiko con aria triste, mentre lui con lo sguardo che non si posava su nulla taceva e non accennava ad alzarsi. Decise quindi di mentire: "Ma noi possiamo andarlo a cercare, lo troveremo, non temere." I soldati erano ormai quasi sul ciglio della porta. Il samurai era pronto a riceverli all'interno.

"Andiamo!" Bisbigliò Altanchimeg prima di irrompere nella stanza: "Nessun prigioniero!" Armati di tutto punto i soldati aprirono la porta pronti all'assalto.

Ma non trovarono che una camera vuota.

Guardarono in ogni angolo ma non videro nulla, solo una finestra aperta dalla quale entrava una fredda aria pungente. Il comandante vi si avvicinò, ma non riuscì a scorgere nient'altro che oscurità e lanciò un terribile grido di rabbia.

Takuro, Miiko e Honjo correvano nel buio della notte verso il porto, avrebbero rimediato una piccola imbarcazione per allontanarsi da lì il più velocemente possibile e raggiungere la Cina.

50

Affrontare l'infanzia

Sujong aveva varcato la soglia delle mura del Tempio in assenza della solita allegria.

Non guardò nulla intorno e non passò al laboratorio della sua maestra come faceva sempre. A testa bassa sorpassò la casupola di legno e dopo qualche passo aprì la porta della sua stanza senza richiuderla. Non salutò neanche Yīng Xuě, le passò accanto senza guardarla, prese lo scrigno e ci mise un altro sacchetto nero. Senza dire una parola, senza un sorriso, senza far trasparire nulla.

Yīng Xuě posò il bastone con il quale stava provando qualche movimento imparato da Miiko e si mise a fissarla. Era strana, non era mai così seria e soprattutto non era mai così taciturna. Sujong la guardò e con un filo di voce le chiese: "Che vuoi?"

Yīng Xuě continuava a fissarla.

Allora Sujong si alzò di scatto, fece due passi verso di lei e urlò: "CHE COSA VUOI?!?"

Yīng Xuě si spaventò, si irrigidì, ma non si mosse e non smise di guardarla.

A quel punto la coreana iniziò a parlare, senza quasi riprendere fiato tra una parola e l'altra: "Non giudicarmi! Tu non sai niente! Che avrei dovuto fare secondo te? Questo era l'unico modo che avevo per trovare la mia strada! Faccio quello che mi conviene, mi serve! È la storia della mia vita, non vengo mai apprezzata per quello che faccio! Con mia madre era uguale, qualsiasi cosa facessi era sbagliata! Con lui invece no! E queste ne sono la prova!!" Prese lo scrigno e lo rovesciò sul pavimento. Tanti piccoli sacchetti neri rotolarono, li prese, li scosse e con un gran tintinnare caddero diverse monete, come una cascata di scintille luminose. "Vedi, lui apprezza!" Poi scoppiò a piangere mentre stringeva tra le mani quei sacchetti ormai vuoti.

Yīng Xuě non sapeva cosa fare, provava timore e compassione e non capiva bene cosa stesse succedendo, provò a fare qualche passò verso di lei, ma Sujong smise di piangere, si asciugò le lacrime e riprese: "Io non ho sbagliato. Prima o poi anche lei avrebbe fatto come mia madre, prima o poi anche Lěng Huā mi avrebbe picchiata e tradita!"

L'espressione del viso della piccola era chiaramente confusa.

"*Sta delirando...*" Pensò. Tante volte l'aveva sentita lamentarsi e quasi sempre senza un motivo, ma ora sembrava aver perso il lume della ragione.

"Non guardarmi così! Lo vuoi vedere?" Sujong si sciolse le fasce attorno al braccio svelando i caratteri che lo ricoprivano. "C'è scritto *Grande Scoglio*... è il nome di mia madre. Così ricordo sempre che nessuno ti da qualcosa in cambio di niente. Non esiste l'amore, non esiste la benevolenza, tutti vogliono qualcosa."

Yīng Xuě, contrariata, fece uno sguardo serio, le era passato ogni timore, con una manata scostò via il braccio e continuò a guardarla arrabbiata.

"Cosa c'è, non mi credi? Sei ancora troppo piccola per capire. All'inizio nemmeno io capivo... secondo te perché mi copro in questo modo? Ho il corpo pieno di segni che mi ha lasciato mia madre, ogni volta che mi picchiava!" Iniziò a spogliarsi. Piano piano la pelle candida venne alla luce, come non faceva mai.

"Ora mi credi?!" Disse con gli occhi gonfi di lacrime. Yīng Xuě sgranò gli occhi e un moto interiore irrefrenabile la scosse.

"NON HAI NIENTE!" Tuonò

Sujong rimase stupefatta.

Non aveva mai sentito la sua voce.

Rimase qualche momento immobile, poi si guardò.

Non vedeva nulla.

Quelle cicatrici che per anni aveva creduto presenti su di lei, non c'erano, non c'erano mai state. Iniziò a sfiorarsi il corpo pulito e segnato unicamente dall'incisione che lei stessa si era fatta fare. Ricordò la madre, sempre distante, non giocava mai con lei, non la abbracciava da quando... da quando... Andò con la memoria ancora più indietro e ricordò alcune scene vaghe e di una volta che cadde dalle braccia della madre. Non la toccò più da allora, fino al giorno che la portò alle porte di quel villaggio e lì la abbandonò senza farsi mai più vedere. Non poteva sapere che una strana malattia sempre più prendeva possesso del corpo della madre che non riusciva più a controllarlo e disperata aveva scelto la via migliore per la bambina.

"Solo per non sentirmi sbagliata ho costruito un'immagine di una madre violenta che non è mai esistita..." Sussurrò.

Ora era immobile, non riusciva neanche a piangere, non riusciva a pensare, non riusciva quasi a respirare. Poi lo sguardo finì sulle monete sparse a terra.

"Cosa ho fatto...? Moriranno tutti a causa mia!" E si lasciò andare ad un pianto disperato.

Yīng Xuě le si avvicinò, si mise in ginocchio accanto a lei e la abbracciò. Quando il pianto si fece meno intenso disse: "Puoi sempre rimediare."

51

Respira te stesso e sarai libero

Sujong faceva respiri lunghi e profondi per cercare di distendere i nervi. Andava lenta verso il padiglione maggiore per chiedere udienza ai saggi monaci. Con voce tremante chiese al guardiano del giardino centrale: "Vorrei parlare con Merghen e Gansukh se mi è concesso." Quello sparì e nell'attesa di esser ricevuta più volte pensò di tornare indietro, di scappare, di non rivelare nulla. Ma si ricordava lo sguardo di Yīng Xuě, le aveva detto che credeva in lei.
"*Questa volta farò la cosa giusta.*" Pensò.
Non riusciva comunque a stare ferma, si torturava le mani e camminava avanti e indietro senza sosta.
Finalmente le fu fatto cenno di dirigersi verso la scalinata d'accesso alle stanze superiori.
Tutti quei gradini li macinò in un lampo, arrivò in cima con il respiro molto alterato, più per l'agitazione che per la fatica in realtà. Merghen e Gansukh la attendevano in piedi di fronte ad un altare dedicato a tutti i vecchi saggi che dall'anno della fondazione di quel luogo sacro avevano gestito e garantito pace e sicurezza a tutto il Monastero.
Sujong entrò, ma non riuscì a trovare il coraggio di parlare e rimase in silenzio con lo sguardo fisso a terra.

Merghen ne studiò il comportamento e alla fine la esortò: "Non ti verrà fatto del male. Parla." La sua voce non era né severa né dolce.

"Ormai sono qui, non voglio deludere Yīng Xuĕ. Affronterò qualsiasi conseguenza... È troppo importante quello che devo dire." Pensò e con tono molto serio iniziò: "Io vi ho tradito."

Disse che faceva da spia al Generale in cambio di monete, gli forniva informazioni su nuove misture che venivano preparate per migliorare le prestazioni in battaglia, su nuove tecniche di combattimento delle quali veniva a conoscenza, sui loro spostamenti, sulle loro strategie... Insomma su tutto quello che riusciva a carpire. Più dettagli forniva, maggiore era il compenso.

"La cosa peggiore è che per ingraziarmelo, visto che era molto arrabbiato con me perché non ero riuscita ad avvertirlo dei vostri piani e lui aveva solo perso risorse e uomini nell'attacco ai cinque villaggi, gli ho parlato di una ragazza giunta al Monastero, una mezzosangue con una lama speciale. Pensavo di far leva sulla sua mania di collezionare oggetti rari, ma non credevo fino a questo punto... Attaccheranno il Monastero per prenderla!"

"Siamo già a conoscenza dell'attacco del Generale, ma la spada non è più qui, possiamo stare tranquilli, Miiko è in viaggio e ci resterà finché gli animi non si saranno placati." Disse Merghen mentre la fissava negli occhi con un'espressione che non tradiva nessuna emozione. Sujong agitata riprese: "Tu non capisci!"

Gansukh a quel punto le si avvicinò, tanto da farle sentire il fiato sul collo: "Dovrei solo passarti al filo della mia lama."

La ragazza a stento trattenne le lacrime, i sensi di colpa che mai fino ad allora l'avevano sfiorata, adesso si facevano largo dentro di lei, tanto da farla sentire come divorata nelle viscere. "Non so come poter chiedere perdono per quello che ho fatto, ma ora dovete ascoltarmi! C'è in gioco molto più di questo!" Disse preoccupata. "Avanti allora, parla!" Disse Merghen.

"Tutte le volte che ho fatto visita al castello per riferire le vostre mosse, ho sempre sentito parlare della presenza nell'ala nord, in una stanza che nessuno ha mai visto aperta, di una misteriosa donna. Non ho mai dato peso a queste voci, ho sempre pensato che fosse la vecchia madre del Generale che teneva relegata. Non avevo alcun interesse nell'indagare. Ma l'ultima volta che sono stata lì, quando gli ho parlato di Miiko e dell'invincibile spada, ho visto gli occhi del Generale riempirsi di un fuoco dirompente e con una gioia che non gli avevo mai visto disse: "*Sì! Con quell'arma finalmente potrò placare la sua fame, niente potrà più fermarmi e lei sarà fiera di me!*" Mi lanciò con indifferenza il sacchetto di monete che mi aveva promesso, mi lasciò sola nella stanza e andò verso l'ala nord. Volevo saperne di più, quella reazione non era normale, allora l'ho seguito di nascosto. In fondo ad un lungo corridoio c'erano due guardie vicino ad una porta scura; li mandò via in malo modo ed entrò nella stanza. Mi avvicinai per origliare. "*Ho trovato quello che cercavo da tempo! La spada esiste ed è al Monastero dei Cento Stili. Organizzerò tutto il mio esercito per attaccarlo, tu potrai agire da qui infuriando gli animi, farai aizzare amici contro amici, finché la violenza e la morte non avranno preso il sopravvento e nulla avrà più vita al Tempio! Da questa battaglia acquisirai la forza necessaria che ti serve per ampliare il tuo potere. Non ti servirà più la protezione delle mura del Castello, potrai uscire perché la vitalità riprenderà a circolare in te. Io mi impossesserò della spada e a quel punto nessun esercito di nessun popolo potrà fermarci e tu sarai la regina del mondo!*" Queste le parole di Hua Zhe Lei. Non riuscivo a credere alle mie orecchie. Un brivido di paura poi mi ha scosso quando ho sentito quella che sembrava una risata. Era una voce di donna stridula ma pietrificante. Mi si gelò il sangue nelle vene. A quel punto sono scappata. Ho aspettato fin troppo per venirvelo a comunicare, ma avevo paura, non sapevo come avreste reagito. Non avrei mai creduto che una bambina potesse infondere in me il coraggio e l'onore. Ma ora sono qui e potrete disporre di me come vorrete. Conoscete i fatti, non so dirvi di più."

Tacque.

Gli sguardi dei due saggi monaci si incrociarono. Non sembravano stupiti di ciò che avevano sentito, ma erano piuttosto preoccupati. Gansukh senza guardarla le disse: "Va via ora."

Sujong non capiva, si aspettava punizioni di ogni tipo, forse addirittura la morte.

"Posso andare!?" Chiese con voce spezzata.

"Credo che vivere con il peso di quello che hai fatto, che ha portato e porterà alla morte di molte persone, sia una punizione più che sufficiente." Disse Merghen.

"Va via ora!" Ripeté Gansukh.

Sujong fece un inchino e in lacrime lasciò la stanza.

Gli anziani convocarono immediatamente Baatar, Batsaikhan, Badma e Narantuyah.

"I piani devono cambiare!" Esordì Gansukh.

"Hua Zhe Lei attaccherà comunque il Monastero, è a conoscenza della spada e non lo fermerà neanche il fatto che non si trova più qui, perché quello che lo muove è qualcosa di molto più grande di questo." Spiegò Merghen e continuò: "Mancano poco più di due mesi alla data che Miiko ci ha detto predetta dalla madre. Abbiamo il tempo di organizzarci, ma voi dovete trovare Miiko, ci servirà il suo aiuto e quello della sua fantomatica spada, ci servirà tutto l'aiuto possibile..."

Narantuyah allarmata chiese: "Che succede?"

Gansukh rispose: "Sapevamo dell'esistenza di Pei Lin, speravamo solo che la sua vita ormai avesse avuto il suo corso. Invece ancora si nutre. Ha trovato nel Generale la marionetta da usare a piacimento ed è riuscita a sopravvivere." "Non abbiamo mai fatto parola di questa storia, perché non deve essere conosciuta. Tutto dovrebbe essere dimenticato, il futuro non dovrà averne ricordo." Disse Merghen prima di iniziare a raccontare.

Shanghai - 1574

Pei Lin nacque da una poverissima famiglia e crebbe ai bordi della periferia. Si trovò sola all'età di quindici anni, quando i genitori morirono a causa della peste che in quegli anni tormentava tutte le province nord orientali. Riusciva a sopravvivere rubando e rapinando gli anziani, spesso li torturava senza pietà. Un giorno all'età di venticinque anni fu arrestata e umiliata dagli addetti all'ordine di Shanghai, riuscì a fuggire da quelle prigioni poco prima d'essere messa a morte. Una notte, stremata dalla fame, scoprì i suoi terribili poteri. Si trovava in un angolo, tra il fango misto ad urina, rantolava e si contorceva, quando tre uomini ebbero la sfortuna di incappare in lei. Amici che uscivano da una casa di ristoro ebbri e allegri. Ad un tratto si trovarono a pochi passi da quel cumulo di stracci tremante senza notarla nemmeno. Iniziarono dopo pochi istanti, come in preda ad un sortilegio, a discutere animatamente senza alcun motivo, ad urlare e poi a colpirsi. I pugni e i calci fecero ben presto spazio alle armi. I fendenti non si contavano più, il sangue aveva creato una pozza che faceva da piedistallo a quella reciproca brutale aggressione che finì, dopo poco, con la morte dei tre. Pei Lin era in piedi, si sentiva forte e vigorosa, aveva gli occhi sbarrati e lo sguardo fisso, di un colore rosso intenso. Era la parte più profonda delle pupille, sembrava volessero vomitare lava. Da tutta quella insensata violenza, ne aveva trovato nutrimento.

"Posso parlarvene con chiarezza e sicurezza perché l'ho incrociata molti anni fa sul mio cammino. È molto pericolosa, ha la capacità di fare leva sui contrasti delle persone, sulla rabbia, sulla paura, per generare violenza. Dalla morte che la circonda trae beneficio, ma è solo per un breve periodo e finito l'effetto ha ancora più fame e richiede sempre maggior quantità per saziarsi." Detto ciò Merghen tacque. E tutto intorno a loro sembrava aver perso ogni suono.

Dopo un tempo indefinibile di incredibile silenzio, Baatar prese la parola: "Dobbiamo convocare tutti i maestri." Con un cenno del capo gli anziani acconsentirono.

Era sera quando il giardino di fronte al palazzo principale del Tempio si riempì di tutti i più grandi guerrieri della zona. Erano presenti anche Yaeko, Cang Hao e Gu Li.
"È normale una riunione di questa portata?" Chiese Cang Hao. Nessuno sapeva dare una risposta.

Una volta presenti tutti, Merghen in modo lento e preciso espose i fatti. Fra lo spavento e l'agitazione dei presenti terminò il discorso: "So che vi sto chiedendo molto, ma dobbiamo prepararci. Khenebish e Tsolmon, voi che conoscete bene Miiko, andate a ricercarla, saprete trovarla prima di tutti. Io e Gansukh partiremo alla volta del Castello per eliminare Pei Lin. Voi altri preparatevi soprattutto nello spirito, quella sarà la battaglia più difficile, se non riusciremo nella nostra impresa vi troverete ad avere voglia di attaccare anche i vostri compagni, scatenando una guerra tra amici. Siate forti. Baatar potrà rispondere a tutte le domande che vorrete." Detto questo si ritirò con lo sguardo fisso all'orizzonte.

Yaeko si fece largo tra lo sconcerto della folla e raggiunse Khenebish e Tsolmon: "Vengo con voi! So dove cercarla, era diretta verso l'isola di Taiwan, la troveremo."

"Bene." Rispose Tsolmon. "Partiremo alle prime luci dell'alba."

52

Tra speranza e disperazione

Khenebish si rigirava nel futon, aveva sogni agitati; nel buio della notte aprì gli occhi di colpo. Rimase a guardare il soffitto per qualche momento per cercare di dare ordine al turbinio che le circolava nella mente. Troppe cose dovevano accadere delle quali non conosceva l'esito, ma non era tanto questo a turbarla, quanto la sua missione più prossima. Al di là dell'apparente stato d'animo sempre distaccato, in lei convivevano tutte quelle emozioni che non trovavano spazio d'espressione esterna, se non in teneri sorrisi che si faceva sfuggire di rado. Nel lungo insegnamento a Miiko si era affezionata molto a lei e aveva creato un legame che sfiorava quello fraterno. L'aveva vista evolversi ed era cresciuta anche lei nell'impartirle le lezioni, avevano trovato la propria dimensione nel mondo. Quando Miiko partì sapeva che non sarebbe tornata per molto e se anche le dispiaceva non poter vedere l'amica, era sollevata nel saperla al sicuro dalle grinfie del Generale; nel suo continuo peregrinare non sarebbe riuscito a trovarla. Inoltre aveva l'invincibile lama con lei e questo la tranquillizzava, del resto, poi, non era più una sconsiderata in cerca di continue battaglie, la maturità si era fatta spazio dentro

Miiko e aveva accresciuto la sua esperienza. Per questo il doverle chiedere di tornare e mettere a repentaglio la vita le pesava molto, anche se sapeva che non si sarebbe tirata indietro, anzi si sarebbe infuriata se, visto come si stavano svolgendo i fatti, non l'avessero cercata.

Aspettò ferma a guardare verso l'alto che le prime luci dell'alba facessero capolino nel mondo e si alzò. Attraversò i corridoi e si diresse verso l'uscita dell'imponente Monastero dove aveva appuntamento con le altre. Vide che Tsolmon era già lì ad aspettare. Anche il suo sonno non era stato tranquillo. Si scambiarono uno sguardo complice, senza bisogno di dover proferire parola.

Non dovettero aspettare molto che Yaeko le raggiunse.

"Andiamo!" Disse Tsolmon.

Ma appena fuori le mura si fermarono. Tre figure appena illuminate dai primi flebili raggi di sole si dirigevano verso di loro con passo lento.

Ancora non riuscivano ad individuare chi fossero, quando sentirono: "Sono io, Miiko!"

Le tre, sorprese, le andarono incontro. Si avvicinarono, fecero un inchino al samurai e con sguardo interrogativo osservarono l'alto uomo che li seguiva spaesato e con passo maldestro. Dopo gli inchini di rito, Miiko strinse forte a sé le maestre contemporaneamente. Poi sorrise a Yaeko e andò ad abbracciare anche lei, che non abituata a gesti come quello, soprattutto se provenienti dalla piccola guerriera, sgranò gli occhi, si irrigidì e lasciò le braccia lungo i fianchi. Miiko sogghignava, sapeva che quello era un atteggiamento inaspettato, le piaceva stuzzicare la fiera Yaeko, che per togliersi da quell'impaccio, disse: "Chi è quell'uomo?"

Miiko allora sciolse la presa e sempre col sorriso raccontò l'ultima avventura sull'isola.

"Non vi preoccupate, non mi tratterrò."

"Dovresti invece." Disse Tsolmon.

L'espressione allegra di Miiko cambiò appena le venne raccontato quanto stava per accadere.

Decise di andare subito a parlare con Merghen, per assicurargli la sua presenza. Lasciò Honjo alle tre che lo avrebbero scortato fino all'alloggio di Lěng Huā per lasciarlo alle sue amorevoli cure.

Insieme a Takuro si diresse verso il Tempio della meditazione, certa che avrebbe trovato il saggio monaco intento in quella pratica.

Il sole si faceva sempre più alto e rendeva più mite il freddo penetrante.

La sala era vuota, giusto in fondo alla finestra centrale si scorgevano due figure immobili. Entrarono silenziosi per non disturbare la quiete presente e si inginocchiarono in *seiza*, in attesa.

Dopo poco la voce in tono molto basso di Merghen disse: "Venite avanti."

Gansukh si girò per primo e si inchinò.

Parlarono a lungo.

Takuro intervenne solo quando capì l'intento dei due di partire il giorno stesso per il Castello e con un cinese ancora un po' stentato disse: "Perdonate la mia invadenza, ma non posso permettervelo." Notò lo sguardo severo che gli avevano rivolto e con l'aiuto di Miiko cercò di spiegarsi: "Non potete riuscire in questa impresa, per quanto valorosi e potenti possiate essere. Sono stato al Castello, ho visto come e quanto è controllato. Con meno della metà delle guardie presenti, in otto abbiamo avuto non poche difficoltà a penetrare all'interno. Ho anche perso uno dei miei. C'è solo un momento possibile per voi: entrare quando tutti saranno partiti per questa guerra." Il tono era sicuro, certo delle sue conoscenze strategiche.

"Il nostro intento è quello di cercare di fermare questo folle scempio prima che si compia." Replicò Gansukh. E il samurai ribatté: "Ma è una missione suicida. Sono troppi e ben organizzati, non riuscirete neanche ad arrivare alla porta della stanza dove è rinchiusa."

Dopo quelle parole piombò un gran silenzio, come se la neve che fra non molti giorni sarebbe scesa, stesse già ovattando ogni suono.

Poi Takuro riprese: "Vi aiuterò io. Partirò subito per il Giappone, lì radunerò un drappello di guerrieri, forti e nobili, che mi seguiranno per infoltire la difesa delle mura, senza di voi avranno bisogno di ancor più protezione. Possiamo darvela io e la mia terra!"

"Perché il Giappone dovrebbe intervenire con i soldati per proteggere un Monastero cinese?" Chiese Merghen.

A quel punto Takuro non poté che rivelare le sue motivazioni. "Sono stato mandato qui per cercare Honjo Miisashi e sapere se la lega da lui inventata fosse stata realizzata. Svelerò che la spada esiste, rifinita e potente e che si trova qui, ma è in pericolo perché il Generale Hua Zhe Lei vuole impossessarsene. Questo dovrebbe convincerli."

Disse queste parole mentre guardava di tanto in tanto verso Miiko per capire quale sarebbe stata la sua reazione. Lei si rattristò e senza dire nulla abbassò lo sguardo.

Alla fine gli anziani monaci si decisero che quello era il piano migliore da apportare.

Takuro promise che sarebbe arrivato uno o due giorni prima della data predetta.

Miiko andò via veloce. Lui accelerò e la raggiunse, la fermò con la mano sulla spalla: "Aspetta, io..."

"Mi hai mentito per tutto questo tempo!" E tolse la mano di lui con furia, poi lo guardò negli occhi: "Mi hai cercato e mi sei stato vicino solo per avere la spada!"

"Lasciami spiegare..."

"Cosa c'è da spiegare? Se fossi stato sincero me lo avresti detto subito! Tutte quelle tue parole ...che stupida..."

"Hai ragione all'inizio ti ho cercata perché ero venuto a sapere che la spada era nelle tue mani. Ma poi tutto è cambiato! Non mi sarei mai aspettato di innamorarmi di te... Non te l'ho detto perché ormai non aveva più senso, non avrei svelato l'esistenza della lama, avrei detto che Honjo Miisashi era impazzito prima di riuscire a realizzarla. Credimi... Ti chiederei anche di venire con me ora, ma..." Lei lo interruppe, posò delicata le dita sulle labbra di lui.

"Lo so." Disse piano. Voleva credere a quelle parole, ma ancora non riusciva a farlo del tutto.

"Torna presto." Pronunciò con un lieve sorriso forzato, a mascherare la tristezza e l'incertezza che sentiva.

Takuro perdendosi negli occhi di lei, le sfiorò il viso e fermò la mano sotto il mento: "Ovunque andrò tornerò da te, perché non esiste niente in questo mondo in grado di fermare questo mio desiderio." Poi la baciò. Si strinsero come se in quell'abbraccio ognuno volesse lasciare parte di sé all'altro. Miiko nemmeno si accorse che una lacrima si era fatta strada sul suo viso.

53

Il nemico atteso
è un amico anelato

Lasciata l'amata con un velo di tristezza nel cuore, Takuro andò verso le coste del Fujian. Una volta giunto deviò verso il porto Quanzhou.

Si rivolse ad un vecchio che aveva come compito quello di far attraccare le navi dirette verso i flutti asiatici e non, per il commercio di spezie, stoffe, oppio, porcellane, derrate alimentari di ogni genere e quant'altro. Si informò quale fosse l'imbarcazione che avrebbe raggiunto per prima le coste giapponesi.

"Mio giovane e impetuoso amico, vedi quel grande battello? Il suo nome è Prins Willeim, è una delle principali navi della Compagnia Olandese delle Indie Orientali, la più grande nave a poppa quadra. All'imbrunire ritirerà le ancore diretta per il Giappone al porto di Nagasaki."

"Come faccio a convincere il comandante a farmi salire a bordo?" E il vecchio "Questo è un bel problema! Non metterà a repentaglio la sua nave e il rapporto commerciale della Compagnia Olandese per un giovane clandestino. È prevista la pena di morte, dovresti saperlo, anche per chi aiuta chi cerca di intrufolarsi in Giappone. Non riuscirai a convincerlo!" E ridendo divertito se ne andò.

Takuro non si perse d'animo, sarebbe salito a bordo, avrebbe approfittato della notte e si sarebbe nascosto sotto coperta. Nulla lo avrebbe ostacolato, il suo vitale obbiettivo lo avrebbe portato con coraggio alla meta.
Ma doveva sbrigarsi.

Il governo del Giappone aveva modificato la politica internazionale con il quasi totale isolamento del paese, determinato molti anni prima con l'editto *Sakoku* (paese blindato) applicato come argine all'elevato numero di giapponesi convertitisi al cattolicesimo, soprattutto nell'isola di Kyushu. Per i Tokugawa era una minaccia alla stabilità dello shogunato e quindi al controllo dell'intero paese. L'embargo autodeterminato venne varato per questioni commerciali e per evitare l'impoverimento minerario del Paese. Agli olandesi e ai coreani fu permesso di partecipare al commercio, solo a patto di non promuovere attività missionarie e solo nei porti di Nagasaki per i primi e attraverso il feudo di Tsushima per i secondi.
Frans De Boer, giovane comandante della nave da trasporto merci Prins Willeim, aveva compiuto molti viaggi fra le acque del Pacifico sempre assieme al fedele interprete e amico Wong.
Quella nave tanto amata per un breve periodo fu utilizzata dal celebre ammiraglio Witte de Witt, cosa che la rendeva unica e motivo d'orgoglio per il comandante.
"Ne abbiamo di storie da raccontare caro Wong, leggende fantastiche di viaggi tra tempeste dotate di un'energia e una forza paragonate ai soffi degli Dei della terra!"

Takuro, nell'ombra della notte era riuscito ad eludere le guardie al porto e a salire sulla catena dell'ancora della grande nave. Arrivato sul ponte di coperta si nascose dietro una grossa cassa di legno prima che alcuni marinai diretti chissà dove lo vedessero. Poi individuò un portello che conduceva in una delle stive. Scese le scale e vide delle balle di fieno e paglia, se le caricò fino ad un angolo buio e le sistemò tra alcuni contenitori con delle lunghe feritoie fatte di metallo e cartone. Il forte odore di selvatico gli fece capire che venivano utilizzati per il trasporto di bestiame. Lì avrebbe trovato rifugio per tutto il viaggio fino all'attracco al porto di Nagasaki.

Dopo giorni, nei quali era riuscito a sostenersi con l'acqua di una capiente borraccia che aveva portato con sé e uova trovate in alcune casse che trasportavano galline, pensò: *"Ormai le coste giapponesi dovrebbero essere vicine, meglio uscire e studiare la situazione."* Aprì poco il portellone che dava sul ponte e si accorse d'essere in un altro luogo, non certo al porto di Nagasaki e neanche di un'altra costa giapponese. "Com'è possibile? Quel maledetto vecchio al porto deve avermi preso in giro!" Disse furioso, poi sentì dei pesanti passi sopra di lui, sempre più veloci e agitati. Decise di ritornare dove aveva passato le notti e di costruirsi un'arma. Cercò per tutta la stiva ciò che gli occorreva. Vide dei lunghi bastoni, scartò i meno adatti e ne scelse uno. Aveva preferito non portare con sé l'affidabile katana, credendo fosse la cosa più saggia. Oltretutto come segno di fedeltà aveva pensato di lasciarla a Miiko, così avrebbe pensato a lui.

Con sé aveva solo una lama lunga poco più di un palmo ma affilatissima. Riuscì così a intagliare l'asta di legno. Solo alcuni sprazzi di luce attraversavano il portellone fatto di tavole tenute da chiodi ricurvi e arrugginiti, ma non abbastanza fitte da essere impenetrabili al sole. Lavorò concentrato ma con le orecchie sempre ritte per ascoltare altri rumori sospetti. Alla fine riuscì a intravedere l'opera: una spada di robusto legno, che avrebbe sostituito degnamente la katana. Nella notte sarebbe sgattaiolato fuori come un felino per capire cosa fare.

Quando giunsero le tenebre Takuro silenzioso aprì il boccaporto e si confuse con le ombre. Venne subito accolto da una spessa foschia che gli impediva a tratti la vista. Nonostante questo cercò di perlustrare con attenzione il ponte. Finì in un tratto dove c'era una lunga scala a chiocciola, unica via visibile che conduceva a voci sempre più chiare che si facevano più nervose ed eccitate ma non appartenevano ad una lingua a lui conosciuta. Arrivò ad una cabina di vetro e acciaio brunito, sbirciò dentro da una delle finestre, a causa della condensa era difficile vedere ma contò dieci o più uomini in ginocchio e raggruppati in un angolo, con le mani legate dietro la schiena. A fargli da guardia non meno di sei uomini armati di spade corte e larghe. Due di questi parlavano animati con quello che era presumibilmente un interprete, un cinese che riferiva ad un uomo in divisa seduto al centro della sala, calvo e dai tratti occidentali, che se ne stava su una sedia con petto gonfio e fare nobile. Uno dei due uomini armati si spazientì e colpì il graduato con l'elsa della spada. L'uomo non reagì e come se fosse stato appena sfiorato da una piuma, continuò a stare muto con sguardo fiero e coraggioso, mentre un rivolo di sangue gli rigava il volto. Takuro sentì dei passi che si facevano sempre più vicini. Scattò come una molla e con un salto si accucciò dietro un'alta catasta di corde, sotto la scaletta e come una tigre affamata era pronto a balzare su di loro. Pian piano uscirono dalla coltre nebbiosa, erano due sentinelle armate di tutto punto. Aspettò che gli passassero davanti.

Li osservò da vicino.

"Pirati filippini..." Sussurrò. "Vorranno impossessarsi della nave e conoscere i piani e la rotta di scambi commerciali. Mi dispiace ragazzi. Non questa nave!"
Gli sventurati non ebbero neanche il tempo di girarsi, si ritrovarono giù colpiti alla testa dalle bastonate della katana di legno. In silenzio li trascinò fuori bordo, li gettò in mare e convinto che il grosso dei malintenzionati fosse in cabina, andò a cercare altre sentinelle in giro per la nave, le avrebbe eliminate con facilità.

Lento, attento e acquattato si mosse e dopo poco sentì ancora dei passi: altri uomini armati di spade corte, con l'impugnatura che copriva la mano. Si nascose dietro a delle casse pronto a colpirli. Ma prima che potesse portare a termine l'intento, una leggera e calda brezza da sud fece di colpo abbassare la nebbia e dall'alto due pirati lo scorsero. Takuro era intento ad osservare le sentinelle camminare mentre alle sue spalle la coppia si avvicinava armi in pugno. Silenziosi in men che non si dica gli furono vicini pronti ad acciuffarlo. Takuro sentì all'ultimo la loro presenza e riuscì a deviare un colpo di spada, che si piantò nel legno accanto a lui e di contro vibrò un calcio laterale e colpì con violenza lo sterno di uno dei due avversari che non riuscì più a respirare e si piegò su se stesso. L'altro fece per colpirlo con la punta della lama agli occhi, ma il samurai si gettò a terra, gli scivolò tra le gambe e con una leva al ginocchio lo fece cadere; poi gli salì sulla schiena e lo colpì forte più volte alla testa con la katana di legno. Allora si rivolse all'altro che era ancora ansimante e gli recise la gola con la lama del piccolo pugnale. Tutto questo in pochi attimi senza che gli altri soldati potessero vedere o sentire alcunché. Preso dalla furia e eccitato dall'adrenalina, tenne in mano la piccola lama, saltò su alcune cataste di legno e gli fu subito addosso. Nell'impatto persero le armi, ma ebbero il tempo di urlare affinché venissero rinforzi. Erano però troppo lontani dalla cabina di comando per essere sentiti. Takuro con un potente fendente di lama ne colpì uno al cuore e lo atterrò. Nell'affondo perse la lama che rimase inchiodata nel petto sgorgante sangue; l'ultimo rimasto gli si appostò alle spalle e con una spazzata lo fece cadere, riuscì anche a disarmarlo. In un attimo furono entrambi a terra in una furiosa lotta. Il filippino riuscì a trovare una posizione congeniale, bloccò Takuro sotto di lui e con le gambe gli tenne fermo il petto. Sicuro del vantaggio, alzò il braccio per sferrargli un pugno sulla gola; ma da sotto Takuro fece un ponte con il corpo e lo disarcionò. Il pirata rotolò e ritornò ritto in posizione di guardia recuperando anche la spada ricurva.

Takuro si rese conto che l'avversario primeggiava in una qualche tecnica di combattimento e gli teneva testa. Il silenzio prese il sopravvento, poi un nuovo attacco: il filippino vibrò la spada corta verso il tronco di Takuro che riuscì a deviarla e a colpirlo con le nocche sul polso, tanto forte da fargli perdere la presa sull'arma e veloce la calciò lontano. Erano dunque ad armi pari.

Il guerriero rimase fermo e calmo e dopo attimi di studio sferrò un calcio al basso ventre, seguito da un colpo di gomito alla tempia. Takuro parò con l'avambraccio il calcio, ma la gomitata entrò a segno; barcollò e in un attimo ebbe di nuovo il nemico addosso che lo agguantò in una presa fortissima. Lui si divincolò, riuscì a liberare le braccia e afferrò la casacca dell'uomo. Con una torsione lo proiettò scaraventandolo al suolo. In quel frangente riuscì a recuperare il pugnale dal cadavere, così come il filippino che, caduto vicino alla spada, la raccolse e senza guardare la posizione dell'avversario lo colpì a testa bassa.

Takuro riuscì a tagliarlo con un colpo netto sull'addome e deviò la lama diretta al cuore verso il braccio che rimase trafitto.

Erano legati come mantidi furiose.

Incrociarono gli sguardi.

Con un'espressione che chiedeva misericordia il pirata fece intendere al giapponese di finirlo. Con quel profondo e lungo taglio al ventre sarebbe morto dopo tanta agonia. Takuro per rendere onore all'alto valore dell'avversario, decise di vibrare un colpo di grazia alla gola. Poi con gesti lenti e cerimoniosi si mise in seiza, gli chiuse gli occhi e ricompose il corpo in una forma più dignitosa e un po' amareggiato recuperò la katana di legno e si allontanò. Con un pezzo di stoffa dei vestiti si fece una fascia con la quale stringere il braccio sanguinante. Mentre pensava a come liberare l'equipaggio, un forte rumore provenì proprio sotto lo scafo dove si trovava. La nave era stata colpita da qualcosa. Lo stesso rumore allarmò i pirati nella cabina di comando. Ne scesero la metà dalla scaletta, dritti verso Takuro. Si nascose dietro il portello di un'altra stiva. Entrò e a pochi passi vide nell'ombra dei movimenti; poi la luce fioca di una candela. Altri pirati che confabulavano e ridevano. Ne contò tre e sul pavimento cinque uomini legati. Decise di avvicinarsi il più possibile. Si nascose dietro ad una piccola cassa e attese il momento propizio ad un agguato. I pirati parlavano e gesticolavano. Takuro si avvicinò ancora, sempre acquattato raggiunse l'unica fonte di luce che illuminava la piccola stiva e la spense.

Così calarono le tenebre.

Solo uno spiraglio di luna attraverso il boccaporto creava l'illusione di visibilità.

Takuro a memoria gli si scagliò contro. Le sferzate volavano con vigore e ferocia. Il samurai fermò quella furia cieca una volta abbattuti tutti e tre. Aprì il portello per illuminare meglio la stiva, lo bloccò con una zeppa di legno e andò verso gli uomini. Li slegò e con le corde e i bavagli recuperati legò i tre pirati. Gli uomini con cenni di gratitudine lo abbracciarono e gli scossero le spalle. Non poterono comunicare se non con gesti ma riuscirono comunque a comprendere i reciproci intenti quando Takuro pensò di azzardare un piano. Raccolse alcune tra le più robuste e maneggevoli assi di legno. Quelle troppo lunghe le colpì con forza al centro con un calcio e le spezzò fra lo stupore degli olandesi. Poi le distribuì. I sorrisi e gli sguardi complici furono più esplicativi di mille parole.

Si diressero silenziosi verso la scaletta, salirono lenti facendo attenzione che non vi fosse nessuno nei paraggi. Qualunque rumore li rendeva tesi e attenti, qualunque ombra faceva irrigidire la presa sulle improvvisate armi.

Si avvicinarono alla cabina di comando. Takuro agguantò un grosso gancio di ferro utilizzato per raccogliere le vele di bordo, prese bene la mira e lo scagliò su uno dei vetri. Quattro uomini armati uscirono in fretta; ma inciamparono miseramente. I marinai avevano teso delle corde sui bordi dei pioli e al passaggio dei filippini le tesero tanto da farli scapicollare. Vennero subito immobilizzati e legati.

Secondo i calcoli di Takuro, solo altri due pirati restavano nella cabina a tenere sotto scacco il restante equipaggio. Fece cenno ai marinai di attenderlo lì. Prese uno degli ingombranti cappelli filippini, con una lunga fascia di cotone cremisi da annodare e salì la scaletta con la testa bassa. Arrivò fino alla porta, la aprì e con la coda dell'occhio vide uno dei due che interrogava ancora il graduato. Lo colpì al collo con la katana di legno e lo tramortì. Il secondo afferrò la spada gridando frasi incomprensibili. Takuro riuscì a schivare la sferzata e lo colpì al viso con la mano. Il pirata traballò ma si riprese subito e tornò all'attacco. Il comandante della nave intanto cercava di slegarsi senza riuscirci e gridava per dare manforte al salvatore. Così lo seguirono alcuni degli olandesi, urlarono e rotolarono per cercare di far inciampare il pirata. I marinai rimasti giù sul ponte intervennero ai richiami e alle urla dei compagni; salirono le scale e si precipitarono all'interno. Ma non dovettero far altro che constatare che i due avvinghiati e sanguinanti, cadevano sul pavimento di legno. Attimi di attesa interminabile.

Nessuno si muoveva.

Poi d'un tratto si sentì tossire forte e il corpo sopra venne sospinto da quello in basso.

Takuro uscì dal groviglio.

Era salvo, ma la ferita al braccio si era riaperta e il sangue fuoriusciva copioso. Fece per alzarsi ma ricadde subito. Venne soccorso dai marinai che lo portarono sotto coperta nella stanza medica.

Trascorsero due giorni e Takuro si alzò per la prima volta dal letto nella cabina del comandante. Si accorse, con un breve sguardo dall'oblò, di non essere più attraccato al molo, ma in movimento.

"Ehi! C'è qualcuno qui?" Chiese a voce alta. Si fece avanti il giovane cinese che lo rassicurò: "Il mio nome è Wong stia tranquillo, è al sicuro. Vuole dell'acqua fresca?"

"No, grazie. Il mio nome è Takuro, dove siamo diretti?"

"Stiamo partendo verso le coste olandesi. Va tutto bene, non si allarmi, non è nostro prigioniero, ci ha salvati e il Governo olandese sarà in debito con lei per aver salvato la Prins Willeim e tutto l'equipaggio. Appena si sentirà meglio il comandante vorrebbe parlarle."

"Vorrei parlare con lui adesso, è di vitale importanza che mi ascolti!"

Venne accompagnato dal Capitano De Boer.

"Capitano chiedo di poterle parlare, è necessario che la

rotta venga invertita verso le coste del Giappone." Dopo la traduzione del nostromo, De Boer rimase molto serio. "No." Disse semplicemente. Ma Takuro si fece più determinato; riformulò con più calma e deferenza la stessa preghiera di poco prima.

"Non posso esaudire questa richiesta." Continuò il comandante. A quel punto Takuro decise di rivelargli la sua missione, tutta la storia nei più insignificanti particolari.

Con non poca difficoltà Wong cercò di descrivere nel modo più dettagliato possibile le avventure e disavventure del samurai e la necessità irrinunciabile di far ritorno in Giappone.

"Ne vale della mia vita, di quella della mia amata e in più della sopravvivenza di centinaia di monaci." Disse infine.

Quella che dovette prendere il comandante fu una delle decisioni più importanti della sua carriera: scegliere a favore di uno sconosciuto, seppur fautore della salvezza del suo equipaggio voleva dire disobbedire agli ordini del governo stesso. Iniziò a passeggiare nervoso in lungo e in largo per il ponte di comando mentre si stropicciava i lunghi e chiari baffi impomatati di brillantina.

Poi iniziò a scrutare il giapponese. Si avvicinò ad un cassetto della scrivania e prese una scatola, la aprì, afferrò con le dita una presa di tabacco e la inserì nella testa della lunga pipa di legno e alabastro che aveva tra le labbra. Pressò con un apposito strumento di metallo il composto e accese un lungo cerino che infiammò quella mistura imprigionata nella camera di combustione. Tirò boccate poco a poco sempre più profonde e fece bianche e dense nuvole di fumo.

Alla fine si avvicinò al nostromo e bisbigliò senza perdere d'occhio lo straniero.

L'interprete sentenziò schiarendosi la voce: "Straniero, il

comandante ha deciso: nonostante lei sia comunque un clandestino intrufolatosi anzitempo nelle stive di una delle maggiori navi della Compagnia Olandese delle Indie, per i suoi alti meriti, che hanno determinato la liberazione e la messa ai ferri di tutti i pirati filippini intenzionati a scoprire quali fossero le altre rotte delle navi da carico di preziosi materiali della citata compagnia e ad impossessarsi della stessa Prins Willeim, e per aver rischiato la sua stessa vita; come unico responsabile della nave, il comandante Frans De Boer ha deciso di convenire con la sua richiesta invertendo la rotta. Quindi nuovo itinerario: le coste del Giappone. E che Dio salvi il Comandante e l'equipaggio tutto per questa notevole disposizione."

Takuro si inchinò e con occhi lucidi di commozione gli sorrise. Poi chiese di essere riportato nella cabina, la febbre si era alzata e aveva bisogno di altre cure e di riposo. Il comandante annuì e fece cenno ad alcuni marinai di accompagnarlo. Dopo aver congedato Wong si aggiustò il bavero della giacca blu cobalto e solleticando i tre bottoni vellutati del panciotto, sorrise sotto i lunghi baffi. Alzò la testa e scrutò la volta, a tratti buia e a spicchi illuminata da innumerevoli stelle. Avrebbe fatto da sentinella alla Prins Willem e all'equipaggio per tutta la notte e oltre.

Nulla e nessuno lo avrebbe colto di sorpresa questa volta.

54

Sotto un unico vessillo

Jian yang (Fujian) - Fortezza Tumu - 1677- (4 anni prima)

Pei Lin sedeva su di un alto scranno di pregiata radica di noce e metalli preziosi, sopra un ampio scalino di alabastro. Da quell'altezza osservava la sala in attesa del Generale. A poca distanza da lei c'era il tavolo rettangolare, dodici piedi in lunghezza per sette in larghezza, sul quale si sovrapponevano decine di documenti, diverse carte topografiche e appunti cancellati e corretti di tattiche militari. Sul lato estremo c'era una mappa della Cina con i territori confinanti e l'area geografica del Fujian segnati di rosso per meglio evidenziarne i confini. Sparsi senza un ordine preciso c'erano oggetti in legno rappresentanti le truppe dispiegate in campo e tante piccole bandiere. La mattina precedente attorno a quello stesso tavolo diversi ufficiali di alto grado avevano discusso sulle varie strategie da affrontare sui terreni di scontro.

Arrivò il Generale, rimase in piedi in silenzio a guardare la sua regina. Troppe erano le domande da porle e molti i dubbi sopraggiunti proprio di fronte a quel tavolo.

"Cosa vuoi da me?" Disse Pei Lin con calma.

"Mia Regina ho dei quesiti da porti. Il destino mi è avverso. Le ultime campagne di guerra hanno avuto esito negativo, contraddicendo una lunghissima sequenza di eventi vittoriosi. Non posso permettermelo. Vienimi in aiuto!"

La donna era pallida e magra, sulle parti del corpo non coperte dalla lunga tunica verde scuro, si intravedevano piaghe e rughe. Fece un respiro profondo e rispose: "Sei alla continua e spasmodica ricerca dell'espansione della tua amata terra. Non hai alcuna intenzione d'imbastire trame diplomatiche. Sei consapevole della grandezza e della forza che hai, potendo inoltre contare su di un esercito spregiudicato ed imponente, tra i più equipaggiati ed armati di tutta la Cina. Hai un intelletto superiore a quello di molti militari di pari grado e in più hai un ulteriore vantaggio sugli altri: il grande obiettivo che persegui da sempre. Non puoi farti influenzare. Il destino è come una donna capricciosa, non puoi domarla né avere in eterno i suoi favori. Devi essere come la pioggia battente che colpisce il terreno, ora può formare una pozzanghera che raccoglie miliardi di gocce, altre volte disperdersi sul terreno liscio ed impermeabile. Non puoi pretendere di controllare il terreno puoi solo adeguarti ad esso. Così farai con il fato avverso... tornerà favorevole, devi accettare il mutamento." Hua Ze Lei rispose di getto senza riflettere: "Comprendo bene, ma come ottenere il favore degli spiriti? Non posso fallire, il tempo scorre in fretta e mi ostacola!"

"Tutto il tuo essere è concentrato e l'ambizione è senza limiti, ma questo non è sufficiente. La conquista totale di tutti i territori della grande Cina sotto l'unico vessillo del tuo casato è ad un passo. Non cedere di fronte a qualche sconfitta! Non ti fermerai di fronte a nulla e nessuno. Una volta raggiunto il sogno d'espansione dovrai colpire a morte lo stesso Imperatore Kangxi, terzo reggente della dinastia Qing. È un uomo troppo giovane e debole, indegno di sedere sul più alto scranno del comando. Dobbiamo sfruttare la discesa dell'Impero Russo che già da qualche decennio sta compromettendo la sua stabilità. Poi, una volta eliminato, dovrai sconfiggere gli stessi inconsapevoli alleati. Se non bastasse da ovest preme anche l'impero mongolo, che negli ultimi tempi ha interesse nel colpire la tua terra. I rapporti diplomatici sono pessimi e potremmo sfruttare anche questa carta a nostro favore, posso espandere fin lì la mia influenza, inasprendo gli animi e portandoli alle estreme conseguenze... Ma ogni cosa a suo tempo."

"Mai mi alleerò con quei popoli, con quelle maledette bestie sanguinarie!" Esclamò con fermezza Hua Ze Lei. "Posso solo passarli da parte a parte con la mia spada. Avere una conversazione pacifica con loro è fuori da ogni diplomazia!"

"Non essere sciocco, non cedere al rancore." Lo redarguì Pei Lin. "Non puoi permetterti di farti prendere dall'emotività, non sei nella posizione per dettare regole. Ogni alleato è prezioso e utilizzabile. Separa gli scopi dai sentimenti. Ti alleerai con loro se sarà necessario! Una volta raggiunto il tuo obiettivo potrei spazzarli via. La brama di conquista va al di sopra di ogni cosa e la sete di espansione presto avrà obiettivi ben più estesi." Lui chinò la testa nervoso, digrignò i denti come un lupo ferito al cuore e dopo lunghi attimi rispose mentre accarezzava gli anelli sulle dita: "Fremo impaziente mia regina, oggi si inaugura una triste data. Più di duecentoventi anni fa un grave conflitto ha decretato l'inizio della fine della mia dinastia. Un conflitto di frontiera tra i mongoli Oirat e i Ming che ha portato alla cattura dell'Imperatore Zhengtong. Proprio il 1° settembre. Un esercito di 500.000 uomini contro una forza militare di appena 30.000. Una rovina senza precedenti. Voglio riportare tutto a prima di quella disfatta. Unirò tutti i territori conquistati e supererò i valichi di frontiera all'estremo nord. Sì, confido nelle mie capacità nessuno mi è superiore! Ma come perseguire al meglio questi obiettivi?" "Semplice mio allievo. Agogna con tutto te stesso il raggiungimento di una Cina potente e unita. Per realizzare questo sogno che hai da quando eri un bambino non serve vendere l'anima ai diavoli, non è necessario. Hai me come alleata. Non avere alcun tentennamento ti infonderò nuova forza e vigore. Tu sai cosa voglio in cambio!" Sorrise e gli occhi le si infuocarono, poi aggiunse: "Più ne avrò e più la mia fame sarà placata e di contro potrò esaudire i tuoi desideri." Pei Lin si alzò e si avvicinò al Generale: "Consideri importanti queste espressioni di regalità vacue e senza senso. Quell'alto trono dal quale sono scesa, questo prezioso tavolo antico, i tanti arazzi e quadri costosi appesi ai muri, i pavimenti di prezioso marmo e persino tutti gli anelli che indossi. Sono simboli fragili come lo sei tu, fatti per stupire ed ingannare gli altri e te stesso. Il vero potere è ben altro, è interiore e non indossa orpelli inutili. Tutto quello che ti circonda, persino l'inconcludente Altanchimeg, sono solo una pacchiana simbologia del potere terreno. L'unica via che dovrai percorrere sarò solo io ad indicartela. Devi compiere pochi passi per raggiungere l'oggetto che ti donerà la vera infallibilità. Sento la sua prodigiosa energia e percepisco il grandissimo numero di vite che è in grado di spazzare via. Si trova vicino, molto vicino... È una lama e deve essere tua. Hai il potere per impossessartene, dovrai essere ancor più spietato e sanguinario. Cercala, falla tua! Solamente così otterrai quello che brami con tutto te stesso. Ricerca l'immortalità terrena, quella decretata dalla storia... diventa ad ogni costo una leggenda!!" "Seguirò ogni consiglio e sazierò la tua implacabile fame." "Il tempo è il più grande avversario, ma ho la soluzione an-

che per questo; ti insegnerò come ingannarne il decorso."
Concluse Pei Lin e lo congedò.

Diversi giorni dopo Hua Ze Lei passeggiava a valle, senza l'ausilio di alcuna scorta armata, in sella ad Oblio, un bellissimo cavallo nero, risultato di una attenta e lunga ricerca, incrociando le più alte e possenti razze di equini cinesi. Un destriero di oltre duemila libre e di oltre sei piedi di altezza. Il Generale era consapevole del terrore e del rispetto reverenziale che incuteva nei sudditi, per questo non temeva per la sua persona. Incrociò dei viandanti che riuscirono a malapena a cambiare strada prima che venissero travolti. "Fate largo. Non intralciate il mio passo, non ho tempo da perdere!!! Spostatevi al mio cospetto esseri inetti e inconsapevoli."

Erano una donna con un bambino di non più di dieci anni. Il piccolo era quasi ipnotizzato da quella figura e nonostante gli sforzi della madre che cercava di trascinarlo via, lui continuava a fissare il Generale.

"Shen vieni via e non guardare il Generale, non incrociare mai e poi mai il suo temibile sguardo." Sussurrò la madre. Hua Ze Lei sentì tutto, rallentò e si fermò. Poi si avvicinò al piccolo e disse: "Non ascoltare questa donna! Non aver paura mai di nulla e di nessuno. Guarda dritto e non abbassare mai lo sguardo di fronte a niente, uomini, animali o demoni dell'inferno. Sii fiero delle tue origini, non farti mai calpestare né umiliare. Sei cinese! Appartieni ad una razza che non ha pari in nessun anfratto della terra. Presto lo saprà il mondo intero."

Poi si rivolse alla donna ma senza nemmeno guardarla: "Oggi stesso questo bambino abbandonerà il vergognoso nome di origini giapponesi. Si chiamerà Zhēngfú (*conquista*). Così è deciso. E ringrazia che nonostante tale affronto abbiate ancora salva la vita."

"*Non considererò più il mio popolo con debolezza, non lo osserverò con occhio compassionevole e benevolo. Non posso più permettermelo. D'ora in avanti dovrò essere ancor più solido e spietato.*"
Pensò, infuriò Oblio portandolo al galoppo e alle spalle lasciò una nuvola di terra rossa.

55

Le diverse facce del comando

Il 7 giugno dell'anno 1680, a pochi giorni dall'improvvisa morte di Tokugawa Ietsuna, gli succedette il fratello Tsunayoshi. Divenne il quinto Shogun del casato Tokugawa. Ora erano passati diversi mesi e Takuro era sollevato. Il timore di tornare in patria e non riuscire a controllare la rabbia che provava nei confronti del precedente Shogun non lo tormentava più.

Tsunayoshi aveva la nomea di uomo ragionevole e Takuro aveva grandi propositi da portare avanti per la carriera e i sogni di guerriero, con uno Shogun più misurato sarebbe riuscito ad ottenere ciò che desiderava.

Appena messo piede su suolo nipponico andò nella città di Edo, capitale politica. Non perse momenti preziosi e chiese immediatamente udienza allo Shogun, per fare rapporto del viaggio, dare informazioni e fare le richieste.

Dovette attendere pochi giorni, poi alle nove di un freddo mattino ricevette la visita di un messo in alta uniforme con le effigi del casato Tokugawa, in groppa ad uno splendido cavallo nero. Gli consegnò una lettera chiusa con la ceralacca, bollata con le effigi; protocollo riservato alle grandi personalità che avevano reso un servizio onorevole al Paese. La aprì e lesse con entusiasmo la chiamata ufficiale presso il palazzo di Edo per quel giorno stesso. Indossò l'armatura da cerimonia, andò verso la stalla e scelse un cavallo per il viaggio. Era lontano poco più di venti miglia e molto prima dell'ora di pranzo, momento centrale della ritualità culturale giapponese, giunse a destinazione.

Lo accolsero diverse varietà di fiori che abbellivano ogni angolo in tutte le stagioni, offrendo al visitatore un'atmosfera di pace e serenità. Camminava al trotto e si godeva quella vista, alla fine si fermò di fronte al grande Palazzo, residenza dello Shogunato. La prima costruzione che vide fu la torre di guardia. Poco più avanti c'era un ampio fossato che lo separava dalle immense roccaforti, alle quali si poteva accedere tramite un lungo ponte di legno e pietra.

A quel punto si annunciò e pose nelle mani dei guardiani la lettera di invito recante il Mom (*stemma*) della famiglia Tokugawa, un fiore di malvarosa sbocciato.

Ricevuto il permesso entrò e vide in lontananza due edifici. Alcuni servi lo accompagnarono e gli fecero segno di cambiare i calzari con altri più sottili, al fine di non rovinare lo speciale pavimento dell'interno, uguisu-bari (*pavimento usignolo*).

"Non importa quanta attenzione si presti, fu progettato apposta per impedire ingressi indesiderati. Provoca il verso dell'usignolo ogni qualvolta viene calpestato. Così eventuali malintenzionati sono subito sentiti dalle guardie del corpo dello Shogun." Gli spiegarono.

In un altro accesso venne scortato da guardie armate fino ad una piccola sala, chiamata *stanza degli ispettori*, dove lasciare su una rastrelliera la katana.

"Può tenere solo la wakizashi, per gli alti meriti e per il suo rango di samurai guerriero."

Dopo aver superato molti corridoi e sale, abbellite da enormi panelli, dipinti recanti scene di guerra, di caccia e altre decorazioni, sempre meno sgargianti via via che si raggiungeva l'ala del palazzo dove si trovavano le stanze dello Shogun. Poco dopo gli fu fatto cenno di attendere fuori dalla porta, dietro la quale la gestione militare e politica del paese aveva modo d'essere intessuta.

Era passata ormai l'ora del pranzo e finalmente il suo nome fu pronunciato nella sala antistante il comando. Entrò, le pareti qui erano spoglie rispetto alle sale precedenti. Takuro si posizionò in seiza, piegò il ginocchio sinistro per primo, seguito dal destro e infine si poggiò sui talloni, sopra dei tatami tenuti più in basso rispetto a quelli dove era lo Shogun. Con lo sguardo fisso in basso attese che gli si rivolgesse la parola.

Con la coda dell'occhio Takuro riuscì ad intravedere le porte scorrevoli ai lati di Tsunayoshi, dietro le quali c'erano le ombre di guardie del corpo silenti, che erano pronte ad intervenire.

L'aria profumata da dolci essenze e incensi diventava sempre più pesante e pregna di misticismo. Tokugawa dapprima iniziò a borbottare frasi incomprensibili, quasi di disappunto, quando si decise a parlare con il samurai: "Soldato, hai servito bene in questi anni lo Shogunato precedente e ti appresterai a farlo per questo da me rappresentato. Parla, ti ascolto."

Takuro raccontò lo svolgersi della missione in Cina, tralasciò alcuni dettagli, tra i quali quello di aver trovato il mettallurgo, l'anziano padre Honjo Miisashi, che non sarebbero serviti allo scopo di richiedere forze in gran numero per difendere le mura del Monastero. Nel racconto dette ampio spazio a tutte le capacità narrative e di convincimento e non mancò di sottolineare l'incredibile potenza della spada.

"Non ci sono carteggi o formule, non vi è alcun dubbio al riguardo, ne va del mio onore. Ma c'è la lama, l'ho vista in azione, non si può dubitare della sua invincibilità. Rende potente chiunque la impugni, ed è capace di sbaragliare da sola interi eserciti. Laggiù la chiamano *Tuono Silenzioso* e, se posso permettermi, credo renda bene l'idea." Spiegò che non gli era stato possibile recuperarla, ma sapeva dove si trovava.

A quel punto, sotto lo sguardo vigile e severo di Tsunayo-shi, il samurai decantò l'importanza del Monastero dove era custodita e soprattutto parlò dell'imminente attacco che avrebbe subìto da parte di un feroce Generale che, a conoscenza dei poteri della spada, a quanto pare l'unico in tutta la Cina, voleva entrarne in possesso. Con estrema umiltà propose un piano strategico su come le valorose truppe giapponesi sarebbero potute intervenire, ma non poté finire di esporre le sue idee perché un chiaro gesto dello Shogun, che alzò la mano destra verso l'alto, intimò silenzio.

Prima di parlare Tsunayoshi lasciò scorrere del tempo, poi disse: "Hai riportato informazioni che aspettavamo da molto. Avrai una giusta ricompensa per questo." Detto ciò tacque. Non accennò a nessun tipo di risposta verso le richieste di Takuro.

La visita era giunta al termine.

Takurò non disse una parola e si diresse verso la porta scorrevole di legno e carta di riso senza mai guardare negli occhi lo Shogun e senza voltargli le spalle sparì dalla sua vista. Percorse a ritroso i corridoi dell'immensa tenuta, con quella voce potente e spaventosa che gli rimbombava nelle orecchie. Lo spirito era tronfio, le speranze di cambiare il suo stato sociale si facevano più concrete.

A tre giorni da quell'incontro, due soldati a servizio diretto dello Shogun si recarono da Takuro.

"Abbiamo il compito di scortarti." Disse quello dallo sguardo più serio e freddo.

"Dove?" Chiese fermo e gelido il samurai e portò la mano sull'elsa della katana. Non era mai troppo prudente seguire qualcuno, persino chi vestiva gli stemmi del casato. *Mai fidarsi di nessuno.*" Pensò. Ma non gli fu data riposta. Sempre attento e accorto decise di andargli dietro. Dopo molto cammino si ritrovarono a pochi passi da una piccola casupola di legno, non lontano dalla grande proprietà dello Shogun stesso.

"Tokugawa Tsunayoshi, grande Shogun, comunica la volontà di informarti presto delle sue decisioni. Nel frattempo, essendo uomo d'onore e altissima nobiltà, tiene fede alla parola data e ti ricompensa passandoti di grado a Bushi, samurai di altissimo rango, con incarichi speciali. In più ti fa conoscere questo luogo." Queste le uniche parole che rivolsero a Takuro prima di lasciarlo. Non ebbe il tempo di fare domande, ma si disse che tanto sarebbe stato inutile. Pieno di orgoglio e soddisfazione per la notizia appena ricevuta, si avvicinò verso l'ingresso.

"Che cos'è questo posto?"

Bussò e quando la porta si aprì si trovò di fronte una donna, molto invecchiata rispetto ai ricordi, ma dai tratti inconfondibili, che sgranò gli occhi e lo abbracciò forte riconoscendolo all'istante e scoppiò in un pianto ininterrotto come solo l'emozione di una madre può far scaturire. All'interno un uomo sedeva inginocchiato ad un tavolino, intento ad assaporare del thè caldo. Sentì le lacrime della donna, si diresse verso l'entrata e un brivido lo scosse. Il suo vecchio cuore si riempì di gioia nell'assistere a quella scena che ormai non aveva più speranze di vedere.

Riabbracciarli fece assaporare a Takuro la felicità.

Dopo alcuni giorni da quel meraviglioso ritrovo, tramite un alto ufficiale, come promesso Tokugawa fece avere a Takuro le notizie che attendeva. Innanzi tutto gli comunicò che le ricerche di Honjo Miisashi si concludevano lì, troppo tempo e risorse erano state impiegate e il fatto che in tanti anni non ci fosse alcuna traccia faceva supporre che fosse morto. Ma sarebbe rimasto un traditore del Giappone e il suo nome e quello della sua progenie sarebbe stato macchiato per sempre.

"Solo l'Imperatore in persona potrebbe cancellare quest'irreparabile nomea e solo dopo che un successore con onore e coraggio porterà a compimento una grande impresa, ristabilendo l'equilibrio." Recitò tra sé e sé Takuro.

Venne a sapere che per ordine dello Shogun era stato mandato un messaggio all'Imperatore cinese, dove gli veniva comunicato che il Generale Hua Ze Lei era ad un passo dal venire in possesso di una spada di appartenenza giapponese, portata in Cina da un traditore; per loro era una questione d'onore recuperarla. L'Imperatore Kang Xi, all'oscuro del reale potere della lama, aveva poco interesse, per non dire nullo, nelle questioni d'onore di un altro popolo, specie di quello giapponese, con il quale la Cina era in continua tensione, ma l'intervento nipponico in quel caso cadeva a suo favore. Il Generale, con le smanie espansionistiche e indipendentiste, stava iniziando ad essere un vero problema per lui; oltretutto teneva le gabelle della regione per sé. In questo modo se ne sarebbe liberato senza iniziare lotte intenstine infinite e senza mettere a repentaglio la vita di uno solo dei suoi uomini. Quindi diede il permesso al Giappone di entrare nella provincia del Fujian armati e pronti all'attacco. Questa mossa strategica sarebbe tornata oltremodo a suo vantaggio. Aiutando lo Shogun avrebbe aperto un debito nei suoi confronti che poi poteva riscattare in ambito politico, economico e commerciale nel giusto momento. Tsunayoshi di contro avrebbe risolto i suoi interessi, recuperato l'invincibile spada ed eliminato il Generale, unico cinese di rilievo ad essere a conoscenza del potere di quella lama.

Infine l'ultima comunicazione, scritta su una lettera di pregiata pergamena, con ideogrammi impreziositi dai migliori amanuensi dell'Impero, che recitava:

"Con la presente si richiede l'immediata presenza del Comandante in capo Bushi Takuumi Miisashy per l'organizzazione della partenza.

Siglato Shogun Tokugawa Tsunayoshi."

"Takuumi Miisashy... Lo Shogun sa tutto... mi sta dando un'opportunità di riscatto per me e mio padre. Il mio destino muta." Con un sospiro di soddisfazione Takuro sorrise.

Quello che lo attendeva nei giorni successivi era organizzare in fretta, ma senza pregiudicarne la logistica, la raccolta delle truppe necessarie alla difesa del Monastero. Doveva pensare agli armamenti adatti e i giusti approvvigionamenti da portare, tutto nel poco tempo che aveva a disposizione, ormai mancavano solo 18 giorni all'attacco. Gli servivano i migliori uomini di cui l'esercito giapponese disponeva.

Era orgoglioso per essere a capo di quella missione, ma sopra ogni cosa il pensiero andò veloce alla possibilità che aveva di mettere a tacere le troppe calunnie sul suo casato e i soprusi del precedente Shogun. Tutto sarebbe stato cancellato una volta riportata in patria *Tuono Silenzioso*. Onore e gloria lo attendevano e avrebbe potuto risalire le più alte cariche militari. Infine fece una promessa solenne: tornato in Giappone compiuta la missione, sarebbe stato chiamato con il titolo e nome di *Comandante in capo Bushi Takuumi Miisashy.*

56

L'ordine del drago

Il potente daimyō Kenzo Hisaishi aveva un carattere severo, era un'abile schermidore ed esperto di un nuovo stile di combattimento. Anni prima abbandonò il Giappone per la Cina, girovagò tra nord e sud per migliorare le conoscenze nelle arti marziali. Tornò in Giappone dopo aver compiuto quarant'anni. Seguì la politica e tornò ad essere appoggiato dalla famiglia, divenne in pochi anni uno dei samurai più influenti del paese. Realizzò il suo sogno di creare un nuovo Dojo dove insegnare una forma di arte marziale fusa tra le tecniche dei due amati paesi e costituì *L'ordine del drago*. Sul viso aveva una lunga e profonda cicatrice che dalla fronte tagliava il naso fino a scendere verso la mascella e parte del collo, sembrava un solco d'aratro nel terreno brullo. Ferita della quale non si conosceva bene l'origine, c'era chi diceva che l'aveva sempre avuta e chi narrava che era causa di un fendente vibrato nel sonno, sferrato da un nemico codardo. Non faceva nulla per nasconderla, anzi. Come l'antica tecnica nipponica *Kintsugi* (riparare con l'oro) utilizzata per saldare le ceramiche infrante con delle sottili fusioni, esaltando così proprio i segni delle rotture, il daimyō amava cospargere quella ferita con polveri rosse, in modo da evidenziare quell'asimmetria personale e irreplicabile.

L'unicità dell'imperfezione.

Kenzo Hisaishi riusciva a maneggiare la katana con entrambe le mani, ma preferiva la destra, nonostante gli mancasse il mignolo, reciso su ordine del precedente Shogun.

"Sarai punito per la tua insubordinazione. Il mignolo è il fulcro di molti movimenti, nell'estrazione dell'arma dal fodero, nell'affondo, nelle parate... Un elemento vitale per un samurai. Così ogni volta ricorderai chi è al comando."

Kenzo Hisaishi ripeteva quotidianamente lo *chakin shibori* (strizzare un panno bagnato), per sviluppare un buon *tenouchi* (presa sulla spada), così non aveva perso la sua abilità.

L'essere un daimyō per lui era un'incongruenza che lo rendeva ancora più unico, chi aveva una mutilazione doveva rinunciare allo status di samurai. Invece Kenzo Hisaishi restava uno dei più forti e spietati guerrieri che la storia rammenti. Il solo nominare il suo nome faceva tremare anche il più coraggioso dei guerrieri.

Decise di sostenere l'impresa della mitica spada e mise a disposizione diversi samurai dell'Ordine del Drago da inserire nella compagnia dell'esercito da inviare in Cina.

L'arte che insegnava aveva rigide regole e annoverava valori di onestà, coraggio, cortesia, sincerità, onore, dovere e lealtà; solo i migliori degni di stima e di elevate qualità potevano farne parte.

La sua storia fu segnata nel profondo all'età di quattordici anni, quando per entrare nella scuola di samurai Toyotomi Hideyoshi, venne condotto di fronte al mitico guerriero Tozen Sanzo, combattente di mille battaglie, nonché prodigioso maestro di katana. Il giovane Kenzo osservava la sala dove si trovava ma non fu capace di guardare negli occhi l'anziano. Sanzo fece qualche passo verso di lui poi scattò silenzioso come una libellula ma letale come un lupo, sguainò la katana e sferrò un colpo che segnò per sempre il volto di Kenzo. Le grida riecheggiarono per tutto il Dojo e oltre.

"Adesso sei pronto per iniziare i duri allenamenti. Sei pronto ad essere un mio allievo. Ho ucciso in te l'innocenza, primo ostacolo per la lunga e tortuosa vìa del samurai." Non disse altro, lo lascio lì a dimenarsi nel sangue.

Ora Kenzo Hisaishi si trovava nel giardino all'interno del Dojo, attento a curare uno dei nespoli in fiore colpito da una fastidiosa malattia che per essere arginata doveva essere potato o persino, in parte, bruciato.

Arrivarono i capitani Katouro e Seiji, si misero seduti in ginocchio e attesero l'ordine d'avanzare.

"Siete i miei migliori allievi. È giunto il momento di dimostrarlo. Sarete voi a comandare l'esercito nell'imminente missione in Cina, sottoposti diretti del valoroso Takuro Miaoto." Disse e continuò a dedicarsi all'albero.

I due riuscirono a contenere la gioia lasciandosi sfuggire solo uno sguardo complice e un sorriso. Il capitano Takuro non solo era sano e salvo ma pronto a comandare un esercito per una guerra in terra straniera; non vedevano l'ora di rivederlo e affrontare una nuova missione insieme.

57

Squarcio nel tempo

Spessa meno della metà di un pollice e lunga poco più di un palmo; era una sottile e breve lama di luce, uno squarcio nella materia, dietro la libreria di legno d'acero rosso, di cui si narra che ci vollero almeno cento alberi per ricavarne il materiale e sei falegnami per assemblarla e arricchirla di preziose decorazioni in oro. Quel taglio nella parete e nel legno, tra dieci lunghe pile di libri ed un prezioso drago in argento e pietre scintillanti forgiato almeno due dinastie prima, serviva da passaggio ideale per spiare i movimenti di Pei Lin. Altanchimeg l'aveva fatto fare pochi mesi dopo l'arrivo della strega a palazzo. Voleva comprendere quell'intrusa, capire che obiettivo avesse. Era stato molto attento a fare tutto di nascosto, addirittura aveva ucciso il servitore che l'aveva aiutato.

Altanchimeg agiva nell'ombra come sempre era abituato a fare, come da quando all'età di undici anni udì, nascosto dietro una poltrona, il vagito del fratellastro che con le urla esprimeva la gioia d'esser venuto al mondo. I sentimenti del piccolo erano un misto tra gelosia, rabbia e curiosità. Ancora non capiva che tutte le attenzioni sarebbero state rivolte al nuovo arrivato.

Il vero primogenito.

Da allora Altanchimeg provò uno stato di smarrimento, un senso di solitudine, di abbandono. E data la sua prodigiosa memoria lo ricordava in continuazione. Riusciva a rammentare qualsiasi evento, anche il più insignificante e ad ognuno era legata un'emozione in modo indissolubile, che percepiva con tale estrema potenza ogni volta come la prima volta. Avrebbe fatto di tutto per poter dimenticare almeno i ricordi più traumatici e dolorosi, ma non era possibile. Tutte le emozioni e le sensazioni in lui erano impresse a fuoco e mai più cancellabili.

Era frutto di una notte d'amore fuori dal letto coniugale, una delle tante che il capofamiglia si concedeva. Essendo figlio di una schiava non poteva aspirare a chissà quale futuro sfavillante, ma il padre lo teneva in alta considerazione visto che non aveva ancora avuto eredi. Anni dopo, però, si risposò. La prima moglie fu cacciata dal palazzo, visto che non gli aveva ancora dato un figlio maschio era ovvio che fosse sterile, perciò la esiliò.

Quando nacque Hua Ze Lei tutto cambiò.

Ora era là, fermo da tanto a spiare Pei Lin.

Altanchimeg doveva capire, osservare, studiare, per cercare di trovare un punto debole, qualcosa, qualsiasi cosa gli potesse permettere di agire ed eliminare quella donna che aveva una così grande influenza sul Generale.

Erano trascorsi quattro anni da quando Hua Ze Lei l'aveva accolta nella fortezza, aveva subito riconosciuto in quel corpo gracile un'incomprensibile forza e lei aveva trovato il giusto alleato. In pochi mesi la definì *sua regina* e divenne il più importante consigliere. Altanchimeg non aveva più da parte del Generale la fiducia, il rispetto e la considerazione di prima e i sentimenti di rabbia crebbero.

Mentre era lì a guardare da quella fessura ad un tratto si sentì pervadere da uno strano calore ed ebbe un mancamento. *"Forse è il caso che vada a riposare."* Pensò. Nello stesso momento Pei Lin venne pervasa dallo stesso calore, ma di una diversa energia che la faceva sentire più forte e potente.

Qualche giorno dopo Altanchimeg decise che doveva affrontarla direttamente. Anche se era più portato ad accerchiare un avversario come un serpente che aggira la preda pronto ad avvolgerla tra le spire, ormai mancava poco all'attacco al Monastero e lui doveva capire. Non era possente, né un abile lottatore, anzi era un pessimo combattente sia con le armi che nel corpo a corpo, quindi sfruttava quello che poteva utilizzare al meglio: la memoria, l'astuzia e l'intelletto. Questo l'aveva portato ad esser considerato il miglior stratega che un generale potesse decidere di avere sotto comando.

"Domani mattina farò in modo di parlare con lei. La metterò alle strette!" Disse e si addormentò.

"Altanchimeg, SVEGLIATI!"

"Chi mi chiama? Alle armi! ALLE ARMI!" Gridò per richiamare l'attenzione di qualche soldato di ronda.

"Fai silenzio piccolo inetto, sono Pei Lin. Non volevi vedermi? Adesso ne hai l'occasione, parla, non ce ne saranno altre." Disse lei dritta e ferma ai piedi del letto. "Sono anni che mi osservi da dietro la parete... Guardati! Che faccia! Sei bianco come un cencio... Credevi che non lo sapessi? Vuoi conoscere qualcosa di me, ma tutte le volte che ti incrocio abbassi lo sguardo e non mi rivolgi la parola. Allora dimmi cosa vuoi da me?"

"Prima che inizi dovrai promettermi che quello che ci diremo in questa stanza rimarrà tra noi e che Hua Ze Lei non saprà mai nulla di questa conversazione." Si fece promettere Altanchimeg. "Sono anni che soggiorni tra queste mura, la tua venuta ha provocato un grandissimo squilibrio nei rapporti con il Generale, sei venuta dal nulla, non si conosce niente di te. Chi sei? Da dove provieni? Perché continui ostinatamente ad aiutarlo nelle strategie di guerra? Qual è il tuo scopo e da cosa trai vantaggio? Non penso che tu lo faccia per semplice riconoscimento." Altanchimeg iniziò a provare sempre più rabbia e sconforto. Pei Lin continuava a fissarlo senza rispondergli, con le braccia scheletriche come dei lunghi rami di un salice, tese lungo il corpo e i capelli che confusi adornavano il piccolo viso dalla fronte larga e sproporzionata e dagli occhi sporgenti.

Il comandante, che continuava a non ricevere risposte e a sentire la rabbia con sempre maggior impeto, non ricordava più tutto il discorso e le cose che voleva dirle e di cui voleva discutere. Pei Lin iniziò a tremare sempre di più, ora sembrava meno magra e anche le rughe sembravano meno profonde. Allora iniziò a sorridere e con lo sguardo vitreo disse: "Per me non siete altro che nutrimento... solo nutrimento." Non disse altro. Si girò mentre piano piano tornava ad essere quella di sempre. Lasciò Altanchimeg conscio di avere ancor più dubbi che certezze. Quello a cui aveva assistito avrebbe lasciato un segno indelebile nella sua memoria, così come una profonda crepa incide la pietra.

58

Notte oscura

Muoversi nella notte, essere invisibili e silenziosi, queste le principali caratteristiche degli Shinobi, guerrieri selezionati e addestrati ad uccidere e obbedire. Identità segreta e credo indiscusso: servire e proteggere lo Shogun e l'equilibrio dell'Impero giapponese.

Akira, a capo di cento guerrieri operativi, era il Gran Maestro del Clan Iga, importante gruppo di guerrieri da sempre in contrasto con il Clan dei Koga per ottenere l'esclusività al servizio dello Shogun. Questi ultimi, dopo anni di onorato servizio presso Ietsuna, erano stati soppiantati in favore del Clan Iga, per ordine del nuovo Shogun Tsunayoshi. Akira era piccolo di statura ed esile, ma dalla fama immensa. Si perdevano nella notte le imprese alle quali aveva partecipato e vinto. Storie leggendarie che lo rendevano un avversario temibile aleggiavano attorno al suo nome e al suo clan. Come ogni Ninja nessuno ne conosceva l'aspetto, totalmente celato com'era dagli abiti neri e avvolgenti con solo una fessura che scopriva i profondi occhi neri. Secondo gli ordini ricevuti avrebbe preparato i suoi uomini a difesa del Monastero dei Cento Stili. Gli venne presentato Takuro, con il quale avrebbe collaborato per smantellare l'esercito del Generale Hua Zhe Lei. Akira lo degnò appena di uno sguardo e sparì poco dopo nei corridoi della sala delle conferenze del Palazzo Imperiale. Takuro non rimase affatto stupito, nell'ambiente militare era noto il comportamento schivo e riservato degli Shinobi. Avrebbe avuto altre occasioni per poter comunicare e collaborare con lui.

Ormai mancavano solo sette giorni prima dell'attacco al Monastero e i preparativi si facevamo sempre più incalzanti. L'addestramento delle truppe era più dettagliato e intenso, le disposizioni al tavolo strategico più complesse e perfezionate.

Dopo lunghi momenti di discussioni animate la sala dove erano riuniti assieme ad altri ufficiali, tra i quali Katouro, Seiji, il daimyō Kenzo Hisaishi e alcuni consiglieri e appartenenti al Governo, iniziò ad essere opprimente e Takuro decise di uscire per riprendere fiato. Le consultazioni si facevano più complicate ed era difficile mettere d'accordo così tante teste, in più alcuni politici non si fidavano di Takuro che avanzava pretese senza la benché minima prova certa.

"Miiko... sto arrivando..." Pensò e in quel momento vide Akira attraversare il corridoio. Alla riunione non aveva detto neanche una parola, continuando a scuotere la testa in modo quasi impercettibile. Andava verso gli alloggi del palazzo e Takuro decise di seguirlo.

Arrivò nei giardini, fra i bellissimi ciliegi cercò di scorgere Akira, ma di lui non vi era traccia.

Sparito.

Era come se fosse stato inghiottito da Yomi, l'accesso della terra tenebrosa dei morti.

Di colpo si ritrovò a faccia in giù, sulla schiena c'era il ninja che lo teneva fermo in una chiave articolare strettissima.

Gli puntò uno stiletto appuntito alla gola e lo spinse a fondo fino a farlo sanguinare. Fece come se volesse sussurrargli qualcosa all'orecchio, ma non disse nulla, allentò la presa fino a liberarlo e se ne andò. Il messaggio era chiaro: *Non seguirmi più.*

Takuro si rialzò. Per nulla intimorito si strinse la gola per tamponarla e sorrise rinvigorito dalla sfida.

"Ci incontreremo presto guerriero misterioso!"

Mancavano solo quattro giorni all'attacco al Monastero. Tutto era pronto.

"Hai un'importante missione da svolgere e hai avuto molte armi e uomini per compiere l'impresa. Se deluderai quello che rappresento avrai solo la morte a confortarti nel fallimento, in caso contrario sarai nominato Daymō, avrai terreni e onori. Adesso vai e dedicati alla missione con ogni stilla del tuo sangue e con tutte le energie che l'alto rango di samurai che rappresenti richiedono."

Queste parole pronunciate dall'imponente e tonante voce di Tsunayoshi rimbombavano nella mente di Takuro. Aveva una grande responsabilità, ma questo non lo intimoriva affatto, piuttosto lo rinvigoriva e lo rendeva ancora più efficace nel raggiungere gli obiettivi preposti.

59

Partita per la vita

Nell'aria il particolare odore che precede tutte le piogge, che sa di pulito e terra, il cielo carico di nubi e il freddo che congelava gli animi.

Nella fortezza Tumu i tanti camini erano accesi da diversi giorni e lo scoppiettare del legno faceva da eco in ogni dove. In una stanza con solo un grosso specchio alle pareti, da lungo tempo era iniziata l'abituale sfida a scacchi tra Hua Ze Lei e Altanchimeg. Subito dopo cena avevano preso posto, solo per pochi momenti avevano distolto l'attenzione per bere qualcosa che li tenesse al caldo e ben svegli. Questo incontro avveniva almeno una volta al mese; ed anche adesso, a ridosso di quella che era la più grande battaglia che avessero mai affrontato, non mancavano all'appuntamento.

La stanza era illuminata da alcune lunghe e grosse candele su candelabri da cinque braccia ciascuno. Erano seduti su scomode poltroncine imbottite di lana e rivestite da un'opaca seta nera, la scacchiera era di faggio e avorio dei colori dello stendardo della famiglia Shen, rossa e nera.

Hua Ze Lei era concentrato sui suoi ultimi cinque pezzi neri: una torre, un elefante, due pedoni e l'imperatore; mentre Altanchimeg aveva ancora in piedi tre pedoni, un cavallo e l'imperatore. Tesi come fosse una battaglia per la vita cercavano d'avere il vantaggio sull'altro. Si osservavano attentamente, persino le rughe d'espressione venivano analizzate per carpire delle emozioni rivelatrici e trarre possibili strategie vincenti. Un lampo illuminò la camera e il successivo tuono ruppe il silenzio di quella notte. La voce del Generale spezzò la tensione sul volto di Altanchimeg.

"Spero che questo stallo non sia dovuto alla troppa paura. È la prima volta che riesci a tenermi testa così a lungo. Non temere, sei il mio comandante in capo, nonché mio fratellastro, se dovessi vincere non verrai passato per la spada! Non sono così vendicativo. In fondo è pur sempre una partita a scacchi e il legame di sangue che ho con te è più importante di qualsiasi schermaglia." Con un sorriso tra il demoniaco e il perentorio Hua Ze Lei si alzò convinto di aver lanciato la giusta esca e andò verso un tavolino in fondo alla stanza dove c'erano dei liquori. Si versò dell'antico liquore di riso, un preziosissimo Baijiu e guardò l'immagine riflessa di Altanchimeg dallo specchio.

"Mio Generale, posso solo sperare di morire avendo raggiunto la metà della sua competenza nel gioco degli scacchi."

"Gioco? Secondo te è solo un gioco?! Non riesci a sconfiggermi perché la tua mente è da un'altra parte, non consideri questo un terreno di battaglia, pensi sia un semplice confronto per passare il tempo, ma non è così. Non capisci? ...Non ti facevo così superficiale. Basta con questo atteggiamento da invertebrato senza spina dorsale!"

"Ma mio Generale..."

"Gli scacchi cinesi sono il più perfetto e nobile diversivo per affinare le proprie strategie sul campo di battaglia. Pratica antica e secolare." Lo interruppe Hua Ze Lei in tono severo. Altanchimeg elaborava oscuri pensieri di rivalsa, troppe erano state le umiliazioni subite, doveva trovare una via d'uscita e l'immagine di Pei Lin non voleva abbandonare la sua mente.

"Molti prima di noi si sono succeduti ad un tavolo e ad una scacchiera simile a questa." Continuò imperterrito il Generale. "Si cerca di sconfiggere l'altro, non solo sul piano strategico ma anche emotivo, razionale e intellettivo. Si riesce a comprendere quali sono le possibilità di trovare il modo più efficace e veloce di reprimere e distruggere l'avversario. È molto più di un semplice gioco. Un buon comandante non deve perdere di vista alcun particolare, anche il più insignificante. Sai bene quanti siano gli alti ufficiali che non ti vedono di buon occhio e vorrebbero prendere il tuo posto. Aspettano un passo falso. Sono state molte le campagne che hai condotto con successo ed efficienza, ma da qualche tempo a questa parte gli errori sono cresciuti e alla soglia di questa guerra non puoi permetterti di fare sbagli. Se avrò dubbi su di te ti manderò via senza pensarci due volte."

"Mio Generale non intendevo contrariarvi, volevo solo dire che non potrò mai eccellere in questa pratica, perché voi siete migliore in strategia e in tecniche di dissimulazione. Sono sempre stato al vostro fianco e come voi stesso ammettete tanti sono stati i successi in campo militare, mille le battaglie vinte. La vostra illuminante e lucida visione nel capire il punto debole dell'avversario è ad un livello troppo avanzato per me; posso solo sperare di imparare da voi, ma permettetemi di guidare anche questa guerra!"

"Basta Altanchimeg! Sai bene quanto non mi piacciano queste frasi adulatorie. Comportati da uomo, agisci da soldato! Non hai ancora capito quello che intendo. Attraverso gli scacchi possiamo porci di fronte alle nostre paure e sconfiggerle. Possiamo comprendere quali sono i nostri limiti. Ogni partita che viene combattuta a questo tavolo è diversa dall'altra, dobbiamo riuscire ogni volta a trovare uno spiraglio tra le strette maglie dell'avversario e colpirlo al cuore. Una partita a scacchi è una sfida con noi stessi." Sprofondò nella sedia deciso a non aggiungere altro.

"Sì mio Generale ora comincio a capire."

Hua Ze Lei bevve in un sol colpo il liquore e scaraventò il bicchiere contro la parete. Lo specchio finì in pezzi. Le mille schegge si mischiarono a quelle del bicchiere. Frammenti di pallida porcellana e lacrime di vetro finirono sparse e disordinate tutt'attorno a quell'enorme tavolo di olmo. Guardò con disprezzo Altanchimeg e spazzò via con un solo gesto tutti i pezzi della scacchiera.

"Forse hai finalmente acquisito una nuova consapevolezza. Le sfide future ai lati di questo tavolo avranno un nuovo significato per te. Non è un passatempo."

Altanchimeg non rispose, sperava che Hua Ze Lei lo lasciasse presto da solo. Il Generale soddisfatto andò verso la porta, si fermò appena arrivato all'uscio e senza nemmeno girarsi disse: "In questa battaglia tu dovrai concentrarti solo sull'arma invincibile. Da stanotte non dormirai, non mangerai, avrai solo questo pensiero: recuperarla. Dobbiamo essere pronti ad un attacco in grande stile, li distruggeremo e raderemo al suolo il tempio. Non sono potuto intervenire finora nonostate le loro continue e ripetute provocazioni, quegli odiosi monaci sempre pronti a dar aiuto e a mischiarsi in fatti che non li rigaurdano intralciano i miei piani superiori! Non li ho potuti annientare solo perché Kangxi, quel puerile omuncolo che si arroga il diritto di appellarsi *Imperatore*, ha in grande considerazione quel luogo e quelle minuscole esisitenze, quelle nullità. Non sono altro che formiche da schiacciare! Non potevo andare contro l'Imperatore e il suo esercito, ma adesso potrò farlo, appena avrò fra le mani quella spada potrò tutto!"

Una strana luce gli brillò negli occhi, poi tornò con sguardo serio e penetrante a fissare Altanchimeg e continuò: "Domani andrai sulle colline sovrastanti il Monastero dei Cento Stili. Calcolerai il numero di monaci a guardia, farai attenzione ad ogni particolarità, alla consistenza del terreno, la struttura e lo spessore delle mura... Dovrai garantirmi il massimo spargimento di sangue per gli avversari, questo è un punto che non devi assolutamente disattendere. Dovrai memorizzare ogni cosa, come tu sai ben fare. Nulla... ma proprio nulla deve essere lasciato al caso." Sembrava aver concluso poi aggiunse: "Chiama subito i servi e fagli mettere in ordine la stanza, puliranno tutto questo disastro. Fagli portare anche un nuovo specchio, più grande del precedente." E si allontanò sempre più pieno di sé.

Altanchimeg scattò in piedi e si sistemò la giacca della divisa, tolse dalle spalle con un colpo di mano un'immaginaria polvere, come a volersi pulire dalle lordure piovutegli addosso. Fece alcuni passi verso il tavolo dei liquori, controllò che tutte le medaglie fossero al loro posto sul petto, ne lucidò alcune con un canovaccio, mirò il volto riflesso sui pochi pezzi di vetro rimastri incastrati sul telaio e asciugò la fronte dal sudore.

"Pezzi. Ecco che ne è rimasto del mio spirito infranto." Sussurrò. Respirò, assunse una postura diritta e fiera, sorrise un poco, poi irrigidì le mandibole e assunse un'espressione severa.

"Umiliato... ancora una volta..." Con i pugni stretti e lo sguardo spento iniziò a rimuginare. Avrebbe voluto rispondere con un altro tono, avrebbe desiderato una forza interiore che non giungeva, avrebbe voluto gridare il più profondo risentimento a quell'uomo e ogni volta che l'immagine di Pei Lin irrompeva nella testa tutti questi sentimenti crescevano.

"Il Fato prenderà un nuovo corso adesso. Mi impossesserò di quella spada e tutto cambierà!"

60

Immanenza interiore

Akira e Takuro avevano sotto controllo più di duemila uomini. Il primo conduceva circa duecento guerrieri Shinobi; il secondo era stato posto alla guida dei capitani Katouro e Seiji, ognuno dei quali comandava mille samurai selezionati. Si sarebbero imbarcati nella notte su navi molto veloci e piccole, così da impedirne l'individuazione. Gli uomini in capo alle truppe avrebbero attraccato sulle coste cinesi con la Prins Willeim. Il Comandante De Boer si offrì d'accompagnarli per rendere la missione più facile e insospettabile. Aveva avvertito il governo olandese di problemi alla nave tanto gravi da non potergli permettere la navigazione e il rientro nei tempi previsti; non poteva certo dire la verità. Questo permetteva ai nipponici di sfruttare una delle grandi stive della nave per portare molte più armi e cavalli, per affrontare il viaggio verso il Tempio.

Akira era al centro della stiva, su una cassa, in meditazione con le gambe incrociate, le spalle rilassate e gli occhi aperti che fissavano il nulla. Le mani in leggera pressione combaciavano in un complicato mudrā.

Takuro era lì a pochi passi e non riusciva a capire il perché di quella sensazione che lo pervadeva in presenza del guerriero, un misto di curiosità e attrazione. Akira incrociò il suo sguardo e rimasero a guardarsi finché Takuro imbarazzato si spostò. Scosse la testa e andò dai subalterni.

"Fino ad ora non abbiamo potuto parlare. Ci siamo incontrati più volte nella stanza tattica, ma le questioni erano troppe e troppo serie per rilassarsi. Credo che adesso possiamo prendere un bel respiro." I due si inchinarono, poi Katouro a dispetto del protocollo andò verso di lui e lo abbracciò forte. Takuro ne rimase sorpreso ma poi sorrise e ricambiò con vigore l'abbraccio.

"Comandante è un onore partecipare a questa battaglia al tuo fianco, non sarai deluso da noi!" Disse poi Katouro pieno d'eccitazione come fosse alla sua prima battaglia.

"Sì signore." Intervenne Seiji. "Una nuova missione al suo fianco è ciò che di più grande speravamo!"

"Non ho alcun dubbio su di voi, il vostro valore è indiscusso. Quale migliore e più fortunata occasione di ritrovarci qui tutti assieme a combattere contro un nemico potente e spietato?" Sorrisero.

Rimasero a parlare per un pò poi Takuro disse: "Vado a far visita a De Boer." E si allontanò.

Trovò il comandante che sorseggiava da uno spesso bicchiere di vetro.

"Scotch Whisky." Disse e ne versò mezzo bicchiere per Takuro. L'espressione che fece nell'assaggiarlo scatenò una risata dell'olandese che uscì dalla stanza e chiamò il nostromo Wong.

"Signore comandi!"

"Vieni, così potremo parlare." E lo fece accomodare tra loro. Parlarono con serenità, delle famiglie, di sogni e desideri, come fossero amici da una vita, senza obbligo di rispettare alcun protocollo che i rispettivi gradi richiedevano. Dopo centinaia di miglia solcate, la nave iniziò a sussultare piano, come fosse scossa da brividi, poi sempre più energicamente, tanto da far cadere alcuni libri da una mensola alle spalle di De Boer. Takuro divenne di colpo serio.

"Un'altra tempesta!" Esclamò.

Il comandante si alzò sereno e da alcuni cassetti della scrivania prese delle piante topografiche.

"Questà è la rotta che seguiremo. Stia tranquillo, ne ho viste di tormente di tutte le intensità e ben più gravi di questa. La Prins Willeim ne è uscita sempre indenne! Ma venga con me."

Tra scalette e corridoi, con qualche difficoltà nel mantenere l'equilibrio, lo portò sul ponte di comando. Vide così che la tempesta era di modesta entità e che l'arrivo sulle coste della Cina era imminente.

Mancavano due giorni alla battaglia e la nave si preparava ad avvicinarsi per l'attracco.

Takuro volle prendersi del tempo per sé, per rilassare i nervi e caricarsi di forza ed energia.

Nel buio della stanza, illuminato solo dal bagliore di una candela, si muoveva lento, seguendo uno schema ben preciso e conosciuto, secondo una sequenza antica. Faceva respirazioni lunghe e profonde, inspirava ed espirava concentrato nel suo centro, il tanden, zona nel basso ventre dove convogliano tutte le energie disperse. Tonificava i muscoli, rendeva più fluidi i pensieri e più concentrata la mente.

La fiamma della candela si muoveva scossa dai respiri del samurai e disegnava diverse ombre sul torso nudo. Con l'ultima respirazione, ancor più intensa delle altre, in chiusura dell'allenamento, fece spegnere la fiamma.

Nell'oscurità notò due occhi che da una finestra lo scrutavano e che sparirono subito dopo. Uscì veloce per capire chi fosse a spiarlo. Vide solo una macchia nera girare l'angolo.

"...Akira..." Sussurrò con un sorriso.

Alle otto del mattino arrivarono sulle coste della provincia del Fujian. La tempesta, anche se non pericolosa, aveva fatto perdere del tempo prezioso.

Mancava ormai solo un giorno all'attacco.

Erano in ritardo.

La distanza che li separava dal Monastero era molta. Quella missione rischiava di fallire prima ancora di iniziare.

Avrebbero atteso il buio per spostarsi verso l'interno in assetto da guerra.

"Se il piano studiato per giorni in tutti i suoi punti funzionerà, le truppe nemiche sranno scardinate prima di poter solo sfiorare le mura del Tempio, ma che succede se arriviamo troppo tardi?" Chiese preoccupato Katouro.

"Non succederà." Rispose Takuro con lo sguardo fisso all'orizzonte.

61

Attesa ripagata

Il vento potente piegava i rami degli alberi e tra le canne di bamboo si propagava un suono disarmonico e discontinuo, come se si lamentasse dell'imminente strage.

Mancava un giorno solo alla data predetta da Gingko.

Miiko, coi capelli che danzavano liberi mossi dal forte soffio, era a pochi passi dalla porta d'ingresso del Monastero.

Immobile con lo sguardo fisso tra la boscaglia circostante, come faceva ormai da tre giorni.

Aspettava.

Restava così fino a poco prima che il sole tramontasse e lasciasse spazio alle stelle per brillare nella volta del firmamento.

"Hai mai pensato che potesse non tornare?" Yaeko arrivò alle sue spalle. "Non dico che ti abbia mentito, ma è tornato alla sua terra e alla sua gente, che motivo avrebbe di venire qui e combattere questa guerra? Una guerra che non gli appartiene! I piani potrebbero essere cambiati."

Miiko continuava a fissare avanti in silenzio.

"Non te lo dico per farti del male, ma per proteggerti. Devi essere pronta anche a questo." Continuò Yaeko.

"Lo so." Disse, si girò a guardare l'amica e accennò un sorriso.

"Non fare troppo tardi. Domani ci aspetta una giornata impegnativa. Devi riposare *Khor-lo*." Concluse Yaeko.

Miiko annuì e disse: "Ora vado." Fece un lungo respiro e ripuntò gli occhi all'orizzonte.

Yaeko si allontanò, nessuno meglio di lei sapeva quando qualcuno aveva bisogno di stare lontano da tutti. Sapeva che Miiko avrebbe risolto le sue emozioni quella notte e che il giorno seguente non sarebbe stata distratta da altro, ma concentrata solo nella battaglia.

"Siamo due grandi guerriere e lo dimostreremo senza indugio." Pensò.

Per Miiko era ancora strano sentirsi chiamare Khor-lo. Qualche giorno prima Merghen e Gansukh avevano deciso di farle fare l'iniziazione come monaca guerriera. Così entrò a far parte a tutti gli effetti dell'ordine del Monastero dei Cento Stili. Da quel momento aveva ricevuto il nuovo nome di Miiko Khor-lo (*ruota del Dharma*). Simbolo dal molteplice significato: addestramento nella stabilità della mente, comprensione della vacuità, saldezza nella pratica. Questo nome doveva ricordare che il Dharma abbraccia tutte le cose, non ha né inizio né fine, è in movimento ed è immobile.

Era stato un momento molto emozionante, tra prove, dimostrazioni e promesse reciproche fra maestri e allieva, che avrebbero aperto il futuro cammino della guerriera verso l'arte dell'insegnamento marziale. Aveva eseguito una forma facendo passi codificati e antichi sopra dei kanji dipinti sul pavimento; fare quei movimenti era come decantare una poesia. Poi lei come simbolo e segno di gratitudine aveva donato ai saggi qualcosa a cui teneva moltissimo, forse l'oggetto al quale era più legata emotivamente: l'inseparabile katana, unica eredità del padre.

"Dove sei?" Disse piano.

Takuro con l'esercito promesso sarebbe dovuto essere lì già dal giorno precedente.

"Forse ha ragione Yaeko, forse non tornerai più... Potresti avermi presa in giro per tutto il tempo, solo per sapere di *Tuono Silenzioso*. Magari manderai qualcuno per sottrarmela..."

Ma una parte di lei credeva ancora che sarebbe arrivato, che l'avrebbe salvata, protetta e amata.

"Concederò solo un'ultima notte a queste debolezze sentimentali." A breve si sarebbe allontanata da lì e non avrebbe più aspettato.

"Andrò nella mia cella, prenderò la sua katana e penserò a tutti i momenti belli passati insieme e poi li cancellerò dal mio cuore. Sarò fredda e lucida. Sarò pronta."

Tutto questo si disse, ma mentre richiudeva le ante dell'ingresso non era sicura di riuscire a seguire le sue stesse direttive.

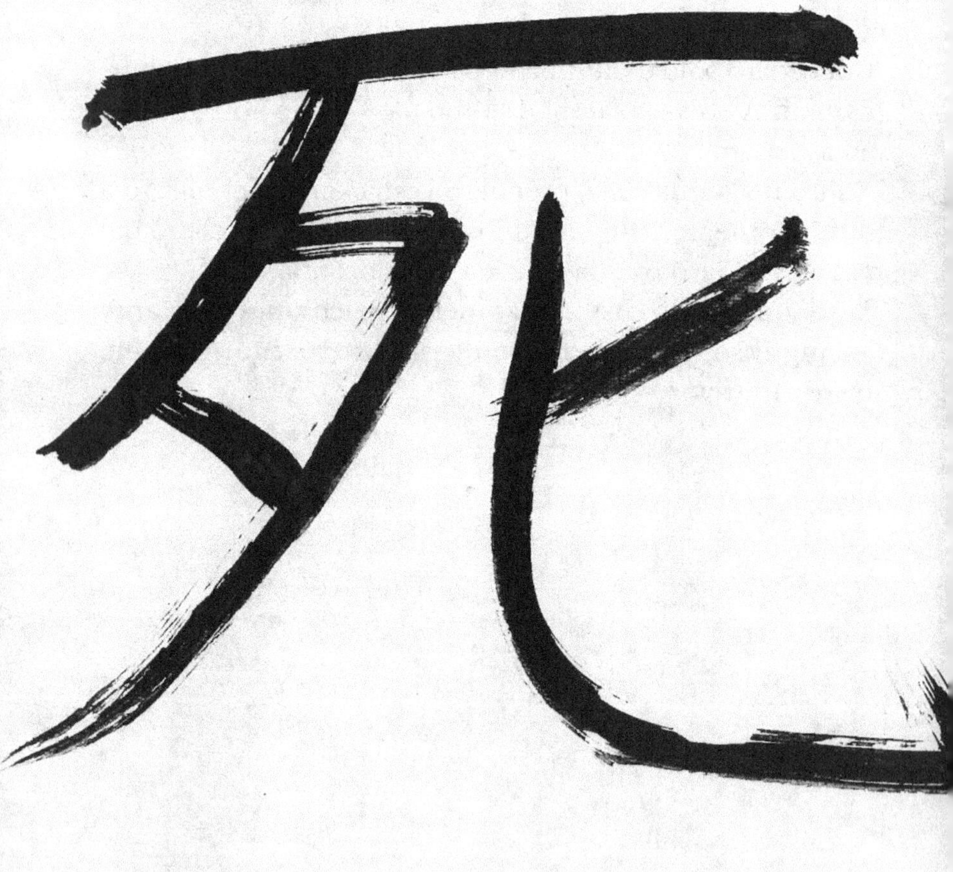
死

62

Attacco al Monastero

Imbiancate le cime dei monti, candide le valli.

La neve cadeva silenziosa.

La battaglia preannunciata era percebile nell'aria così come una catastrofe naturale è preceduta dall'assordante silenzio. Tutto intorno al Monastero c'era un che di irreale. Oltre ventimila zoccoli ben ferrati scalpitavano per tutta la vallata, seguiti dal forte scricchiolare delle ruote di legno degli imponenti carri pieni di almeno seicento arcieri e oltre cinquecento tra fanti e lancieri. Subito dietro, gli yak trainavano enormi armi da fuoco. Nere le pesanti armature di metallo e cuoio dei cavalieri, alti gli stendardi portatori di cupi presagi, vigili e imperscrutabili gli occhi, serrate le mascelle, scintillanti le armi.

Il profondo gelo non aveva alcun effetto su quegli uomini, l'invincibile esercito del Generale Hua Ze Lei era pronto ad assediare e distruggere il Monastero dei Cento Stili.

Il Generale si trovava molto dietro i carri da trasporto, con una postura rigida in groppa ad Oblio, anche lui protetto da cuoio e metallo, trasmetteva sicurezza e soddisfazione per l'esito di una battaglia già vinta prima d'esser combattuta.

Morte, opera calligrafica di Jun Ichikawa

Molte miglia più a nord la fortezza di Hua Ze Lei aveva quasi un aspetto pacifico. Merghen e Gansukh erano appostati lì vicino da due giorni.

"Il piazzale d'armi adesso è più simile ad un convento che ad un bastione fortificato e inattaccabile." Disse Gansukh.

"Le apparenze ingannano." Gli rispose Merghen con un sorriso. "È il momento di entrare."

Con aria sommessa e privi di qualsiasi arma non destavano sospetti, quindi i due soldati di guardia all'ingresso non si allaramarono nel vederli avvicinarsi.

I monaci però continuavano ad avanzare.

"Fermi! Non procedete oltre." Intimò un soldato.

"Andate via, non abbiamo niente da darvi." Disse l'altro.

Erano riusciti ad avvicinarsi tanto da vibrare precisi veloci e letali colpi nei punti di pressione, facendoli cadere al suolo tramortiti. Si scambiarono uno sgaurdo complice e oltrepassarono l'alto portone con fare autorevole e sicuro.

Il Tempio a cinquanta passi dalle mura aveva due grandi schiere di oltre trecento monaci in tenuta da cambattimento. Le tuniche erano bianche, i calzari di stoffa serravano con legacci caviglie e polpacci, le braccia e i busti erano protetti solo dal loro coraggio. Le armi in pugno: spade, sciabole, lance, pugnali, bastoni, archi e ogni sorta di manufatto appropriato all'occasione. Avrebbero difeso quel luogo sacro fino alla morte.

"Neanche un granello di polvere portato da quelle bestie dovrà varcare il confine del Monastero dei Cento Stili." Dispose Baatar per infuocare gli animi.

All'interno delle mura si preparavano intanto Miiko, Yaeko, Cang Hao, Gu Li e tutti i maestri, ognuno intento ad impugnare e maneggiare l'arma scelta.

Le truppe appartenenti ai famigerati arcieri Hen (*gli spietati*) erano sui carri pronti a dar battaglia. Ad un tratto il Generale tuonò: "Posizionate i cannoni cento passi avanti a noi. Colpiremo le mura di quell'obrobrio monumentale! Facciamo sentire la potenza delle nostre bocche di fuoco! Vedremo la paura nei loro occhi e sentiremo le inutili suppliche di aver salva la vita molto presto!" Poi aggiunse sottovoce: "Mia regina, ecco il tuo antipasto!" Sogghignò dietro la maschera di cuoio.

I sottoposti diedero disposizioni per l'avanzata degli yak. Ma uno ad uno quei cannoni spofondarono nel terreno, portando giù anche gli uomini e gli otto yak, che urlanti caddero in un baratro lungo almeno quaranta passi e profondo chissà quanto.

La trappola era stata camuffata a dovere, ed era impossibile da scorgere in quella tormenta. Il Generale non se ne curò. "ANCHE SENZA CANNONI DISTRUGGEREMO CON FACILITÀ IL TEMPIO!" Urlò. "La spada invincibile sarà mia." Ordinò agli arcieri di avvicinarsi il più possibile vicino alla fossa per scoccare le frecce verso gli avversari. Il resto delle truppe non sapeva cosa fare; correvano da tutte le parti, alcuni avevano ricevuto ordine dagli attendenti di smontare le travi che facevano da base ai carri, così da creare dei passaggi per poter attreversare quel profondo buco che spezzava il varco in due. Gli arcieri eseguirono subito gli ordini e si posizionarono secondo un preciso schema di guerra, la prima fila composta da circa trecento uomini si inginocchiò con la gamba destra piegata in posizione salda nel terreno e puntò verso il cielo gli archi non ancora tirati. Poi piano abbassarono l'obiettivo, seguivano il corso del vento e calcolavano la distanza di quegli uomini immobili avanti alle mura. La stessa cosa fecero gli altri schierati a semi cerchio ma più indietro ed in piedi a gambe divaricate. Seicento e più frecce avrebbero solcato la neve, ognuna avrebbe colpito a morte un avversario, non vi era scampo, avevano mira e abilità infallibili. Attesero il momento propizio, quando la neve smise di cadere e il vento di soffiare. Ecco scoccati cinquanta, duecento, seicento dardi; alcuni infuocati, per fare da solco agli altri. Una volta allo zenit le frecce rimasero sospese come se non volessero ricadere più, poi precipitarono veloci. Raggiunsero l'obiettivo.

Ma non quello desiderato. Si piantarono su tavole di legno lunghe e spesse che i monaci, tramite manici di cuoio, avevano tirato fuori dalla neve per farsene da scudo. Ne seguirono altre e altre ancora fino a che non si esaurirono. Erano presenti più frecce e sangue che neve, tanto da diventare tutto nero e rosso acceso. Pochi monaci non riuscirono a ripararsi, alcuni calcolarono male la caduta delle frecce e rimasero feriti, chi al braccio, chi alle gambe, chi al tronco. Hua Ze Lei osservava nell'attesa che gli armigeri issassero almeno uno dei cannoni dal fossato per poi ricoprire con le lunghe tavole a disposizione quella bocca che aveva fagocitato le armi più pesanti.

"Basta! Feccia del mondo non sarete la causa della mia morte! Truppe a cavallo caricate! Uccideteli tutti, bruciate ogni cosa! E se ne avrete il tempo fateli soffrire!" Il volto del Genarale era rosso e caldo, le meningi gonfie e pulsanti sembravano fuoriuscire dai paramenti. Tolse l'elmo e lo gettò in aria per non finire soffocato. Altanchimeg non stava nella pelle per la soddisfazione crescente ad ogni sconfitta del suo padrone. Mai avrebbe potuto immaginare che l'amore incondizionato per il fratellastro sarebbe mutato negli anni e sopratutto negli ultimi giorni nel più grande odio mai sentito.

"*Non è ancora il momento... non adesso...*" Si ripeteva.

I destrieri lanciati verso la fossa salivano sulle travi appena fissate sul bordo, alcuni nitrendo orribilmente finirono nel baratro. Raggiunsero l'altra parte in duemila unità, che in un batter d'occhio furono vicini al gruppo di monaci che intanto avevano messo in salvo i feriti all'interno delle mura. Lance in pugno si prepararono a disarciornare i cavalieri. Questa volta i fanti a cavallo non giunsero in linea diretta, per evitare altre trappole si mossero a tenaglia, frastagliandosi in tanti gruppi più piccoli formarono un semi cerchio. Ma le disposizioni dei monaci Jago e Alejandro erano state precise, avevano preparato mille trappole ed espedienti, ed erano stati impeccabili. Quindici tronchi d'albero, resi lisci per poter ben rotolare, erano posizionati sulle cime circostanti, dove delle corde intrecciate innescavano un meccanismo che li fece cadere fin giù nel ventre della vallata. Gli stessi cavalli dei nemici avevano inciampato nelle corde ben nascoste nella neve e le avevano azionate. Travolti finirono a terra e in un lampo uccisi dai monaci. La guarnigione rimasta indietro decise allora di lasciare lì i purosangue e proseguire a piedi e con circospezione.

L'ampia porta del Monastero sputò fuori i combattenti migliori che con un lancinante grido di battaglia si avvicinarono veloci versi i nemici. Enkhjargal aprì la contesa. Impugnando una spada dritta saltò sulle spalle di Garmaa e finì su due fanti a cavallo, ne disarcionò uno e lo colpì a morte in volo, per poi saltare sul cavallo dell'altro per trapassarlo con la spada. Ritornò poi a lanciarsi su altri due soldati a piedi. A pochi passi da lui Baatar, Batsaikhan, Badma e Narantuya spalla a spalla formarono un cerchio, camminavano spada in pugno e affrontavano i nemici che gli venivano contro finendoli a fil di lama.

Per salvare l'accesso al Monastero c'erano Medgui, Avgan e Zang Li verso il lato est, Bolormaa, Odgerel e Saran verso il centro mentre sulla sinistra Enkhe, Khana e Dzoldzaya. Al centro, proprio di fronte all'ingresso, Tolui e Shengee avrebbero negato a chiunque di oltrepassarli. Hai Zi dall'interno dopo il segnale prestabilito del suonare di un corno, aprì di nuovo il portone. Questa volta ad uscire furono Miiko con Khenebish e Tsolmon, poco dietro, Uranchimeg, Alexa e Delgernandjil che con la mitica zanbato colpì senza pietà gli ultimi cavalieri, sconquassò con pochi colpi le zampe dei cavalli e uccise poi gli uomini. Tra corpi esanimi e feriti barcollanti Miiko chiese ai compagni di farsi più indietro e iniziò a far roteare *Tuono Silenzioso* che crepitò ed emise una luce soffusa quasi come combattesse da sola. Non deludeva certo le aspettative della sua nomea.

Ad un tratto un fischio assordante e un fragoroso rumore di mura infrante raggelò i monaci. Un colpo di cannone aveva danneggiato almeno un'ala di muratura del Monastero, si era aperto un grosso squarcio ed era crollato il portone. Era finita.

Una dozzina di soldati penetrarono nel Tempio.

I più vicini alle mura erano riversi in una pozza di sangue. Hai Zi era stato ferito dall'esplosione e barcollava senza avere congnizione di sé. I soldati lo avvistarono e si prepararono per finirlo, ma una lancia catapultata da lontano prese la gamba di uno di loro che iniziò ad urlare e tutti si girarono. Gu Li si avvicinava di corsa con l'alabarda in mano. Ne sbaragliò molti come una tigre inferocita. Ma alla fine il numero soverchinate lo sopraffece. Fu accerchiato e uno dei soldati lo prese sull'addome, mentre un altro lo trafisse al cuore. Si spense all'istante.

"NOOOOOOOOOO!" Cang Hao con il volto bagnato dalle lacrime si malediceva per non averlo raggiunto prima. Arrivò veloce e uccise i soldati rimasti. Poi si fermò a guardare Gu Li e scoppiò in un pianto senza freno. Iniziò a parlargli, come se l'amico potesse ancora sentirlo: "Va tutto bene, va tutto bene amico mio, non preoccuparti, ti rimetterai presto." Lo abbracciò forte. "Troppo tempo abbiamo passato senza parlarci, troppo tempo! ...come se non fossimo più fratelli... non mi hai perdonato amico mio, non l'hai fatto! E adesso non potrò più dimostrarti il mio affetto..."

Poco a poco il pianto si calmò e lasciò Gu Li a terra, gli chiuse gli occhi e disse: "Fa buon viaggio. Potrai riabbracciare la tua amata e conoscere finalmente tuo figlio." Poi si alzò, fece un urlo terrificante e impugnò l'alabarda del compagno, pronto a combattere ancora in suo nome.

Nella fortezza Tumu Merghen e Gansukh si muovevano agili e veloci, senza che nessuno li vedesse. Grazie alle spiccate doti intuitive e di studio del contesto circostante, riuscirono in breve ad individuare la stanza dove era nascosta Pei Lin. Senza troppe difficoltà resero innocui i guardiani di fronte alla porta ed entrarono.

"Ci rivediamo oh grande Merghen!" Disse Pei Lin con un sorriso malizioso. Ricambiando lo sguardo lui rispose: "Già... Avevo intuito bene all'epoca il tuo enorme potenziale. Per fortuna non hai saputo manipolarmi, come invece sei riuscita con la docile mente del Generale."

Gansukh richiuse e bloccò la porta.

"Solo perché eri un vigliacco e non hai saputo affrontare neanche la morte di un povero vecchio ubriaco. E vedo che sei rimasto stupido come allora, tutto questo non ti servirà a niente! La battaglia sta già mietendo vittime, più morti ci saranno più rinvigorirò! Voi qui soccomberete!" Inveì con sguardo di fuoco e con una smorfia simile ad un ringhio.

Al di fuori delle mura del Monastero i nemici si avvicinavano in fretta. Yaeko andò da Miiko e per la prima volta con tono preoccupato disse: "Siamo perse, non ce la faremo a resistere ancora. Ora hanno un cannone a disposizione cosa potremo fare?"

Miiko era affranta. Non poteva credere che il destino avrebbe concluso lì il suo corso, tutto quello che aveva dovuto combattere non aveva più senso.

"Non possiamo far altro che morire con onore. Portiamo all'inferno il più alto numero di nemici!!" Disse con sguardo d'intesa a Yaeko, poi abbassò gli occhi. "...*mi ha tradita davvero*..." Il cuore si chiuse, sicura che non avrebbe più compiuto battiti perché ferito a morte dalle false parole dell'amore.

Una fragorosa risata si propagò per tutte le stanze e gli ampi corridoi del castello. Pei Lin non la smetteva di ridere. Ogni tentativo dei saggi di interrompere l'influenza sull'attacco al Monastero falliva miseramente. Provarono più volte ad avvicinarsi a lei, ma ad ogni vittima che cadeva in battaglia la sua forza aumentava, aveva come una sfera di energia protettiva che impediva ai due anche solo di sfiorarla.

"Così non funziona!" Urlò Gansukh al compagno.

"Siete deboli e impotenti! Ah ah ah! Non state facendo altro che aumentare il mio potere, poveri sciocchi! La rabbia che provate nei miei confronti è il mio più grande alimento!" Continuava a ridere e guardava sprezzante i monaci che erano in evidente difficoltà.

"Se non riusciamo a trovare una soluzione, a breve Pei Lin avrà il sopravvento su di noi e ci eliminerà senza alcuna remora." Sussurrò Gansukh.

Alle spalle del Generale e dell'enorme esercito si avvicinò una coltre nera. Dal nulla, come una scura tempesta pronta a scatenare fulmini e saette, iniziò un'opera di morte. Trafisse alle spalle i soldati con frecce intrise di veleno, vibrò colpi di katana e lanciò esplosivi. Interi drappelli finirono nel sangue, colpiti da schegge e sfere d'acciaio.

"I giapponesi sono giunti!" Gridò con gioia un monaco vicino a Miiko.

Colpirono i soldati e distrussero con un esplosivo il cannone. Akira, lesto e spietato, tramortiva qualsiasi avversario si trovasse di fronte.

Il tempo sembrava aver accelerato il suo corso, ma agli occhi di Miiko e Yaeko invece tutto sembrava muoversi a rilento; osservarono quelle scene senza lasciarsi sfuggire il minimo dettaglio. Akira corse fino a giungere a pochi passi da loro, facendogli quasi pensare fosse più una minaccia che una salvezza. Poi fece cenno agli shinobi di lasciare il campo a qualcun altro e si allontanò senza lasciare traccia.

Dalle colline sovrastanti si intravidero numerosi samurai e tra loro sulla collina destra, Takuro.

Un forte colpo sentì Miiko al petto.

Il cuore aveva ripreso a battere.

Guardava il suo splendente guerriero che con un'armatura bianca e rossa cavalcava verso la valle seguito dai sottoposti Katouro e Seiji e da molte centinaia di samurai a cavallo. Il trotto di Takuro divenne galoppo.

La sua corsa pareva inarrestabile, con la katana sguainata urlava verso gli avversari: "Per un'idea trasfromerò questo pugno in acciaio, per un'idea libererò la mente da ogni paura, per un'idea io oggi vi dico: QUI NON PASSERETE!!"

Arrivato al centro della battaglia scese dal cavallo senza frenarlo e malgrado il peso dell'armatura, riuscì a cadere in piedi e colpì a morte due fanti che stavano sferrando dei fendenti alla schiena di Bolormaa. Ferita gravemente ma ancora in grado di reggersi sulle gambe gli fece un inchino. I samurai sull'altra collina costrinsero le truppe del Generale a dividersi in gruppi più piccoli. Miiko, ricolma di una nuova forza, decise di avanzare pronta ad uccidere Hua Ze Lei che intravedeva muoversi in lontananza. Incedeva con *Tuono Silenzioso* e abbatteva chiunque osava avvinarsi a lei. Poco distante vide Mei Ling che si faceva onore combattendo ferocemente contro due avversari. Prese alla gola il primo con la punta della spada, giusto il necessario per farlo crollare al suolo esanime. Il secondo le si abbatté contro con furia, parò un diretto al cuore e le fece cadere l'arma di mano; improvvisamente indifesa capì che non aveva speranza e mentre una lacrima le scendeva sul viso la lama nemica la penetrò al fianco. Mei Ling piegata dal dolore alzò lo sguardo come a voler sfidare l'avversario anche in quella situazione e fece un leggero sorriso prima che un altro colpo finì per toglierle la vita. Aveva un'espressione tra il triste e il sereno, doveva andarsene così presto eppure era certa che avrebbe affrontato nuove e sconosciute avventure, in luoghi lontani e non percebili.

Miiko tra decine di fanti e lancieri non aveva fatto in tempo a raggiungerla e la vide cadere senza neanche un lamento. Urlò forte e con rabbia crescente continuò ad avanzare sempre più convinta verso il suo obiettivo. Yaeko presa a combattere contro un soldato che non voleva lasciarla passare, vide Mei Ling morire senza poter fare nulla.

Una sofferenza insopportabile.

Per un momento non riuscì a muovere un muscolo, perdere una così cara amica le aveva tolto persino il respiro. Con lo sguardo perso stava per far cadere l'arma, ma fra le lacrime vide un avversario che si avvicinava furtivo dietro Miiko e riuscì a reagire. Non avrebbe perso anche lei e si mise a correre per raggiungerla. Voleva coprirle le spalle con la lancia, anche se era quasi superfluo, *Tuono Silenzioso* era sempre più potente e Miiko stava per ricadere vittima di quella spada.

Arrivò Takuro che si affiancò alle due, ma Miiko quasi non lo vide e avanzò ancora. Una freccia la colpì alla spalla e le fece quasi perdere la presa sulla nodachi. Yaeko abbatté l'arcere che aveva sferrato il colpo e si avvicinò all'amica che si era già ripresa da quella ferita e aveva strappato la freccia senza alcuna smorfia di dolore. Vennero accerchiati da venti uomini che tennero occupati Takuro e Yaeko. Miiko affrontò un lanciere che la attaccò al ventre, intercettò l'asta di legno a metà e la ruppe. Intenta ad accertarsi che i compagni non fossero in difficoltà, non si accorse che la punta della lancia roteando nell'aria puntava dritta verso di lei. "SPOSTATI!" Le urlò Weii che le apparve come un lampo. Ma non fece in tempo.

Le si conficcò nel petto profondamente.

Il male era troppo persino per lei che aveva imparato a controllarlo e si lasciò scappare un urlo lancinante. Takuro si girò, sbiancò e si fece spazio a colpi di katana per raggiungerla, mentre Yaeko sbaragliava i restanti soldati. Miiko si accasciò e perse la presa su *Tuono Silenzioso*. Takuro l'abbracciò e nel mentre intravide un'ombra furtiva che li superò, afferrando la spada invincibile.

Un ninja.

Akira.

Con *Tuono Silenzioso* in mano si avvicinò a Takuro che si ammutolì nel vederlo togliersi la maschera. Lunghi capelli neri e lucidi caddero sulle spalle, occhi a mandorla neri e profondi, tratti delicati e bocca carnosa.

"Credevi di essere l'unico ad aver ricevuto l'ordine di recuperare quest'arma? Vieni con me, lascia quella mezzosangue al suo destino. Potremo essere invincibili assieme, avere potere, gloria e una vita priva di affanni e pericoli."

"Una donna..." Bisbigliò Takuro incredulo. La mente iniziò a vacillare.

Ho sempre capito cosa fosse importante per me: la vita da guerriero, l'onore, servire il mio popolo e il sacro Imperatore mettendo a rischio tutto me stesso, mettendo a repentaglio la mia stessa vita.

Prendere la spada, seguire la ninja, questo il dovere di samurai mi impone. Eseguire gli ordini ricevuti dallo Shogun. Rispetto e gloria mi aspettano in Giappone." Con gli occhi lucidi la guardò per alcuni attimi.

Poi si girò e poggiò la fronte su quella di Miiko. Akira scosse la testa: "Pessima scelta." Si rimise la maschera e fuggì via. Alexa però aveva notato la nodachi in pungo alla ninja e iniziò a seguirla. Ma venne attaccata da un mastodontico soldato che la afferrò alla gola e la sollevò pronto a sferrarle un colpo mortale con l'ascia. Alexa azzardò qualche movimento, sperando di potersi liberare. L'ossigeno iniziò a scarseggiare e la vista ad annebbiarsi sempre di più. Fece scivolare giù l'arma; stava per svenire senza più ritorno, quando Yaeko velocissima si scaraventò contro di lui con tutta la forza che aveva. Rotolarono sulla neve. Yaeko aveva bene in mente i consigli di Naran, con il braccio sinistro fece leva sul braccio dell'avversario, cambiò rapida la posizione, gli si mise sopra, lo immobilizzò facendo con le gambe una sorta di cappio attorno alla testa del soldato poi premette con la mano sulla caviglia e lo intrappolò. Inarcò la schiena e lo imprigionò senza scampo. Lui capì d'essere sopraffatto, richiamò tutte le forze, riuscì a sollevarsi e si portò dietro anche Yaeko. Stremato e senza fiato finì in ginocchio, con Yaeko sulle spalle. Il peso fece finire l'uomo fino a metà gamba dentro la neve. Yaeko allora con il braccio libero, iniziò a colpirlo in faccia; una, due, dieci, cento volte. Lo percosse così forte da ucciderlo. Alexa dovette attendere qualche istante prima di prendere coscienza di sé, inspirò più volte e raccolse la spada.

"Ti devo la vita." Disse e ritornò a cercare la ninja che era sparita nella concitazione della battaglia.

Miiko e Takuro erano quasi invisibili uno stretto all'altra. Nessuno sembrava notarli. Delgernandjil gli aveva creato un cerchio di protezione attorno, affrontava e uccideva qualunque soldato cercasse di avvicinarsi roteando la zanbato.

Un colpo di tosse.

"Miiko... sei viva!" Takuro si staccò da lei. Afferrò con entrambe le mani quella punta di lancia conficcata nel petto e la estrasse. Miiko urlò. Subito lui coprì la ferita con un pezzo di stoffa e premette forte.

Merghen e Gansukh erano seduti a gambe incrociate con le mani impostate in precisi e potenti mudrā. Fissarono lo sguardo e ampliarono la mente.

Le risa della vecchia smorzarono.

"Cosa sta succedendo?" Chiese. Si sentiva spaesata in una nuova sensazione mai provata fino a quel momento.

"NON CI RIUSCIRETE!" Urlò. Ma la voce di Pei Lin, da potente e fiera, si faceva sempre più debole e disperata.

"Non è possibile! Come fate? Non riesco a sentire più nessun odio, nessuna rabbia, nessun sentimento di ribellione sul quale fare leva. Non riesco a sentire più niente!" Iniziò a respirare a fatica, non riusciva quasi a reggersi in piedi di fronte ai monaci seduti in meditazione.

"È impossibile, tutti hanno sempre emozioni negative, l'essere umano non può farne a meno!" Il respiro era sempre più affannato.

"Hai ragione." Le rispose Merghen impassibile. "Ma grazie ad anni di studio e pratica del Qi Gong siamo in grado di controllarle e dominarle. Non ci facciamo trasportare da nessun tipo di emozione, se non è quello che vogliamo. Quando mettiamo in atto le tecniche apprese sappiamo sempre cosa fare e quando è il momento giusto per farlo." Per Pei Lin era come se l'aria stesse perdendo ogni molecola di ossigeno.

"Non... non riesco a respirare..." Cercò di concentrarsi altrove, ma il grosso dello scontro si era esaurito.

In quel mentre, in preda alla frenesia, Altanchimeg si scagliò contro il fratellastro.

"Questo è il momento giusto! ...Sei sempre stato una palla al piede. Io dovevo essere al comando della legione! Tu sei solo un'incapace alla mercé di quella strega. Conquisterò io la spada invincibile! Tu non ne sei affatto degno. Finalmente avrò tutto quello che per diritto di nascita doveva esser mio!" Altanchimeg con la bava alla bocca si scaraventò contro Hua Ze Lei che senza nemmeno girarsi sfoderò la spada dritta.

"Sapevo che prima o poi saresti uscito allo scoperto. Sei sempre stato un codardo e un piccolo uomo come piccola è la tua statura! Sarai pasto per la mia regina! Muori maledetto!!" Si colpirono all'unisono. La rabbia e l'odio crescevano nonostante le ferite. Dopo pochi colpi caddero entrambi in ginocchio, legati dalle loro stesse armi conficcate nel corpo dell'altro e rantolanti morirono.

Per un attimo Pei Lin sembrava essersi ripresa, ma ormai era senza forze. La vista le si offuscò, il mondo intorno a lei iniziò a cambiare nei colori e nell'intensità dei toni; si stava spegnendo lentamente.

"Lasciati andare, ti aiuteremo." Le disse con voce calma Gansukh.

"Bastardo ipocrita. Cosa... vai blaterando? ...Voi... volete uccidermi..." Merghen sollevò lo sguardo finora perso nel vuoto e la fissò: "Sì. Ti libereremo. Non sarai più schiava di te stessa. Sai bene di cosa sto parlando, da quando sei al mondo desideri lasciarti andare, ma poi hai sempre voluto scegliere di intraprendere la strada più semplice, abbracciare l'odio e il male. Per la prima volta in tutta la tua lunga vita ti daremo l'opportunità di scegliere di smettere. Non avrai più fame." Il tono era fermo ma una nota di dolcezza lo accarezzava. Pei Lin rimase stupita da quelle parole, nessuno le si era mai rivolto così, con amorevolezza e sincerità. Mentre cercava di far entrare qualche rivolo d'aria nei polmoni, dentro di lei si ruppe una gigantesca barriera. Con fatica riuscì a dire: "Ho paura..." Merghen allora sciolse la posizione, si avvicinò a lei e allungò le braccia per sostenerla. Pei Lin si aggrappò a lui, con la poca forza che le rimaneva, strinse le dita tanto quasi da penetrargli nella pelle dell'avambraccio, che sembrava di ferro. Gansukh rimase immobile, solo ogni tanto, con lentezza cambiava mudrā come a comporre una poesia di gesti. Merghen fece sdraiare la vecchia sul pavimento. Con la mano non mollava la presa su di lui.

"Andrà tutto bene." Le disse per rassicurarla. Pei Lin lo guardò e come a fidarsi di quelle parole o per la troppa stanchezza, abbandonò ogni resistenza. Le dita piano piano persero aderenza fino a lasciarlo.

Così spirò.

"Ora la tua anima è libera." Con compassione Merghen le rivolse queste parole, sperava di averle dato l'opportunità di un'altra via da percorrere.

Al Monastero la voce che il Generale e il comandante in capo erano morti si sparse veloce e la contesa si arrestò d'un tratto. Il frastuono delle spade, delle asce e delle lance che fino ad allora avevano cozzato fra loro o contro scudi e ossa, tacque. Ovunque c'erano corpi riversi e inanimati, confusi ad altri avvinghiati, distinguibili solo per i differenti colori delle corazze, anche se ormai tutti vestivano di un solo colore, quello della morte. Altri si lamentavano, altri ancora pronunciavano incompresibili preghiere.

Il silenzio colmava lo spazio e il tempo, le voci e le grida dei combattenti feriti e morenti sembrava non avere più un suono reale.

Miiko, lì in mezzo, respirava a fatica e non riusciva a tenere gli occhi aperti; cercava di dire qualcosa a Takuro che la teneva tra le braccia. Ma ad ogni suono che emetteva era come se mille aghi le entrassero nel cuore.

In quel momento si propagò un interminabile suono di un corno di guerra.

Quel rumore assordante risuonava per tutta la stanza dove dormiva. Si svegliò di colpo e trattenne a stento un urlo mentre stringeva la mano sul petto. Sentiva una fitta intensa, era affannata e i capelli e la pelle erano imperlati di sudore, ma non aveva nessuna ferita.

Il suono di quel campanello era terribilmente fastidisoso per lei.

Si guardò intorno senza capire dove fosse.

Un bell'abito bianco era appeso con cura davanti ad un armadio a specchio. Trasalì vedendo l'immagine riflessa. Si toccò i capelli.

"*Ma che hanno?*" Pensò.

Era come se dall'altra parte ci fosse un'estranea che la fissava altrettanto sbigottita.

Tutto le sembrava familiare seppure sconosciuto.

Fece qualche respiro lento per riprendersi poi una serie di suoni provenì da un cellulare sul comodino. Si illuminva a intermittenza. All'ultimo apparvero dei caratteri in una lingua sconosciuta che lei stupita riuscì ad interpretare.

"*Non fare tardi. Ti amo. Alex.*"

"Ma... cosa!?!?..." Bisbigliò.

Il campanello di casa continuava a suonare incessante.

Barcollò verso la porta, miriadi di immagini le si accavallavano nella testa mentre avanzava a piccoli passi sempre più disorientata.

Alle sue spalle, nella camera, sul letto sfatto, tra lenzuola spiegazzate e arruffate si intravedeva, in bilico, un piccolo tassello di legno laccato nero, che d'improvviso si rovesciò. Inciso si leggeva un simbolo antico: l'ideogramma *morte*.